のぞきめ

三津田信三

角川ホラー文庫
19089

目次

序章

一

世に怪談奇談好きは多い。恐ろしい、不可解である、気味が悪い、ぞっとする、悍《おぞ》ましい、身の毛がよだつ、不思議で堪《たま》らない……といった話を、わざわざ好む人のことだ。その中には好きが高じて、やがて自ら怪異譚《たん》蒐集《しゅうしゅう》をはじめる人物もいる。有名なところでは、中国の清《しん》代の前期に記された蒲松齢《ほしょうれい》『聊斎志異《りょうさいしい》』や、日本の江戸時代に纏《まと》められた根岸鎮衛《ねぎしやすもり》『耳嚢《みみぶくろ》』などがそうだろう。

蒲松齢は山東の文人で、少年期より秀才振りを発揮したが、長じてからは官吏試験を何度も受けながら合格せず、その屈折した思いが『聊斎志異』には結実されていたと言われている。通行本で全十六巻、四百四十五篇から成る本書には、多くの版本が存在している。

根岸鎮衛は御家人株の買収によって根岸家の養子となり、同家の家督を相続すると同時に頭角を現した幕臣で、勘定奉行や南町奉行などを歴任した。佐渡奉行時代から没する直前まで書き留められたのが、全十巻、千篇から成る『耳嚢』である。

この二つを例に出したのは、蒲が語り伝えられてきた奇異なる説話や故事を集めたのに対し、根岸は同僚や知人が体験した、または聞き込んだ奇妙な話を聞き書きしている、という違いがあるからだ。両者を読み比べた場合、前者よりも後者に身近な恐怖を覚えるのは、おそらくそのせいだろう。国や時代や文化の差異ではなく、収められたお話が持つ日常性の違いではないかと思える。

何かの拍子に、ふと我が身にも降りかかるかもしれない……。

そう感じさせる不安が、巷間《こうかん》の奇談蒐集本と呼べる『耳嚢』には付き纏っている。本書に収録された話が決して怪異譚のみでなく、当時の庶民の風俗にまで及んだ巷説集であったことも、この不安を煽《あお》る役目を果たしているのは間違いない。そこまで根岸鎮衛が意図したかどうかは分からないが、何とも心憎い演出に映ってしまうのは、怪談奇談好きの面目躍如と言ったところか。

こういった先人の足元にはもちろん及ぶべくもないが、僕も編集者をしていた二十数年前から、折に触れ怪異譚蒐集を行なってきた。もっとも作家になると、その手の話を聞く機会がめっきりと減ったので、残念ながらこの数年はほとんど収穫がない。元々が文献派のため、そもそも取材で人に会うことが少ない。あっても最初から目的がはっきりしているので、大抵は主となる話題だけで終わってしまう。とても怪談奇談を聞き出すまでには至らない、というのが実情である。

だが、編集者時代は別だった。面談する人の数が圧倒的に多いだけでなく、その分野も多岐に亘《わた》っていた。しかも、まだ企画の段階から会って話をするため、話題があちこちに飛ぶのが当たり前だった。そんな中でここぞという契機を捉《とら》えて、僕は相手から怖い話や奇妙な話を教えてもらっていた気がする。つまり会話に余裕がないと、この手の話は聞き出し難《にく》いのだ。目的のはっきりした取材が——それ自体が怪異譚蒐集を意図しているのでない限り——不向きだというのは、そういう理由からである。

様々な分野の沢山の人々に話してもらった怪談奇談を、当時の僕はせっせと大学ノートに纏めた。パソコンを購入してからはデータとして打ち込むこともあったが、基本はノートに綴《つづ》っていた。とはいえ「実話怪談本」として何《いず》れは刊行する野心を、そのとき特に秘めていたわけではない。ただ怖い話を聞いて書き留めておくのが好きだから、自然にやっていただけである。

もっとも作家になった今、この大学ノートは非常に重宝している。このときに集めた怪談奇談を基に、しばしば怪奇短篇を書くことがあるからだ。差し障りのある名前や地名は仮名や頭文字で記したり、話し言葉を小説風に改めたりと、それなりの配慮はもちろん行なう。だが、お話そのものは変えない。当時の僕が聞いたままの内容を、できるだけ読者に届けるように心掛けている。

ところが、それでも発表を控えざるを得ない話が、いくつか存在する。関係者が存命である、または舞台となった地域の特定が容易である、というのが一番の理由だろうか。後者は少々の改変くらいでは追いつかないほど、件《くだん》の怪異譚がその土地の特性に根づいているような場合で、往々にして差別など別の問題に繫《つな》がる危険が潜んでいたりする。

また、その話を口にしたり文字に起こしたりすると、聞いた者や読んだ者も怪異に晒《さら》されてしまうから……という理由もある。それが一番ではないかと突っ込まれそうだが、僕の場合は違う。そういう話は、むしろ積極的に発表しているかもしれない。

なぜなら怪談奇談を欲して求めた段階で、その人は責任を負っているからだ。その手のものを希求して、わざわざ耳を欹《そばだ》てたり目に留めたりしたことで、その人は自ら怪異を招いていると言える。その怪異に対する責任が、本人にはある。よって僕も遠慮はしない。そんな行為は、その人に対して失礼だろう。

ただ、どうしても表に出せない話がある。理由は自分でもよく分からない。先述した訳も含まれるが、決してそれだけではない気がする。敢《あ》えて述べれば、時期尚早ということになろうか。まだ発表するときではない。この話には続きがある。そんな風に感じるのだ。もちろん根拠は何もないし、そもそも怪談奇談に完結を求めるのは野暮である。むしろ話の途中でぶつっ……と途切れている方が、より怖かったりする。どちらかと言えば僕自身も、そういう話を好んでいる。

本書の端緒は、まだ僕が関西にいた編集者時代に、某企画のために何度も会って打ち合わせをした、O大学付属T小学校の教師、利倉成留《とくらしげる》から聞いた話にある。彼とは年齢も近く、読書の好みも似ていて気が合ったせいか、すぐに仲良くなった。仕事の話の合間に雑談することも多く、よって怪談が話題になるまで大して時間はかからなかった。

利倉成留は昭和も残り少なくなった――あとで振り返って分かるわけだが――学生時代のある夏に、M地方の貸別荘地でアルバイトをしたのだが、その際に恐ろしい体験をしたという。アルバイト仲間と一緒に、何とも気味の悪い出来事に巻き込まれてしまったのだ。

このとき聞いた利倉の体験談に、僕は「覗《のぞ》き屋敷の怪」というタイトルをつけた。怪異の種類や現象や正体、その舞台や特徴などが一目で分かるように、当時の僕は記録する話に必ずこういったタイトルをつけていた。その中にはベタなものもあり、これもそうだったかもしれないが、そのチープさ加減を楽しんでいたのだと思う。

ただ当時、良い話が聞けたと素直に喜ぶ僕に、利倉が丁寧語と関西弁の交じった意味深長な物言いをしたことは、はっきりと覚えている。

「あとから考えると、あの別荘地そのものが変でした」

「どうしてです？」

「近くに霊験あらたかだと言われているらしい、大して有名でもない滝があったくらいで、本当に何もないところでしたからね。だから確かに見ようによっては、貸別荘地に相応《ふさわ》しかったのかもしれない。でも、何て言えばええんかなぁ……。最初から寂れてる気配が漂ってる、そんな感じなんですよ」

「静謐《せいひつ》というよりは、寂寞《じゃくまく》という雰囲気でしょうか」

「そう、そうです。静かだったのは間違いありませんが、何か物悲しい静けさで、日が暮れると怖いくらいでした。こんな場所に、どうして貸別荘地なんか造ったのか。アルバイト仲間の誰もが、首を傾げていました」

「バブル景気の前ですよね」

「はい。あの騒乱の時代に、先見の明のない不動産会社が勢いで造ったのなら、まだ分かります。けど、違いますから……」

「問題の村とは離れているようですが、何か関連があったのでしょうか」

「そのことも含めて、私たちが体験した怪異については、あの家や村の昔を遡《さかのぼ》って調べてみれば、ひょっとすると何か分かるのかもしれません」

そう利倉は答えながらも、次いで首を振りつつ、

「でも……、怪異に見舞われていたときは、お互いそれどころやありませんでした。ようやく落ち着いた頃には、私は卒論の準備で忙しなって、わざわざ調べてる暇ものうなりましたから……いえ、それ以上に早《はよ》うあんな体験なんか忘れたかったんで、何もせんと放っておいたいうんが本音です」

「無理もありません」

「ですから、こうして第三者にお話しするのも、あなたがはじめてなんです」

僕は相槌《あいづち》を打ったり礼を述べたりしただけで、特に何も言わなかった。しかし、問題の屋敷や集落に何やら曰《いわ》く因縁《いんねん》がありそうだとは、早い段階から強く感じていた。だからといって自分で、それを調べるつもりは毛頭なかった。当時も今も、怪談奇談に対す

る僕の姿勢は同じだった。

ああ怖かった……と言えれば、それで満足する。その話に解釈などは少しも求めない。実はこんな因果応報がありまして、という説明など況《ま》して無用である。飽くまでも訳の分からないものとして、怪異はそのまま存在しているのが好ましい。

そういう考えだったので、利倉成留の体験談も大学ノートに記録するだけで満足した。そこに自分で調べ上げた事実――怪異の背景となるに違いない過去の出来事――を、あとで付け加えようとは思いもしなかった。よってノートに記し終わると、他の蒐集《しゅうしゅう》した怪異譚と同じく自然に忘れてしまっていた。

この話が記憶の底から蘇《よみがえ》ったのは、作家になったあとである。蒐集から十数年は経っていた頃で、〈異形コレクション〉シリーズ『オバケヤシキ』の執筆依頼を受けたときだ。非常にテーマに合った内容の体験談を、かつて聞き書きしたことを思い出した僕は、古い大学ノートを引っ張り出した。そうして見つけたのが「覗き屋敷の怪」である。改めて読んでみると、「お化け屋敷」というテーマにぴったりだった。

にもかかわらず、なぜか僕は躊躇《ちゅうちょ》した。ある程度の脚色は必要にしても、これを使えば執筆はかなり楽になる。むしろ依頼された原稿枚数では足りないくらいの取材が、ちゃんとなされていることに、自分でも驚いたほどだ。正に打ってつけの題材と言えた。

それなのに僕は思い留《とど》まった。

ここではない……。

なぜか、そんな勘が働いた。自分でも理由は分からないが、今ここで発表するべきではない、という感覚に囚《とら》われたのだ。

誤解のないように書いておくが、〈異形コレクション〉シリーズが発表媒体として不服だったわけでは決してない。僕のささやかな怪異譚蒐集の成果を披露するに当たって、これほど相応しい場もないだろう。むしろ他には考えられなかったかもしれない。

結局、僕は自分の数少ない怪異体験の中から、テーマに合った「見下ろす家」を紹介することにした。他人の体験談よりも著者本人の話の方が、きっと読者も興味深いだろうと、やや無理に己を納得させた覚えがある。

ここで唐突に話は変わるが、この件より随分と以前から、僕は憑《つ》き物信仰について調べていた。今からだと、八年ほど前になるだろうか。

そのとき僕は、それまでに執筆した『忌館《いかん》　ホラー作家の棲《す》む家』にはじまる〈作家三部作〉やその関連作とは違う新しい小説を模索していた。それはホラーとミステリの融合を目指す作品になるはずだった。〈作家三部作〉でも両者のハイブリッドが成されている、という拙作に対する評価は聞いていたが、その融合具合に僕自身は満足していなかった。片方が主でもう片方が従ではなく、もっと濃いレベルで両者が混ざり合い、正に混沌《こんとん》としている作品を書きたかった。

学生時代に考えたものだが、核となるアイデアはあった。これこそホラーとミステリの融合を試みるに相応しい着想であると、僕は直感していた。そうなると次は、そのアイデアを最大限に活《い》かせるテーマを見つける必要がある。そこで選んだのが憑き物信仰だった。このテーマとアイデアの結びつきが、そのままホラーとミステリの混合に繋がると、再び僕は直感したわけだ。

こうして書き上げたのが、刀城言耶《とうじょうげんや》シリーズの第一長篇『厭魅《まじもの》の如き憑くもの』である。本書で僕は、憑き物信仰に支配された神々櫛《かがぐし》村という異様な集落を、文字通り一から完全に創り上げた。そうすることではじめて、ホラーとミステリの融合が可能になると考えたからだ。なぜなら――いや、話が逸《そ》れてしまった。

とにかく僕はその頃、憑き物信仰の取材にほぼ専念していたと言って良い。そんなとき、とある文学賞のパーティで顔を合わせたのが、ライターの南雲桂喜《なぐもけいき》である。南雲はホラーやミステリの書評から心霊スポットの探訪記事まで、広義のミステリーネタなら何でも扱う器用なライターで、僕も名前だけは知っていた。だが一部の書評を除いて、彼の文章にはほとんど目を通したことがなく、面識もまったくなかった。そんな僕にそのパーティで南雲を紹介したのが、ミステリ評論家の千街晶之《せんがいあきゆき》だった。

「きっと、お話が合うと思います」

本当に千街の言う通りだったのには驚いたが、考えてみれば編集者時代の僕と南雲は何処か似ているのかもしれないと思い、妙に納得した。

僕は編集者時代、自分の怪奇趣味を活かしたシリーズ企画を立てたり、担当雑誌に署名記事を書いたりと、サラリーマンにしては相当好き勝手なことをしていた時期がある。

そういう作家デビュー前の仕事を、その当時から千街晶之はちゃんとチェックしていたらしい。まったく恐ろしい男である。そんな千街が、僕と南雲は話が合うと感じたのだから、これほど確かなこともないだろう。

　南雲桂喜は非常に人好きのする男だった。拙作だけでなく、僕が編集者時代に企画した書籍にも通じており、まったく話が尽きなかった。結局パーティの席だけでは話し足りず、僕らは会場だった某ホテルのバーへ移動して、そこで飲み直すことにした。

　バーでは逆に、僕が南雲の仕事について尋ねた。純粋に興味を覚えたからだが、憑き物信仰の件が頭にあったことは否めない。彼なら何か面白い文献を所蔵しているのではないか、貴重な情報を持っているかもしれない。そういう期待があったのは事実だ。

「憑き物ですか」

　南雲は水割りをじっくりと味わうように飲みながら、少し考え込む素振りを見せた。

「それもお話を伺っていると、民俗学に深く根ざした憑き物信仰を、本格的に調べておられるみたいですね」

「執筆予定の小説では、おそらく憑き物筋の家系を扱うことになると思います。そうなると通り一遍の知識では、とても書けないでしょうから」

「……そうですね」

　相槌を打ちつつも、やはり南雲は何かを考えているようだった。

「四十澤想一《あいざわそういち》を知っていますか」

だから唐突にそう訊《き》かれても、僕はあまり驚かなかった。

「何処の大学にも属さずに、生涯を市井《しせい》の民俗研究者で通した人ですよね」

「さすがにご存じでしたか。とっくに彼の著作は入手困難になっていますので、もしやと思ったのですが——」

「でも、実際に四十澤先生の著作を読んだのは、今回の調べ物をはじめてからです。だから、あまり偉そうなことは言えません」

「そんなご謙遜《けんそん》を。彼の本にまで目を配られたのは、なかなかどうして大したものです」

如才なく僕を持ち上げてから、南雲は徐《おもむろ》に本題へと入った。

「四十澤は民俗学に於《お》ける怪異な現象に、特に興味を持っていました。そんな中でも日本の各地方に伝わる、その地特有の怪異の蒐集には、並々ならぬ意欲を見せた。関西に住んでいたため、どうしても西日本の事例が中心になっていますが、彼の民俗採訪の成果は本当に素晴らしい。どれほど小さな怪異でも、その発生や性質を聞き書きするだけでなく、別称や伝播《でんぱ》の有無まで、とにかくとことん調べている。そういう姿勢が、四十澤想一には常にありました」

「自分は研究室から出ずに、ほとんど他人のフィールドワークを参考にして、それで原稿を書いてしまう学者も多いですからね」

「ええ。にもかかわらず『今後はこういう方面の調査が必要であろう』なんて偉そうなことを書いていたりする。お前が調べろよ、と突っ込みたくなります」

「確かに」

二人とも苦笑したが、南雲はすぐ真顔になると、

「ところが、四十澤想一の著作の中で、その箇所にしか名前の挙がっていない怪異が、実は存在しているのです」

「えっ」

「梳裂《すくざ》山地に〈のぞきね〉と呼ばれる化物の伝承があります」

「どんな字を書くのですか」

「基本は平仮名ですが、漢字だと覗《のぞ》き見るの〈覗〉に、樹木の〈木〉に、子供の〈子〉になります」

僕が頭の中で〈覗木子〉と思い浮かべるのを待っていたのか、少し間を開けてから南雲が続けた。

「山林の樹木には、山神様の依代《よりしろ》とされる樹があるでしょう」

「他の樹木と明らかに形状の異なるものですね」

「そういう樹は、絶対に伐《き》ってはいけないとされた。梳裂山地も同様で、それを〈除木根〉と呼んで区別していたそうです」

南雲は再び漢字の説明をしてから、

「それでも、うっかりと伐ってしまう者や、故意に伐採する不届き者が出る。すると、

そいつのところに覗木子がやって来る」

「除く必要のある木の根という意味の除木根と同じ音の、覗き見する木の子と書く化物が出る——そういうことですか」

「はい。ただし化物といっても、それが不届き者に祟《たた》るわけではないらしい。単に出るだけで、特に何もしない」

「どういうことです？」

「除木根を伐った者は、やがて誰かに見られているような気がし出す。でも周囲を見回しても、自分を見詰めている者など誰もいない。しかし、何かに覗かれている感覚は少しも消えない。そのうち四六時中、それの視線を感じるようになる。そうなると、ほとんどの不届き者は神経がやられてしまう……ということらしいのです」

「心理的に責められるわけですね」

覗木子の特異な性質に、僕が素直に感嘆していると、

「相手は化物ですから、慣れることなどないのでしょう。考えてみれば幽霊や化物といった存在は、ただ姿を現すだけで効果がある。覗木子の遣《や》り方は、そういう意味では正しいのかもしれません」

南雲が興味深い解釈を示した。

「その著書で四十澤は覗木子について、例の如く詳細な記述を行なっています。他の地方の他の怪異に対するのと同じ姿勢で、覗木子にも取り組んでいる。不明な点があれば、

はっきり分からないと書いてある」

「はい」

「それなのに、覗木子を取り上げた章の末尾に、奇妙な一文があるのです」

「どんな？」

そこで南雲は、まるで焦《じ》らすように口を閉じた。そして水割りを再び味わうように飲んでから、

「空で言えますよ。『この覗木子から派生したと考えられるものに、のぞきめがある』という文章です」

二

「のぞきめ……」

その奇妙な音の響きが、僕には何とも気色悪く感じられた。

「どんな字を書くのですか」

すかさずそう訊いたのは、漢字が分かるだけでも、その薄気味悪さが少しは減じそうに思えたからだ。

しかし、南雲桂喜は首を振ると、

「平仮名で書かれていたので、どんな漢字かは分かりません」

「その一文で、覗木子を扱った章は終わるのですか」

「ええ、唐突に。四十澤想一であれば、のぞきめとは何であるかの説明があって然《しか》るべきなのに。仮に調べ切れなかったのなら、ちゃんとそう断わるはずです」

「ところが、のぞきめという名称だけを示して、まるで断ち切るように先生は、その章を終えてしまっている……」

「気になりませんか」

「もちろん。でも、その一文にしか出てこないんですよね」

「全著作の中で、本当にそこだけです。おそらく原稿を書いているとき、つい筆が滑ったのでしょう。ゲラで直さなかったのは、せめて活字として残しておきたい……そんな心境からだったのかもしれません」

「それで南雲さんは、のぞきめについて調べられた。その結果、それが何であるか突き止められた。そうなんですね」

こうして話題に出すからには、そうなのだろうと僕は確信したのだが、

「調べましたが、よく分かりませんでした」

あっさりと彼は否定した。

「梳裂山地に接したある集落の伝承らしいのですが、とっくに廃村になってましてね。その周辺の地域を回ってみたものの、まったく収穫がありません。しかし、知る者がい

ないわけじゃないと感じました。ある年齢以上の年寄りは、何か知っていそうでしたから」

「黙して語らず……ですか」

「こちらが得体の知れぬ他所者《よそもの》という要因もあったでしょうが、それを抜きにしても、口に出すのも憚《はばか》られるという雰囲気が感じられました」

「そうなると益々《ますます》、のぞきめのことが知りたくなりますね」

自分が調べている憑《つ》き物信仰からは少しずれるが、これはこれで魅力的な題材だと僕は思った。そう感じたままを述べると、南雲が急に身を乗り出してきた。

「ご自分でも調べられるおつもりですか」

「今は無理ですし、いつということもありませんが。そのうち時間ができれば、小説の題材として考えるのも良いかなと……あっ、そのときは南雲さんに、必ず了解を取るようにいたします」

「いえ、そんなことはいいんですが――」

そこで彼が嫌な笑いを浮かべたので、僕はどきっとした。それまでの人好きのする好印象の裏から突然、まるで別の顔が覗いたようだったので、少し驚いた。だが、このあと彼が発した言葉で、そんなものは吹き飛んでしまった。

「のぞきめに関して四十澤想一が記録した、未発表の大学ノートが存在するとしたら、ご興味はありますか」

どういうことかと尋ねる僕に、実物を見てもらうのが一番だと南雲は答えた。ただ気になったのは、彼がそのノートを僕に売りつけたがっているらしいことだった。それも結構な金額を考えているようで、俄《にわ》かにきな臭さが漂いはじめた。

しかし、とても興味があったのは事実である。そこでとりあえず次に会う約束をして、まず問題のノートを見せてもらうことになった。買い取り云々《うんぬん》の話はそれからで良いと、彼がはっきり口にしたのだ。

なんとなく不快な気分のまま南雲桂喜と別れて帰宅すると、深夜だったが祖父江《そふえ》耕介《こうすけ》に電話をした。彼は関西時代からの僕の親友で、南雲と同じライターだった。同じと言えば、その守備範囲も非常によく似ていた。そんな耕介なら、南雲桂喜に関する情報を持っているかもしれない。

そう考えた僕は、すぐ彼に電話したのだが、

「偉い作家の先生から直々にお電話を頂けるとは、俺も偉《えろ》うなったもんやな」

開口一番に茶化されて、少しだけ気が晴れた。

「まだ寝てないよな」

「ああ、大丈夫や。どないした？　急用か」

南雲桂喜との話を一通り伝えたうえで、彼がどういう人間なのか知っているかと、耕介に尋ねた。

「うーん」

すると耕介は、困ったような唸《うな》り声を上げてから、

「あいつの書く原稿は、どれも素晴らしい。仮に中高校生向きの莫迦《ばか》々々しいような都市伝説ネタを扱った記事にしろ、ちゃんと必要な文献を押さえ、噂の現場にも足を運んで雰囲気を摑《つか》み、関係者にインタビューまでして、そのうえで原稿を書いとる。しかも、そこには必ず彼独自の視点があるんや。それが時に、とても鋭い解釈となって表れるから、まぁ大したもんやと思う」

「偉い誉めようやな」

正直ちょっと驚いた。そこまで耕介が評価しているとは思わなかった。ただ、妙に含みを持たせた物言いに引っかかった。そう言うと、耕介は再び唸りながら、

「ええ仕事をしとるのは間違いない。ただなぁ、その人物については、あんまり良うない噂があってな」

「人当たりは良かったけど……」

「とはいえお前も大学ノートの売買に関しては、おやって感じたんやろ」

「……そうやな。人好きするように見えて、実は油断できん奴かもしれんとは、そのときとっさに思うたな」

「一部の編集者の間では、南雲桂喜は何かに憑かれとる……って有名なんや」

「文字通りにか」

「あいつに管《くだ》や犬神が、ほんまに憑いとるわけやない。そうやのうて、怪異に対する執

念とでもいうか……」

「怪談奇談好きが高じて――ってことか」

「せやな。時に常識では考えられん言動をするらしい。そのお蔭《かげ》で質の高い仕事をしとるんは間違いないけど……。何事にも限度いうか、節度が必要やからなぁ」

「それを彼は、しばしば超えてしまうわけか」

「あとは金銭トラブルもあるらしいが、その辺りは俺もよう知らん」

「かなりの問題人物やな」

「あいつとの付き合いを絶った、非常に生真面目な編集者もおったよ」

「電話して良かった。ありがとう」

僕が礼を言うと、耕介は心配そうに、

「問題のノートの出所やけど、ちゃんと確認した方がええぞ」

それから少し関係のない話をして、再び礼を言ってから電話を切った。

約束の日の夜、僕は先日と同じホテルのバーに赴いた。日中はお互い仕事があるので、どうしても会うのは夜になる。普通なら夕食でも一緒にとなるが、今回の件には相応《ふさわ》しくないと二人とも思ったようで、ごく自然に同じバーでと決まった。

南雲桂喜は先に来て飲んでいた。挨拶《あいさつ》をしてオーダーを済ますと、早速この前の続きに入ろうとしたので、すかさず僕は待ったをかけた。

「その前に、問題のノートを入手した経緯について、宜《よろ》しければお伺いしたいのですが」

「いいですよ」

　はぐらかされるかと思ったが、南雲はあっさり承諾した。

「例ののぞきめの件で四十澤想一を訪ねたのが、そもそものはじまりでした」

「直接それについて、四十澤先生に尋ねようとしたんですか」

「もちろん、そうです」

　当たり前のように答える南雲を見て、その行動力に僕が驚いていると、

「もっとも最初は門前払いでした」

　まるで四十澤の対応が当然だったかのように、彼が続けた。

「どうしてです？」

「おそらく私が突然、訪問の目的を告げたからでしょう」

「のぞきめに関してお訊《き》きしたいと、いきなり切り出したのですか」

「ええ。当時の四十澤は七十代の前半で、まだ元気でした。何処の誰とも知れぬ無礼な若造を追い返すくらい、雑作なかったでしょう」

　それが分かっているなら、もっと穏やかな訪問の仕方もあったろうにと僕は呆《あき》れた。しかし、これが南雲のやり方なのだろう。

「もちろん私も、それで引き下がりませんでした。その日から何度も何度も、四十澤を訪ね続けました」

「でも、いつも門前払いだった？」

南雲は頷《うなず》きつつも、微《かす》かな笑みを浮かべた顔で、

「そういう扱いを受け続けたのは事実ですが、毎回ただ追い払われるだけで、私も済ませていたわけではありません。その度に先方が興味を引かれるような、民俗学的な話を振るように心掛けました。一年ほど経つと、玄関先とはいえ立ち話をするようになってね」

「……一年も」

「根気はある方です」

「もしかして――」

僕はふっと浮かんだ疑いを、とっさに口にした。

「最初の訪問の無礼さは作戦だったのですか」

「フィールドワークをしているとき以外の四十澤想一は、とても取っつき難《にく》い人物だという噂でしたからね」

だから南雲はわざと悪い印象をはじめに与えて、それを徐々に払拭《ふっしょく》していったのだろう。時間はかかるが、その方が確実に相手の懐に入れると踏んだに違いない。

「それでも家に上げてもらえるまで、二年近くかかりました。もっとも私にも生活がありましたから、四十澤想一にだけ構ってるわけにもいかない。仕事をしなければなりません。それと四十澤の性格を併せて考えると、あなたが仰《おっしゃ》るところの作戦の効果は、意

外と早く出たのかもしれません」

「なるほど。お見事です」

南雲に賛辞を送りながらも、僕はその先が気になって仕方なかった。

「家に上げてもらえたとはいえ、のぞきめの話はタブーだったんじゃないですか」

「そうです。折を見て持ち出そうとしましたが、まったく取りつく島もありません。けど、それは予想していましたし、そもそも四十澤家に入り込もうとしたのは、別の目的があったからです」

「まさか……」

「彼が書き残した、のぞきめに関する資料を見つけること」

何の躊躇《ためら》いもない口調で、さらっと南雲は口にした。

「ただし、家探しするわけにもいきませんから、これには苦労しました。でもね、四十澤夫人の商売に、少なからず私は助けられたのです」

「奥さんのご商売？」

「いや、商売なんて言うと怒られるか。四十澤夫人は占い師なんですよ。それも売れっ子らしくて、家には常に客が詰めかけていた。客の中には、占い師より拝み屋に行った方が良いような者も交じっている。けれど夫人は、来る者は拒まずの姿勢で、必ず全員に対応するわけです。そういう客の相談内容に、四十澤はいたく興味を示しました。憑《つ》き物の相談などが多かったからでしょう。そのため私を書斎や書庫に独りにしたまま、夫人のところへ行ってしまうことが、時折あったのです」

「その機会に、あなたは……」

家探し、捜索、物色といくら言葉を代えても、南雲のやっていた行為は到底許されるものではない。なのに彼は笑顔で、四十澤家の内情まで口にしはじめた。

「通っているうちに、四十澤想一の仕事を支えているのは、夫人の稼ぎだと分かりました。彼の著作が優れているのは認めますが、ああいった専門分野の原稿料や印税だけで食えないのは、あなたもご存じでしょう。しかも彼は、かなりの歳月を民俗採訪に充ててもいる。他の収入がなければ、とてもやっていけません」

「……確かに、そうですね」

相槌《あいづち》を打ちながらも、僕は気分が悪かった。南雲の行為は完全に窃盗を意図している。にもかかわらず本人には罪の意識が少しもない。そんな奴とこれ以上は話したくない。でも、どうしても先が知りたい。そう強く望む自分がいた。もしかすると僕は、完全に彼の術中に嵌《は》まっていたのかもしれない。

「大したものだと思ったのは、夫人が経済面だけ面倒を見ていたわけではないことです」

南雲が話を続けた。

「ちゃんと四十澤の生活面まで、夫人は手抜かりなく世話をしていた。売れっ子の占い師ということで、正直私は偏見を持っていました。家事など一切しない、お高く留まった教祖様のような女だと決めつけていたのです。ところが、四十澤の妻としての役目も、ちゃんと果たしている。料理も上手《うま》くて、私が四十澤の資料整理などを手伝ったあと、ビールと一緒に菜の花のお浸しや山菜の煮物などを出すのです。もっとも四十澤は、『今の若い人の口には合わんよ』と言って、その度に寿司《すし》や鰻《うなぎ》を取ってくれました。でも今から考えると、彼自身の好みではなかったんでしょうね。あんなに世話を焼く奥さんなんて、そうそういないのに。勿体《もったい》ないことです」

四十澤想一を非難する南雲の神経を、僕は疑った。だが、とりあえず最後まで語らせた方が良いと判断して、あえて黙っていた。

「話が逸《そ》れましたね。そうやって四十澤が夫人の客たちの話を聞いているうちに、私は彼の書斎や書庫を調べました。けど、それらしい資料がなかなか見つかりません。どんなものでもある程度は目を通す必要があるので、とにかく時間がかかる。そのうち私の仕事も忙しくなってきて、四十澤家を訪れる回数が減りはじめた。一年に数回という年もありました。お蔭《かげ》で問題の大学ノートを手に入れるまで、気がつくと最初の訪問から十数年が経ってしまっていました」

何とも気の遠くなる話であるが、そこまでする南雲の執念が恐ろしい。本当に怪異そのものに取り憑かれているとしか思えない。

「何処にあったんですか」

「書庫の古い段ボール箱の中です。そこには学生時代の教科書やノートが仕舞われていたので、つい私も見逃してしまって……」

南雲が何とも悔しそうな顔をした。

「その箱の中を最初に調べたとき、もっと身を入れていれば、四十澤家に出入りしてから二年ばかりで、問題のノートが入手できていたのに」

しかし、そこで微笑むと、

「けれど念願の資料を手に入れた数日後に、憑き物信仰を調べているあなたのような方と知り合えるとは。正に絶妙のタイミングで、私はあのノートを見つけたのかもしれません」

「……はぁ」

独りで興奮する南雲にうんざりしつつも、

「どうして先生は、そんな学生時代の思い出が詰まった箱に、そのノートを入れておいたのでしょう？」

僕が何気なく覚えた疑問を口にすると、彼から驚くべき答えが返ってきた。

「のぞきめに四十澤が遭遇したのが、彼の学生時代だったからですよ」

「えっ……」

「問題の大学ノートには、その体験談が綴《つづ》られています」

こちらの反応を楽しむかのように、南雲がゆっくりとそう言った。

「そんな貴重なノートを、あなたにならお譲りしても……と思っているわけです」

「ノ、ノートには――」

どんな話が記されていたのか、その一端だけでも聞き出しそうになった僕は、慌てて自分を諌《いさ》めた。これでは南雲と同じではないか。

「ノートは黙って持ち出したのですか。このことを四十澤先生はご存じないのですか」

僕の非難めいた問いかけに、南雲はさも心外そうに、

「私は十数年にも亘《わた》って、四十澤の仕事の手伝いをしてきたのですよ」

「それは、あなたに良からぬ目的があったからでしょう」

「だとしても、かなり長い間ずっと四十澤の手助けをしてきたのは、歴然たる事実です」

「いや、ですから――」

「古い段ボール箱に仕舞われた、おそらく本人も忘れているようなノートです。少し拝借するくらい問題ないでしょ」

「借りるのなら、ちゃんと四十澤先生に断わるべきです。仮に許可が出たとしても、それを勝手に売り払っていいわけありません」

「もちろんお売りするのはコピーです。ノートは時機を見て、元あった場所に戻すつもりでおります」

先程は確かにノートそのものを譲るような口振りだった。それを急遽《きゅうきょ》コピーに変更したのは、僕の非難を少しでもかわすためだろうか。しかし、当たり前だがコピーでも絶

対に駄目である。

「南雲さん、四十澤先生に気づかれないうちに、そのノートは返した方がいいです」

あまり強い物言いになって、南雲の態度を硬化させないようにと気遣ったのに、彼にはまったく暖簾《のれん》に腕押しだったらしい。

「気づくわけありませんよ。あなたさえ知らせなければ」

むしろ気遣いを仇《あだ》で返すように、そんな脅しめいた台詞《せりふ》を吐かれた。

「僕から先生にお知らせはしません。ただし、そのノートが誰かに売られたという噂を耳にしたら、そのときは別です」

「こんな面白い題材を、みすみす逃すとはね。残念ですが、まぁ仕方ありません」

グラスの水割りを一気に呷《あお》ると、「じゃあ」とだけ挨拶《あいさつ》して、南雲桂喜は悠然とバーから出て行った。その後ろ姿を見ながら、もっときつく戒めるべきだったと僕は後悔したが、もう遅かった。

三

翌日から僕は、のぞきめについて調べはじめた。場所は梳裂山地周辺の集落と分かっている。四十澤想一が学生時代に、それに関する何らかの体験をしたということは、彼の年齢に鑑《かんが》みて昭和十年代の前半だと察しがつく。この二つの手掛かりがあれば、何とかなると思ったのだが、どうやら甘かったようだ。

八方に手を広げて調べてみたが、そもそも〈のぞきめ〉という名称が出てこない。〈除木根〉なら言及している資料はあったが、それさえ非常に少ない。おそらく梳裂山地に限ったものだからだろう。そして更に絞られた地域——もしくは該当の集落のみ——で伝承されてきたのが、きっとのぞきめなのだ。

未練は残ったが、これ以上はどうにもならない。既に本来の憑き物信仰調べにも支障が出ていたので、僕は諦《あきら》めることにした。

南雲桂喜とバーで別れてから、二週間ほど経ったときだった。突然、彼から郵便物が届いた。開けてみると、とても古びた大学ノートが入っている。

まさか……。

どきどきと急に高鳴り出した心臓の鼓動を意識しつつ、封筒からノートを取り出す。ゆっくり丁寧に開いて、そこに記された文章に目を落とした瞬間、それが四十澤想一によって書かれた問題のノートであると、瞬時に僕は悟った。

封筒の中には南雲の手紙はなく、そのノートしか入っていない。念のためにノートをぱらぱらと捲《めく》ってみたが、頁の間に挟まれているメモも見つからない。

何のつもりだ？

いきなりノートだけを送りつけてきた南雲の真意が分からず、僕は首を傾げた。こちらの手元にノートがあるという状態を無理に作って、それから徐《おもむろ》に法外な金銭を要求するつもりだろうか。目の前のノートを読みたい誘惑に、必ず僕が負けると見越した、これは狡賢《ずるがしこ》い罠《わな》なのか。何であれ、大いにきな臭いことだけは間違いない。

すぐに僕は、四十澤想一に手紙を書いた。何処で南雲桂喜と知り合い、どんな話を彼から聞いたかを詳述した手紙と一緒に、問題のノートを四十澤に送った。正確には返却したと言うべきか。伝手《つて》を頼って調べた住所は××県のものだった。

一週間ほどして、四十澤想一から手紙がきた。ノートについて礼が記されている以外、南雲にも触れられていない簡潔な内容だった。正直ちょっとがっかりした。感謝感激して欲しかったとまでは言わないが、のぞきめに関して何か示唆でもあるのではないかと、実は密《ひそ》かに期待していたのだ。

己の浅ましさを反省しつつ、僕はこの件を忘れることにした。ちなみに南雲からは、その後まったく何の連絡もなかった。

それから五年あまりが経ったある日、見知らぬ名前の弁護士事務所から郵便物が届いた。怪訝《けげん》に思いながら中を見ると、故人である四十澤想一の遺言に基づき、代理人である当事務所より同封した封筒を送付するという旨の手紙と、当の封筒が入っていた。

もしかして……。

僕の心臓は高鳴った。南雲桂喜から例のノートを送りつけられたときの記憶が、まざまざと脳裏に蘇《よみがえ》る。震える手で封筒を開け、手紙らしき封書と一緒に、思わず懐かしいと感じてしまったあのノートを取り出した。

逸《はや》る気持ちを抑えて、まず封書の手紙を読む。それは四十澤想一から僕に宛てられたもので、自分たち夫婦が亡くなった暁には、このノートを僕に寄贈するという内容だったので、びっくりした。手紙には、拙作の刀城言耶シリーズを愛読していたこと、大学ノートに書かれた内容を題材にしても構わないこと、関係者は全員が死亡し、舞台となった村も家も存続していないので、プライバシー侵害の心配はする必要がないこと、このままノートに記録した怪異が埋もれてしまうのは、一人の民俗学者として心苦しく思うこと――という内容が、とても簡潔に認《したた》められていた。

疑うわけではなかったが、僕は当の弁護士事務所に電話をした。四十澤の手紙の内容を掻《か》い摘《つま》んで話すと、ノートの所有者は確かに僕になると、弁護士に言われた。四十澤夫婦には子供がなく、身内もいないので、何の差し障りもないと説明された。ただし、その内容について当事務所は完全にノータッチだと断わられた。よって、それを発表することによって生じるかもしれない問題に、こちらは一切の責任を負えないとも釘《くぎ》を刺された。

次に僕は、南雲桂喜に連絡した。携帯電話の番号が変わっていたので、知り合いの編集者を通じて調べた新しい番号にかけると、すぐに本人が出た。挨拶もそこそこに今回の件を伝えると、はっと息を呑《の》む気配がして、しばらく無言になった。

「もしもし南雲さん、聞こえてますか」

僕の呼びかけに、更に沈黙で彼は応《こた》えてから、ぼそりと呟《つぶや》いた。

「……読まない方がいい」

「はっ？」

「そのノートに目を通すのは、絶対に止めた方がいい」

四十澤から直《じか》に僕が譲り受けたため、南雲が機嫌を損ねたのだと最初は思った。だから、そんなことを言うのだろうと考えた。しかし、それにしては彼の口調が妙である。

「どうしてです？　なぜこのノートを読んでは駄目なんです？」

「……来るから」

「えっ？」

「あれが覗《のぞ》きに来るから……」

南雲の言葉の意味を理解する前に、ぞわっと二の腕に鳥肌が立った。次の瞬間、五年前の奇妙な出来事の真意が、僕には分かった気がした。

南雲とバーで別れて二週間ほど経ったとき、いきなり彼がこのノートを送りつけてきたことがあった。あれはノートを読んだ彼の身に、何かが起こったからではないか。それで怖くなった彼が、問題のノートを始末しようと僕に送ったのではないだろうか。

ふと浮かんだこの考えを、僕はストレートに南雲にぶつけた。気遣いをする余裕がなかったこともあるが、彼には無用と感じたのも確かだ。

しかし、それに対して南雲は何も答えなかった。

「そのノートを読むのなら、とにかく覚悟しておくことだ」

とだけ口にすると、一方的に電話を切ってしまった。

とたんに僕は不安になった。単なる脅しだと思おうとしたが、どうしても無理だった。第一こちらを怖がらせるつもりなら、もっと喋《しゃべ》りかけてきたはずだ。相手はその道のプロなのだから、いくらでも効果的な物言いがあるだろう。

だが、南雲は多くを語らなかった。むしろ関わり合いになるのを恐れるかのように、さっさと電話を切ってしまった。

どうしよう……。

問題の大学ノートを前にして、僕は迷った。このまま読まずに封印するか、南雲の警告を無視して目を通すか。どちらの道を自分は選ぶのか。

だが、どれほど悩んでも決められない。どちらとも判断できない自分がいる。

ただ、そういう葛藤《かっとう》と矛盾するかもしれないが、実は心の奥底で既に自分が決めていることを、密かに分かっていたような気がする。なぜなら僕という人間が、怪異譚《たん》を好む猟奇者だからである。

とはいえ自ら進んで、わざわざ怖い目に遭いたいとは思わない。心霊スポットと呼ばれる場所に、遊び半分で行く気など更々ない。そういう恐怖を求めているわけでは決してないからだ。

僕が好きなのは、あくまでも怪談奇談である。談というからには、お話でなければならない。それが物語であるなら、たとえ聞いた者に怪異が降りかかると忠告されても、僕は耳を傾けたくなる。作家になって、益々《ますます》この想いが強まった気がしてならない。実際にそういう注意を受けて取材した話で、怪奇短篇として発表した作品もいくつかある。もっとも今のところ、心身に影響を被るほどの障りには幸い見舞われていないので、こんなことが言えるのかもしれないが……。

それでも僕は、三日間ほど躊躇《ちゅうちょ》した。南雲桂喜のあの反応が、どうしても頭から離れなかった。しかし遅かれ早かれ自分が大学ノートを開くことを、やっぱり僕は確信していたのだと思う。

最初に意図した民俗学的な調査記録とは程遠い内容になりそうだが、今回の体験を書き残しておくことにする――という四十澤想一の一文が目に入るや否や、もう僕は完全に没頭していた。そのまま最後まで、一気呵成《かせい》に読み切っていた。

ただし読み進んでいくうちに、とある偶然に気づいたときは、本当に仰天した。

偶然……。

もちろんそうとしか思えない。四十澤想一が学生時代に訪れた村というのが、利倉成留が同じく学生時代に入り込んだ廃村の、少なくとも五十年以上も前の姿だった……という偶然である。いや、決してそれだけではない。二人が遭遇した怪異も、恐らく同一のものだったのだ。

僕は十数年の時をかけて、同じ村で起きた時代の異なる、しかし元凶は多分に等しい二つの怪異譚を、たまたま蒐集《しゅうしゅう》したことになる。

たまたま……。

もちろんそうだろう。しかし、たまたまと言えばまだあった。これはあとで気づくのだが、南雲桂喜がはじめて四十澤想一を訪問した時期というのが、ちょうど僕が利倉成留から「覗き屋敷の怪」を取材した頃だったのである。

この重なりを知ったとき、単なる偶然だと思いながらも、少し気味が悪くなった。それ以降の経緯と、その結果こうして僕の手元に二つの話が集まった事実を考えると、まるで得体の知れぬ何かの力が働いている……かのような、そんな気分に苛《さいな》まれた。

だが、この偶然を——暗合と言っても良いが——活《い》かさない手はないと、次第に僕は思いはじめた。それが作家である僕の役目ではないか。そのために自分の下に、この二つの話は辿《たど》り着いたのかもしれない。

「覗き屋敷の怪」

「終《しま》い屋敷の凶」

こうやって並べて、これらの話は発表するべきではないのか。そう強く感じるように、いつしか僕はなっていた。ちなみに後者は、大学ノートに記された四十澤想一の体験談に、僕がつけたタイトルである。

前書きが長くなってしまった。本来なら二つの話を並べて本にするだけで——差し障りのある人名や地名は仮名かイニシャルか伏せ字にして、後者の旧かな遣いなどは現代の読者にも読み易いように直しはするが——あとは読者の判断に委ねるべきだったかもしれない。だが、それでは読者に対して、あまりにも不誠実ではないかと考えた。

本文の最初の方で、僕はこう記した。

なぜなら怪談奇談を欲して求めた段階で、その人は責任を負っているからだ。その手のものを希求して、わざわざ耳を欹《そばだ》てたり目に留めたりしたことで、その人は自ら怪異を招いていると言える。その怪異に対する責任が、本人にはある。よって僕も遠慮はしない。そんな行為は、その人に対して失礼だろう。

その人とは、もちろんあなたのことです。今、この文章を読んでいるあなた以外の何者でもありません。よって読者であるあなたに、ここで断わっておきたい。もし万に一つ本書を読んでいる最中に——、
普段は感じないような視線を、頻繁に覚えるようになった。

誰かに見られている気がして辺りを見回すが、周りには誰もいない。

有り得ない場所から何かに覗かれている、そんな気がして仕方がない。

こういう感覚に囚《とら》われた場合は、一旦《いったん》そこで本書を閉じることをお勧めしたい。ほとんどが単なる気のせいだろうが、念のためである。

有り得ない場所とは、例えば本棚と家具の間にできた隙間、少しだけ開いた扉の陰、食器棚や冷蔵庫などと壁との間、廊下の角、机や炬燵《こたつ》やベッドの下、風呂場《ふろば》やトイレの換気扇の中、カーテンの裏、室内の死角、天井の四隅、すべての窓の外……など、とに

かく誰もいないはずの、また子供でも絶対に入れないようなところである。

先に挙げた三つの感覚のうち、特に要注意なのは三番目だ。何かに覗かれている……という気配が続くようなら、早めに本書を閉じて欲しい。その症状が軽くて特に影響が出なかった場合、読書を再開するかどうかは、あなたの自由である。

ちなみに僕は、有り得ない場所の例の一つとして挙げたあるところから、何かに覗かれているような気がしてならなかった。だから極力そこには近づかないようにした。少し不便だったが背に腹は代えられない。

だが、そういう厭《いや》な状況も長くは続かなかった。おそらく僕が、のぞきめの怪異に関してあることに気づいたからではないかと思っている。もっとも確証はない。それを裏づける証拠が何もないからだ。あくまでも僕の想像に過ぎない。しかし、そのお蔭《かげ》で気味の悪い現象から逃れられたのだと、僕は今でも信じている。

あることとは何か……。

いや、それは読者であるあなたの想像力に委ねよう。あれの気配さえ覚えなければ、別に気づけなくても一向に支障はないのだから。

第一部　覗《のぞ》き屋敷の怪

利倉成留《とくらしげる》はO大学の四回生の夏休みに、S山地のM地方に造られた貸別荘〈Kリゾート〉でアルバイトをした。

六月に教育実習を無事に終えた彼が、休暇を兼ねて選んだ仕事がこれだった。大学の掲示板に貼ってあったアルバイト募集の用紙にも、「緑豊かなリゾートで、あなたも休暇気分でバイトしてみませんか」とうたわれていた。貸別荘で夏休みを過ごす金はないが、これなら一石二鳥ではないかと飛びついた。

Kリゾートの管理人がバンで迎えに来る集合場所は、貸別荘地に一番近いというY町の駅前だった。一応〈××温泉〉という看板が、駅の正面に見える寂れたアーケードの上に出ていたが、残念ながら栄えている雰囲気は少しもない。温泉町らしい活気が、どこを探しても見当たらない。

小さな駅舎から出てこの風景を目にしたとき、早くも成留は一抹の不安を覚えた。だが、こういう辺鄙《へんぴ》な場所の近くだからこそ、きっと別荘地に相応《ふさわ》しいのだろうと好意的に解釈することにした。

迎えに来ていた管理人は、三野辺《みのべ》という六十代前半の男性だった。年齢の割に好々爺《こうこうや》然とした様子が既にある人物で、Kリゾートがオープンしたころから勤めていると聞いて、ひとまず成留は安心した。

アルバイトは男が二人、女が二人の計四人で、全員が大学生だった。そのため簡単な自己紹介を終えたときには、なんとなく全員が打ち解けていた。

三野辺が運転するバンで、まずY町のスーパーマーケットへと移動する。貸別荘の客に頼まれた食材を買うためだったが、さっそく成留たちも手伝わされた。客と自分たちの食料や日用品の買い出しも、彼らの仕事には含まれている。

買い物を終えて町中を走り抜ける間、鄙《ひな》びたというよりは寂れてしまった温泉町の物《もの》淋《さび》しい眺めばかりが、どうにも目につく。ここがKリゾートの最寄り町というのが、にわかには信じられない。

再び成留の心に芽生えた不安は、車がY町を通り過ぎて山道に入り、どんどん山奥に入るに従って、さらに膨らみ出した。

もちろん彼も、そういった不便な地にKリゾートがあるのは承知ずみである。騒がしい町から遠ざかることも歓迎していた。しかし、両側に鬱蒼《うっそう》と樹木が生い茂る狭くて薄暗い山道を辿《たど》れば辿るほど、駅前や町中で覚えた不安とは違う別の種類の不安が、次第に大きくなってきた。どうしてかは自分でもよく分からない。

「ちょっと怖いような……山やね」

まるでそんな彼の気持ちを察したかのように、彼の隣に座っていた阿井里彩子《あいざとさいこ》が、急にぽつりと呟《つぶや》いた。

彩子はK大学の四回生だったが、一浪一留しているため成留より二歳上である。それまで年上には少しも興味がなかったのに、この姉御肌っぽい彼女には、どこか惹《ひ》かれるものを最初から彼は感じていた。同じ学年なのに先輩に対するような言葉遣いになるのも、彼女を意識している証拠かもしれない。

しかし、このとき成留は、アウトドア派だという彩子が自分と似た不安を抱いたことに、まず驚いてしまった。

「登山好きの阿井里さんから見れば、ここは何の変哲もない山に映るんやないですか」

「下の名前で呼んでもらってええよ」

彩子は気さくにそう言うと、少し困ったような表情で、

「山や森や川って、海もそうやけど、場所によって雰囲気がまったく違うんよ。同じ自然やのに、そこに漂う気配が完全に異なってる。そういう中でも、ここはもっと異質や……って感じるところが、たまにある」

「この山がそうやと？」

「……うーん、ちょっと違うかなぁ」

二人とバンを運転している三野辺との間には、あとの二人が座っていたが、彩子と成留は管理人に遠慮して最初から小声で話していた。

「えっ、違うんですか」

「まだ入り口って感じがする」

彩子の返答に、成留は言葉に詰まった。

「この山がどうこうやのうて、もっと奥に何かがあるんやないか……って気がするの」

「それって、いわゆる霊感ですか」

思わず真剣に尋ねた彼に対し、彼女は苦笑しながら、

「そんな能力、私にはないわ。ただ昔から自然の中に入ると、妙に勘が鋭うなるんよ。野性の本能が目覚めるんかな」

「俺にはそれさえありませんけど、実は似たようなことをY町にいるときから、ずっと感じてたんです」

「私よりも早いやない」

びっくりしたらしい彩子に、慌てて成留は首をふると、

「町で感じたのは、えらい田舎に来てしまったなぁ……とでもいうような、まぁ後悔に近い心配です。でも、この山道に入ってから、それがもっと具体的な不安に変わったとでもいうか……」

「けど、なんで不安に感じるのか、それが分からん？」

「そう、そういう感覚です」

成留が勢いよくうなずくと、彩子がさり気ない口調で、

「こういうところには、よく来るの？」

「いえ、あんまり……」

「せやのに、そんな不安を覚えるわけや」

「……そうですね」

　彩子に指摘され、自分でも意外だと成留は思った。彼女同様、彼にも霊感などない。自然の中で勘が働いたことも皆無である。

　そう彼女に言おうとしたのと、彩子が何か口にしそうになったのとが、ほぼ同時だった。

「私は怖くも不安でもないですよ」

　だが二人よりも早く、くるっと後ろをふり向いたN大学三回生の岩登和世《いわのぼりかずよ》が、

「こんなに緑が多くて、とっても気持ちいいくらいです」

　あっけらかんとした声で、二人の会話に入ってきた。

「うん、こういうのは個人差があるからね。それにマイナス感情を覚えるよりも、もちろん覚えんほうがええわけよ」

　てっきり和世に反論するかと思ったが、彼女の感想を彩子は素直に受け入れた。

「ところで岩登さんは——あっ、和世ちゃんて呼んでもええかな？　よく山や海なんかに行ったりするの？」

　和世はまずうなずいてから、次いでふるふると首をふった。つまり「和世ちゃん」と

呼ぶのは構わないが、山海にはあまり出かけたことがないというわけだ。

自分と同じなのに、この地から受ける印象がこうも違うのは、彩子の言うように個人差なのだろうか、と成留は考えた。かといって彼女より自分が鋭い感性を持っているとは、どうしても思えない。

成留が戸惑っていると、彩子が陽気な口調で、

「岩登さんいう名字やから、勝手に登山好きやないかと期待したんやけど、そんなわけないよね」

「はい、残念ながら違います。でも、うちの兄なんか高校でも大学でも、この名字だけでワンゲル部や登山部から入部の勧誘を受けたって、苦笑してました」

「そうやろうね」

女性二人が笑い合うのを見て、彩子が意図的に話を逸《そ》らしたのだと成留は悟った。確かに管理人の三野辺に聞こえるかもしれない車内で、声高にする話題ではないだろう。

「あのー」

そのときS大学二回生の城戸《しろと》勇太郎《ゆうたろう》が、遠慮がちに後ろを向いて、

「はっきりとはしないんですが、この山に入ったあたりから、僕もなんだか妙な感じがしてるんです」

聞き捨てならないことを言い出したので、彩子と和世の笑い声がぴたっと止んだ。

「勇太郎君も……」

彩子の呟きのあと、車内がしーんとした。これまでの会話が三野辺の耳に入っているのではないか、と成留が心配していると、

「ええーっ、私だけ仲間はずれですかぁ」

場違いなほどずっとんきょうな声を和世が上げた。

「彩子さんと利倉さんは先輩だから仕方ないけど、勇太郎君までそんなこと言うなんて、ちょっとショックです」

さらにとんちんかんな物言いをしたので、少しだけ座が和んだ。岩登和世の存在は、もしかすると救いではないかと思ったのは、成留ひとりではなかったかもしれない。

四人がお互いの顔を見合わせていると、前方から三野辺の声がした。

「もうすぐKリゾートに着きます」


大学の掲示板に貼られていたアルバイト募集の文言に、確かに嘘はなかった。もっとも緑豊かというよりも、そこは緑しかない山の中だった。

最寄りのY町から車で山道を一時間半近く走らないと、Kリゾートには着かない。直線距離にすると三十分もかからずに行けそうだが、トンネルが通っていないので、ぐねぐねと蛇行しながら上り下りする狭い山道を、のろのろと安全運転するしか他に交通手段はない。いわゆる陸の孤島である。

Kリゾートの敷地には、管理棟を基点に、扇状に広がった斜面に十六軒の貸別荘が点在しているだけだった。テニスコートなどの野外施設も、卓球ができるような屋内施設も、まったく何もない。そのため一見、別荘地としては理想的な立地のように映る。

しかし、バンから降り立って貸別荘地の全景を眺め渡した利倉成留は、すぐさまこう感じた。

……寂れてるなぁ。

建物が古びていたわけでは決してない。貸別荘の庭に雑草が茂っていたからとも違う。敷地内を歩く客の姿が見えなかったのは事実だが、それが理由でもない。あくまでも彼の第一印象に過ぎない。

ただし阿井里彩子に目をやると、彼女も複雑そうな表情で貸別荘地を見渡している。それを言うなら城戸勇太郎も同様かもしれない。成留たちを出迎えてくれた三野辺夫人と楽しそうに喋《しゃべ》っているのは、岩登和世ひとりだけだった。

このバイト、やっぱり失敗やったかな。

そう後悔する成留の横で、素早く立ち直ったらしい彩子が、ごく自然に和世たちの会話に入っていったので、彼と勇太郎もそれに続いた。

管理棟の食堂に落ち着いたところで、三野辺夫人が麦茶を出してくれた。夫より十歳は若そうで、とても気さくな女性だった。この管理人夫婦とバイト仲間だけを見れば、かなり恵まれていると思えた。それだけが救いのような気がした。

成留たちは休憩しながら、三野辺から簡単な説明を受けた。もっとも仕事の内容については、アルバイトの面接で訪れた不動産会社で既に詳細を知らされている。三野辺夫婦は成留たちの面倒を見るだけで、彼らの上司というわけではない。指示を仰ぐ必要があるときは、会社の担当者まで電話する取り決めになっていた。

そのため三野辺が口にしたのは、主に管理棟での暮らし方についてだった。男女別に部屋は分かれているが、同性同士は相部屋になること。朝昼晩の食事は、すべて三野辺夫人が作ってくれること。風呂《ふろ》は毎日ちゃんと順番を決めて入ること。Y町に用事がある場合、または行きたいときは、前もって三野辺に言っておくことなど、どれも他愛はないが生活上は重要なことばかりである。

ところが最後のほうで、三野辺がいくつか妙なことを口にした。

「ここの近くに、名知らずの滝という場所があります。滝がある以外は何もないところですが、昔から霊験があらたかな地として、一種の信仰対象になっている。そのため、たまに巡礼者がやって来ますが、そういう人を見かけたら、必ず私に連絡して下さい。あなた方で対応しないようにお願いします」

バイトの仕事ではないと言われ、普通ならそのまま受け流すところである。だが、どうにも成留は引っかかった。自分たちに名知らずの滝の場所さえ教えておけば、いちいち管理人に知らせなくてもすむのではないか。

彩子も何か感じるものがあったのか、「はい」と片手をあげると、

「管理人さんに知らせるのは、相手が巡礼のときだけですか」

「……そうです。貸別荘のお客さんには事前に、私から説明してあります」

その三野辺の返答も、どこか妙だった。

「でも、お客さんに名知らずの滝に行きたいと言われたら、私たちはどうすれば良いのでしょう？」

「そういう人には教えてあげて下さい」

「えっ、けど……」

「みなさんには、あとから地図で説明しておきましょう」

だったら巡礼の相手も問題なくできるはずである。三野辺の言っていることは明らかに変だった。成留が彩子に顔を向けると、ちょうど彼女も彼を見るところで、不審に思っているのが手に取るように分かった。

「この付近の山や森には、いくつもの散策コースがあります」

だが、二人のどちらかが声を上げる前に、三野辺が新たな説明をはじめた。

「すべてのコースは地図にして、受付に置いてありますが、かといってKリゾートが整備したものではありません。どれも私が見つけた自然のルートです。だから、もしみなさんが散策するにしても充分に注意して下さい」

そんな地図があるのなら、なぜ名知らずの滝の場所を載せないのか。成留が首をかしげていると、三野辺の口調が急に険しくなった。

「地図からはずれる山道には、絶対に入らないように。このあたりの山は低く見えますが、とても深い。森も同じです。迷子になれば遭難する危険さえあります。ですから地図にない山道を見つけても、それは無視するようにお願いします」

もっともな注意だったが、やはり成留は引っかかった。三野辺の物言いが大袈裟《おおげさ》というよりも、そこに尋常ではない何か他の意図を感じたせいだろうか。

食堂での話が終わると、三野辺はすべての貸別荘を一軒ずつ回って、成留たちを案内した。事前に十六軒は四人にふり分けられていたので、自分が担当する貸別荘の説明には、誰もが熱心に耳をかたむけた。

そこで初日の仕事は一応すんだので、あとは三野辺夫人の美味《おい》しい夕食をいただき、順番に風呂を使わせてもらい、明日に備えて早めに寝ることになった。

ただし成留と彩子の二人は、就寝前に談話室で少しだけ話をした。もちろん三野辺が口にした、あの不可解な注意事項についてである。

「三野辺さんの最後の話って、ひょっとして彩子さんが言ってたことと、いっしょやないかって思いました」

「ここはまだ入り口で、もっと奥に何かがある……」

「そう、それです」

やはり彼女も同じように感じていたのだと分かり、成留は少し安堵《あんど》した。だが、その薄気味の悪い暗合に、たちまち心が曇った。

「つまりKリゾートの周辺の山や森に、その何かがあるってことですか」

「そこにお客さんを行かせたくないので、三野辺さんは散策コースの地図を作ったのかもしれないわね」

「俺らに釘《くぎ》を刺したように、客にも同じ忠告をしていると?」

「おそらくそうでしょう」

「でも、それって逆効果やないかなぁ。あんなことを言うたら、何かあるんやないかって、勘ぐられんのが落ちですよ」

「それはどうやろ。私や成留君が不審に思うたのは、ここに来る前に妙な感覚に囚《とら》われたからで、あれがなかったら今、こうして話もしてへんよね」

「変な胸騒ぎを覚えん人には、普通の注意事項にしか聞こえへんてことですか」

「たぶん。それと私たちに言ったのは、元気がありあまってる大学生に見えたからやないかな。ここは遊ぶところもないから、仕事の合間に暇を持てあました私たちが、勝手に山や森をうろつかんようにと、前もって牽制《けんせい》しておいたとも考えられる。お客さんの中でも特に子供連れの家庭には、同じようにしているのかもしれんよ」

彩子の見方には説得力があったので、成留は感心した。しかし、貸別荘地の奥にあるらしい何かの存在が、気になって仕方なかった。

「で、どうします?」

「放っておくのが一番やろね」

気負って訊《き》いたのにそんな答えを返され、彼は拍子抜けした。

「な、何もせんのですか」

「管理人さんて、地元の人らしいの」

「えっ……ああ、そうみたいですね」

話が見えなかったので、とりあえず成留は相槌《あいづち》を打った。

「総名井《そうない》という地に実家があるそうなんやけど、そこがまだ村だったころ、ご両親は旅館をやってたみたい」

「へぇ」

「そういう地元の人が、暗に関わるなって警告してるものに、私たちのような他所者《よそもの》が、面白半分に首を突っこむべきやないと思う」

「それは、そうやけど……。でも放っておいて、ほんまに大丈夫でしょうか」

「触らぬ神に祟《たた》りなし」

言われてみればその通りなので、成留は一言もなかった。その様子が、彩子には気の毒に映ったのだろうか。

「わざわざ首を突っこむ必要はないけど、ここでバイトをしてる間に漏れ聞いたり、自然に知ったことなんかがあれば、また二人で検討しようよ」

最後にそう言ってもらえたので、成留もそれで納得した。ただ、いざ仕事がはじまってみると、もうそれどころではなかった。とにかく忙しいのだ。

一人が四軒の貸別荘を担当するのだが、まず客が来る前は建物の掃除に追われた。どれも二階建てのため、一軒の掃除に結構な時間がかかる。しかも別荘の周囲に生える雑草取りまでしなければならない。客が着くと敷地内と建物内の案内、それに食料などの買い出しリストの作成が待っている。客の買い物は三野辺の仕事だったが、一日のうちY町に行く時間は決まっているので、それに間に合わせる必要がある。簡単なように見えて、四軒が重なると大変である。他にも客から要望がでれば、できる限り応《こた》えなければならない。客が帰ると、また掃除をする。厄介なのは雑草取りで、少しでもさぼると鬱蒼《うっそう》と茂って手に負えなくなってしまう。

一組の客の宿泊で、一番多いのが二泊三日だった。次いで一泊二日になる。つまり二日か三日ごとに、くるくると客が入れ替わる。それを四軒分担当するのだから、予想以上にきつかった。一日の仕事が終わると、もう四人ともぐったりしていた。談話室で談笑する元気もないくらいだった。

ところが、八月の初旬を過ぎると客足が急に途絶えはじめた。七月の殺人的な多忙さが嘘だったように、成留たちの仕事が楽になり出した。三野辺によると、ほぼ毎年こんな状態らしい。

いくら何でも極端過ぎると成留は思ったが、それを管理人は当たり前のように受け入れている。その様子が彼には、なぜか少し怖く感じられた。

「バイトの雇い方を、完全に間違ってますよね」

客が少なく暇な日が続いたある夜の夕食後、四人で談話室に集まっていると、それまで文句ひとつ言わず働いていた城戸勇太郎が、突然ぼやいた。

「七月から八月のはじめまでは六人から八人ほど雇って、それ以降は二人から三人に減らせばいいんです。それなのに多忙な時期も暇なときも、いつも僕ら四人というのは絶対に変でしょう」

「そうやね」

阿井里彩子はうなずきながら、

「繁忙期を少人数ですませようとするんは、会社にしたら経費削減になるから、まぁ分からんでもない。けど、こんだけ暇になってるのに四人も雇うたままなのは、どう考えても解せないわね」

「どうしてでしょう?」

真面目に訊く勇太郎に、笑って彩子は答えた。

「担当者が何も考えてない証拠かな」

しかし、強《あな》ち冗談でもなさそうだった。確かに不動産会社で会った担当者は、まだ勤め人の経験のない利倉成留が見ても、かなりいい加減な人物に思えたからだ。

「この貸別荘地は、あの会社でも期待されてへん部署の扱いかもしれんよ」

「あっ、きっとそうです。考えてみればバイトの初日くらい、普通は担当者が顔を出して説明するじゃないですか。それを管理人の三野辺さん任せにしたってことは、はなから担当者はやる気がなくて、バイトも適当に決めたとしか思えません」

やや興奮している勇太郎に、今度は成留が笑いかけた。

「ええやないか。これまで大変やった分、八月の残りはのんびりさせてもらおう」

「そうやね。そうしましょう」

成留の言葉に彩子が賛同し、勇太郎も笑みを浮かべたのに、なぜか岩登和世だけが無反応だった。微笑みは浮かべているのだが、まったく三人の会話に参加していない。そう言えば先ほどから、ほとんど口を開いていない。

「和世ちゃん、どうしたん？　えらい大人しいやない」

やはり彩子も気づいていたらしい。

「それに夕方、着替えたんやね。まさか、今からどこか行くの？」

しかも成留が見逃していた和世の衣服の変化まで、ちゃんと認めている。

「へへっ」

すると和世の笑みが顔いっぱいに広がって、

「私、いいところを見つけちゃったんです」

「このKリゾートで？」

「いいえ、ここの敷地の外です」

和世の返答を聞いたとたん、彩子の顔が曇った。

「あんた、山か森の中に入ったの？」

「入ったっていうか……呼ばれたんですけど」

「誰に？」

「女性の巡礼さんでした。十歳くらいかなぁ、綺麗《きれい》な顔立ちの女の子連れで。その子もちゃんと巡礼さんの格好をしていて、それがまた可愛いんですよ」

得意そうに喋《しゃべ》る和世に、呆《あき》れたような口調で彩子は、

「巡礼者に出会ったら、私らで対応せんと、まず三野辺さんに知らせて、あとは任せるってことになってたでしょ」

「でも、それって名知らずの滝への道を訊かれた場合ですよね」

「どうかなぁ」

彩子の歯切れが悪くなったので、成留があとを受けて、

「初日の三野辺さんの説明では、そういう風に聞こえたと思う。でも実は、かなり曖昧《あいまい》やったんやないかな」

「そうやね。名知らずの滝を出したのは方便で、実際は巡礼者そのものを警戒していることを、私たちに伝えたかったのかもしれんね」

「どうして、はっきり言わなかったんでしょう？」

勇太郎の疑問に彩子が応じる前に、和世が口を開いた。

「つまりKリゾートの敷地内に、お客さんでもない巡礼さんが入りこむのを、管理人さんというか会社が嫌った。そういうことじゃないですか」

「たぶんね。ただ、それを私たちに説明するとき、なぜあんな持って回った言い方をしたのか。それは謎やけど……」

「差別してるみたいに聞こえるのが、きっと管理人さんは嫌だったんですよ」

その謎に和世はあっさり答えを出すと、次いで妙なことを言い出した。

「それに巡礼さんが声をかけてきたのは、ここの敷地の外からでした。だから何の問題もないと思います」

「外ってことは……」

「山道の中からです」

貸別荘地の西の端には、名知らずの滝へ通じる山道の入り口があった。ただし鬱蒼とした藪《やぶ》に覆われているため、最初から山道を捜す気で目を向けないと普通は分からない。だから三野辺が用意した地図にも、この山道は記されていなかった。

その場所の近くに、和世が担当する貸別荘の一軒がある。夕方、そこの掃除を終えた彼女は管理棟へ戻ろうとして、山道の中から声をかけられたというのだ。

「名知らずの滝のことを訊かれた？」

「いいえ。こんにちはって挨拶《あいさつ》されたあと、ここから少し歩いたところに、とっても気持ちの良い場所があるから、よろしかったらごいっしょしませんか……みたいなことを言われました」

「で、ついて行ったの？」

「もちろん行く気はありませんでした。私、山道とか歩くの嫌いですから。でも、お母さんは優しそうな人でしたし、女の子も本当に可愛くって――。その子に手招きされたら、もう断われなくなって……」

「そこって、名知らずの滝とは違うんや」

「はい。山道の途中で横にそれるっていうか、急に藪の中に入って行くので、びっくりしました。このまま進まないんですかって訊《き》いたら、そっちは名知らずの滝に行きますからって、当たり前のように言われて……」

「巡礼者とはいえ、滝には用がないわけか」

彩子の呟《つぶや》きに、成留が応えた。

「すでに滝へは行ったあとで、その帰りやったんかもしれません」

「そうやね……あっ、ごめん。それで？」

二人のやり取りを和世が見つめていたので、彩子が先を促した。

「藪に入るのは嫌でした。でも女の子に手を引かれて、仕方なく足を踏み入れたら、そこにも道があったんです」

「元から二股《ふたまた》に分かれてたけど、そっちの道は通る人がいなくなったんで、いつしか雑草に埋もれてしもうた――って感じかな？」

「そうだと思います。そこからは女の子に手を引かれるまま、ただ私はついて行っただけで……。気がつくと、大きな岩の側にいました」

「自然の岩？」

「……のように見えましたけど、切り取ったみたいに四角いんです。小さな舞台って感じでしょうか。でも、ちょうど真ん中で割れてたので、普通の自然の岩なのに、まるで壊れてるような感じがして、なんだか不思議でした」

「磐座《いわくら》かもしれんね」

聞き慣れない言葉を彩子が口にしたので、成留が問いたげに見ると、

「巨石には神様が宿るいう信仰が、昔からあるんよ。樹木でも他とは違う格好をしてるものは、やっぱり神様が降りる樹――つまり依代《よりしろ》やとみなされるのと同じやね」

「彩子さんて、どうして専攻以外の知識もそんなに豊富なんですか」

素直に感心する成留に、

「女ひとりで山に登ってると、色んな人から話しかけられて、あれこれ教えてもらうことが多いからかな」

何でもないとばかりに彼女は応えたが、ふと顔を曇らせると、

「その岩には亀裂が入ってた。割れてたわけや。そういう岩が磐座に相応《ふさわ》しいか、ちょっと分からんけど……。ただ、元々は磐座だったのが、何十年も何百年も経つうちに、少しずつ罅《ひび》が入ったとも考えられるわね」

「磐座かそうでないかで、何かが変わるんですか」

彩子の言わんとしていることが、どうも成留にはよく分からなかった。

「……そう言われると、困るけど。その岩を私が見たわけやないしね」

そのうえ彼女自身も、はっきりしない様子である。それが彼には、なぜか気持ち悪く感じられた。

「ごめん。また中断させたね。それで？」

彩子が再び促すと、待っていたように和世が続けた。

「その岩のある場所は〈ろくぶ峠〉だって、巡礼のお母さんが教えてくれました」

「ろくぶ峠……」

意味深長な口調で彩子はくり返してから、

「どういう意味か、その人は説明した？」

「私も訊こうとしたんですけど、女の子が近くの湧水《わきみず》に案内するって言い出して、そのままになりました。けど、この湧水っていうのが、とても美味《おい》しかったんです。私、自然に湧いてる水なんて、それまでに飲んだことがなくて。仮に飲めって言われても、絶対に嫌だったと思うんです。でもあの水は、いつまでも飲んでいられるくらい美味しくて、もうびっくりしました」

「湧水を飲んだあとは？」

「巡礼さんの母娘《おやこ》と別れて……」

そこで和世は、あれっという顔をした。

「私は戻ったはずなんですが……覚えてません。気がついたら、山道の入り口に立っていたと思います」

「彼女たちは、どこへ行ったの？」

「……えーっと、あっ、村を訪ねるって言ってました」

「村？　その村の名前は？」

「……聞いたかもしれませんが、覚えてません」

何も言わずに彩子は談話室を出ると、すぐに地図を持って戻って来て、それをテーブルの上に広げた。

「この地図は、S山地付近のものなの。時間があれば散策しようと用意してたんだけど、よく見て。Kリゾートから歩いて行ける範囲に、ろくぶ峠という名の峠も、巡礼の母娘が向かったという村も、まったく見当たらないでしょ」

数日後、その大岩まで利倉成留たちは行ってみることにした。

当初は単独行動を取る気だったらしい阿井里彩子に、まず成留が同行を申し出た。すると岩登和世が、「もう一度あの湧水が飲みたいです」と参加を表明し、城戸勇太郎も「自分だけ残るのは嫌ですから」と一緒に行くことになった。

ないのよ」

「私は好奇心でその岩を見たいと思うてるだけやから、みんなが付き合う必要は少しも

それでも彩子は暗に、自分ひとりで行きたがる素振りを見せた。その様子が、まるで予想される危険からあとの三人を遠ざけようとしているように、なぜか成留には映った。

彼女ひとりで行かせるわけには、やっぱりいかんな。

そう感じた彼は、もちろん「いっしょに行きます」と言った。和世と勇太郎の二人も同じである。

それまで各自の休日は交代制だったが、多忙過ぎて実際には誰も休んでいなかった。今は客足が途絶えて暇なうえ、その日の午前中に滞在客がすべて帰ることが分かっていた。そこで事前に、全員が三野辺に休みたい旨を伝えておいた。本当は会社の許可がいるが、そのあたりは三野辺が融通をきかせてくれた。四人が一日も休まずに働いていることを、Kリゾートの管理人として評価したに違いない。

「みんなでハイキングでもするつもりですか」

「はい。このルートを試してみようと思います」

三野辺の問いかけに、彩子が地図を指差して答えた。彼女が提示したのは、管理人が作った地図の中で、例の山道にもっとも近いルートだった。

「それじゃ、おにぎりを作りましょう」

三野辺夫人の厚意に、成留が申し訳ない気持ちになっていると、

「ありがとうございます。本当に助かります」

ごく自然に彩子が頭を下げたので、その役者ぶりにびっくりした。しかも、和世も同じように礼を述べている。この四人の中で度胸があるのは、どうやら女性のほうらしい。

予定よりも午前中の早い時間に滞在客たちを見送り終わると、今度は四人が三野辺夫婦に見送られて、管理棟を出発した。しばらくの間、彩子は何度も後ろをふり向いた。夫婦に手をふるためのように見えたが、本当は三野辺がついて来ていないか、もしかすると確かめていたのかもしれない。

「あそこです」

敷地の西の端に来たところで、和世が山道の入り口を指差した。

「私が先頭に立つとして――」

あとの三人の顔を彩子は眺めながら、

「すぐ後ろは和世ちゃんやね。問題の分かれ道まで来たら、ここやって教えて欲しいから。三番目は――」

「勇太郎君にしましょう」

それに成留が応じた。彼女の次に年上の自分が、列の最後になるべきだと思った。

「分かった。それじゃ一番後ろは、成留君にお願いするわ」

彩子を先頭に、和世、勇太郎、成留の順で、四人は山道に足を踏み入れた。とたんに涼しい空気に包まれ、背筋がぞくっとした。ひんやりと冷たい雰囲気が、森の中に漂っている。貸別荘地とは明らかに違う気配が、あたりに満ち満ちている。

いくらも進まないうちに、このあたりが分岐点かもしれないと和世が言い出したので、しばらく彩子が周囲を捜し回った。

「これね」

ようやく彼女が見つけたのは、藪《やぶ》の中に続く獣道かと思うような細い筋である。

「ええっ、そんなとこに入るんですか」

非難めいた声をあげたのが和世だったので、彩子が驚いた顔をした。

「だって和世ちゃん、ここを進んだんやないの？」

「……そうなんでしょうか」

なんとも心もとない返答に、彩子はもう一度その近くを捜しはじめた。だが、やはりその道しかないらしい。

「他には見当たらないから、とりあえずこれを試してみよう。それで和世ちゃん、ここやない思うたら、そう言ってくれればええから」

「……はい」

その頼りない返事に成留は心配になったが、彩子はためらう素振りも見せずに、獣道のような細い筋に足を踏み入れた。

すかさず三人も続いたが、おっかなびっくりという足取りである。和世までそうなのは解せなかったが、とにかく三人とも恐る恐る彩子について行くので、もう精一杯という感じだった。

「やっぱりこの道で合《お》うてるようやね」

数メートル歩いたところで、彩子の声が聞こえた。彼女によると、そのあたりから道幅が広がって、山道らしくなっているらしい。すぐに成留たちもそれを実感できたので、勢い足取りも軽やかになった。

ところが、山道らしくなってからが実は大変だった。上り下りが頻繁にあるので、とにかく疲れる。たちまち汗が噴き出す始末である。最初に感じたひんやり感など、完全に吹き飛んでしまった。

「もう駄目です。私、歩けません」

そんな道行きの中、まず和世が音をあげた。

「何を言《ゆ》うてるの。あなた、その大岩までちゃんと行ってるやない」

彩子がびっくりしてふり返ると、和世が情けない声で、

「そのはずですけど、こんなとこ通ったかなって……」

「えっ、道が違うの？」

焦る彩子に、和世は力なく首をふりながら、

「……実は、違うかどうかも分からないんです」

「何も覚えてない？」

「……はい。すみません」

「山道の景色なんて、どこも同じように見えるからね」

そう言って和世をなぐさめつつ、このまま進むべきか戻るべきかを、彩子は考えているようだった。

「でも、はっきりと分岐地点だけは、和世ちゃんも覚えてた。ということは、この道で合《お》うてるんやと思う。ここまで来たんやから、もう少し行ってみよう」

彩子の判断で、その山道をさらに辿《たど》ることにした。ただし、いくらも歩かないうちに和世が「疲れた」とか「休みたい」とか言い出し、そのたびに休憩となる。その頻度が次第に増えてきて、そのうち一向に進まなくなってしまった。

「どうぞお二人で、先に行って下さい」

すると意外にも勇太郎が、二組に分かれる提案をした。

「僕は和世さんといっしょに、あとからゆっくり追いかけます」

「けどなぁ。置いてくわけには……」

彩子が難色を示したが、勇太郎は余裕のある笑顔で、

「和世さんをひとりにするわけじゃありません。頼りないかもしれないけど、僕も残りますので大丈夫です」

「いや、もちろん勇太郎君のことは信頼してるんや。ただ、ここで分かれるんが得策かどうか……」

「でも、このままだと、いつまで経っても進めませんよ」

「彩子さん、そうして下さい」

和世にも申し訳なさそうに頼まれ、彩子は決断した。

「分かった。ほんならそうしよう。ただし、無理はせんように。和世ちゃんの様子を見て、もう限界かなって思うたら、勇太郎君はその場で私たちが戻るのを待つこと」

「了解です」

「この先もし枝道があった場合、どっちに進んだか分かるようにしとくから、それを見逃さんように来ること」

「了解しました」

二人に見送られて、彩子と成留は再び歩き出した。何度もふり返る成留に、和世と勇太郎が手をふっている。そんな二人を見ているうちに、彩子のためらいがとても現実的な心配となって、急に彼にも伸《の》しかかってきた。

こんな得体の知れぬ山中で、別れ別れになって本当に良かったのか……と。

彩子は先を急いだ。和世たちが途中でリタイアする可能性を考えれば、早く大岩まで行って戻って来る必要があるからだと言われた。

しばらくは無言でひたすら山道を辿っていたが、やがて彼女が口を開いた。

「こうなってみると、成留君と二人になれたんは、もっけの幸いかもしれんね」

「どうしてです？」

　場違いにも高鳴る胸を抑えつつ、成留は尋ねた。

「あの子らにはあんまり聞かせとうない、Kリゾートの話があるんや」

　しかし、彩子から返ってきたのは、当たり前だがそんな言葉だった。

「何ですか」

「ここのとこ暇やったから、過去の顧客名簿を見てみたんや。そしたら驚くほどリピーターがおらんの──」

「ほとんどが新規の客……」

「また来ようと思う人が、あまりにも少ないってことやね」

「こういう貸別荘のリピーター率って、高いのが普通なのかな？」

「似たような施設でバイトしたことあるけど、どこもそこそこの高さやった。賃貸とはいえ別荘やから、気に入ったら同じとこに行きたいと思う人が、やっぱり多いんやろうね」

「そうでないと、こういう商売はやっていけないってことか」

「夏休みの前半にお客が集中してしまうんも、このリピーター率の低さと関係ありそうな気がする」

　彩子の指摘に、なるほどと成留は思ったが、

「けど、なんでお客さんたちは、またここへ来たいと思わんのか……」

と続けた彼女の問いかけに、たちまち胃が痛くなるような感覚を味わった。

「交通が不便なうえに、何の遊技施設もないから――じゃないんですか」

彼自身が信じてもいないのに、そう答えたのは、そんな理由であって欲しいという願いからだったかもしれない。

「もちろん、それもあるやろね」

いったん彩子は肯定してから、

「でも、もっと不便なところにもかかわらず、人気の高い貸別荘地はいっぱいある。ここは散策コースが充実してるし、買い出しのサービスもしてくれる。客観的に他と比較しても、決して悪くないと思う」

「それじゃ、やっぱり雰囲気の問題でしょうか」

「……たぶん。お客さんの多くが、理由は分からんながらも、この地に違和感を覚えた。滞在中に、変な気分に陥った。そういうことかもしれん。ただし、具体的な出来事があったわけやないから、噂《うわさ》にまではならん」

「だからKリゾートも潰《つぶ》れることなく、今日まで営業を続けている。新規のお客さんだけで何とかやっている」

「そんな状態で、いつまで経営できるか疑問やけど」

「俺たちバイトが、どうこうできる問題じゃないですよね」

「そんな責任はないし、関わらんほうがええと思う」

と言ったあとで、彩子は苦笑しながら、

「こうして大岩を見に行くんは、今の言葉と矛盾しとるけどね」

「どういう意味です？」

分かりそうで分からない、何とも言えない焦燥感を成留は覚えたのだが、

「このあたりに漂う妙な雰囲気、三野辺さんの意味深長な忠告、和世ちゃんが会《お》うた巡礼の母娘《おやこ》、彼女らが案内したいう大岩……って、すべてが関連してる気がするんよ」

彩子の説明を聞いても、よけい五里霧中になるだけだった。

そのうち成留の息があがってきた。相変わらず山道の上り下りがあるため、喋《しゃべ》るだけで体力を消耗する。それが彩子にも分かるのか、彼女も自然に無口になった。しばらくは二人とも、黙々と歩くだけだった。

だが、特に急な上りを過ぎたところで、彩子は立ち止まってふり返ると、成留が追いつくのを待ってから、

「やっぱり変やよね」

真顔で彼にそう言った。

「何がです？」

「こんなにしんどい山道を、和世ちゃんが往復したことが……」

そう返された瞬間、背中にかいた汗がすうっと冷たくなったような感覚を、成留は味わった。

「しかも、女の子に手を引かれながらやなんて、どう考えても変でしょ」

「その少女もおかしい……ですよね」

「母と娘の巡礼やなんて、ほんまに今時いるのかな」

「記憶が曖昧《あいまい》なのも解せません」

「けど、その大岩まで和世ちゃんが行ったんは、嘘やなさそうやった」

「俺もそう感じました」

成留の言葉にうなずくと、彩子は山道の前方に目をやりながら、

「とにかく大岩の存在を確かめることや」

そう言って足早に歩き出した。

二人が立ち止まった地点から問題の大岩まで、幸いそれほど時間はかからなかった。最後に少しきつい坂を登った向こう側が、ちょっとした草地になっていて、そこに四角く大きな岩が横たわっていた。

「きっとこれね」

「本当にあったんだ……」

二人で大岩へ近づくと、まだ半信半疑の成留に対して、彩子が岩の中心を指差した。

「ほら、大きなひびが入ってる。和世ちゃんが言ってた通りやない」

「……確かに」

「でも、何でやろ？」

亀裂に片手を当てながら、彩子が首をかしげた。

「自然にできたひびやと思うけど、その割には岩が真っ二つに分かれとって、ちょっと変やないかな」

「それこそ自然の悪戯《いたずら》でしょ」

「……まぁ何百年もかかって、こうなったんかもしれんね」

自分を納得させるように言ったあと、彩子は大岩の周囲を調べはじめたが、すぐに発見があったらしく声をあげた。

「ここに何かの跡がある」

成留が近づくと、彼女は地面を示しながら、

「木の杭《くい》の先が、ここに刺さってたみたい」

「かなり前ですか」

「おそらく腐って折れたんやろうね」

「この岩の由来でも記された、案内板が立ってたとか」

「そうやね。または〈ろくぶ峠〉と書かれた山の看板やったか」

「板のほうは見当たりませんね」

「とっくに朽ちて、風で飛ばされたんやろ」

あらためて周囲を見回した二人は、ほぼ同時に顔を見合わせ、ほとんどいっしょに口を開いていた。

「とっても気持ちの良い場所とは、とても思えへんね」

「とっても気持ちの良い場所では、まずありませんよね」

聞き直さなくても相手が何と言ったのか、お互いよく分かった。

「ここって何でしょう？」

「ただの峠やないってこと？」

成留の問いかけに、彩子も問いかけで返してきた。

「俺らが来た山道と、この大岩の先とでは、なんとなく雰囲気が違いませんか。ここまでも薄気味悪いって言えばそうでしたけど、それがもっと濃くなってるような……」

「その境目が大岩ってわけ？」

「あっ、そうかもしれません」

「峠っていうんは、確かにひとつの境やから、成留君の感覚はきっと正しいと思う。問題は、いったい何の境目なのか……やけど」

それから二人は、和世が飲んだという湧水《わきみず》を捜すことにした。大岩の周辺にはなかったので、そこを過ぎて最初の急な坂を下ってみると、左手に下がった山肌の途中に、崩れた石積みの塔らしきものが目についた。

「あそこの岩の間から、水が湧いてる」

崩れた塔もどきの側にある二つの岩の間から、こんこんと湧き出す水が確かに見える。

「下りてみよ」

彩子が先に斜面を下り、成留があとに続いた。だが、湧水の近くまで来ても、彼女は決して手を出そうとはしなかった。

「飲めますよね」

「……たぶん。けど念のために止めとこ」

彩子に促されて大岩まで戻ると、意外にも和世と勇太郎の二人が着いていた。しかも彼は座りこんでいるのに、彼女は元気いっぱいのように見える。

「思ったより早かったやない」

驚きの声をあげる彩子に、はしゃぎながら和世が応《こた》えた。

「もちろん、がんばりましたから」

「よしよし、偉い偉い」

しきりに和世を誉める彩子の横で、勇太郎が気になる呟《つぶや》きを漏らしたのを、成留は聞き逃さなかった。

「がんばったのは僕ですよぉ。大変だったんですから……。それにしてもここに着いたとたん、いきなり彼女は元気になるんだもんなぁ」

実際、和世のはしゃぎ方は変だった。彩子が止めるのも聞かずに、大岩の窪《くぼ》みに足をかけると、そのまま上まで登ってしまったほどだ。

「ここで、おにぎりを食べましょうよ」

そう言って岩の上で跳びはねている。

「分かったから、そんなに騒がないの」

下から彩子が注意すると、和世の動きがぴたっと止まった。しかも、あらぬ方を向いたまま、じっと立ちつくしている。

「どうした？　何を見てるの？」

心配そうに尋ねる彩子に、岩の上から和世の抑揚のない声が返ってきた。

「向こうに村が見えるんです」


成留たち三人も大岩の上に登ると、和世が目をやっている方角を眺めてみた。すると確かに集落らしき光景の一部が、遠方に望めるではないか。

「あっ、本当に村がある」

勇太郎の小さな叫びに、彩子が応じた。

「なんか変やない？」

「どこがですか。ちょっと遠いですけど、僕にはただの村に見えますよ」

「……うん、そうやね」

違和感を覚えながらも、具体的な指摘ができないのか、彩子は曖昧にうなずいている。

「実は隠れ里だとか」

わざと軽口をたたいてから、成留は反対側に目を向けて、あっと思った。

「俺らが来た方に見えるのが、名知らずの滝じゃないかな」

「えっ、どこです？」

「どこに見えるの？」

勇太郎と彩子が、すぐにふり返りながら尋ねてきた。

「ほら、樹木の間に白い筋がある。あれって滝じゃないですか」

前半は勇太郎に、後半は彩子に向けて答えると、二人もすぐに分かったらしい。

「Kリゾートは見えないんでしょうか」

「高い建物がないからね」

二人のやり取りを耳にしながら、成留が再び謎の集落に目を向けると、同じ姿勢のまま佇《たたず》む和世がそこにいた。

「彩子さん」

名前を呼んで、あとは視線で伝えただけなのに、すぐに彩子は察したらしい。

「この上でお昼にしようか」

和世に声をかけて、彼女といっしょに大岩に腰を下ろしたので、成留たちもその横に座った。そこは大岩の上でも大きな樹木の陰になっており、風が吹くとかなり涼しい。

昼食の場所には打ってつけだった。

おにぎりを食べ、水筒の麦茶を飲む。ほっと一息つきながら、誰もが無言だった。これからどうするのか、それぞれの気持ちはバラバラだったかもしれない。

成留自身は戻るべきだと思っていた。ただし彩子が先に行きたいと言い出せば、それに賛同するかもしれない。その彩子は、和世のことを心配して引き返すべきだと考えるだろう。でもその一方で、遠目に望んだ集落に対する興味もあるに違いない。

勇太郎は、おそらく和世といっしょに戻りたいのではないか。彩子と成留が先に進むのは止めないが、自分たちは帰りますと言い出しそうだ。そして和世は――。

「村まで行きましょう」

そう言うと急に立ち上がり、和世が大岩を下りはじめた。

「ちょっと待ちなさい」

慌てて彩子が追いかけ、それに成留と勇太郎も続いた。

「村までって、Kリゾートからここくらいの距離はあるよ。和世ちゃん、歩ける？　帰りのこと考えたら、無理せんほうがええ」

さっさと先へ進み出した和世に、言い聞かせるように彩子が声をかけるのだが、一向に彼女は止まろうとしない。

「和世さん！」

勇太郎が彩子を追い越し、和世の腕に手をかけた。と同時に、くるっと彼女がふり返ったかと思うと、にっこりと微笑みながら、

「村へ行きましょう」

その瞬間、厭《いや》だ――という強い拒絶感に成留は囚《とら》われた。だが、彼とはまったく逆の

者もいたらしい。

「……えっ、あっ、はい」

勇太郎である。その笑顔に魅せられたように、和世の前で立ちつくしている。

「でもね、和世ちゃん――」

なおも彩子が引き止めようとしたが、そのまま和世は急勾配《きゅうこうばい》の坂の向こうへと姿を消してしまった。そのあとに勇太郎が続いたのは言うまでもない。

「どうします？」

「力ずくで連れ戻すわけにもいかへんし、私たちも行くしかないわね」

結局、成留と彩子が、先に出発した二人を追いかける格好になった。Kリゾートから大岩までとは完全に逆である。

それにしても信じられないのは、和世の足取りだった。前半の道に比べても上り下りが激しい山道を、安定した速さで突き進んでいる。足場の悪い難所も多々あるのに、ひょいひょいと軽く次々にクリアしていく。

「彼女、ヤバくないですか」

彩子の後ろ姿に成留が話しかけると、ちらっと彼女は後ろをふり向いてから、

「明らかに変やね」

「まるで岩登和世じゃないような……」

「何かに憑《つ》かれてるってわけ？」

「……そういうこと、俺には分かりません。でも、普通じゃないでしょ」

「…………」

黙ってしまった彩子に、こう成留は問いかけたかった。

俺たちは誘われてるんじゃないですか……と。

とても和世とは思えない彼女に、自分たちは謎の村まで連れて行かれようとしている。

そう捉《とら》えるべきではないだろうか。

だが、実際に口にしたのは別の問いかけだった。

「放っておいて大丈夫かな」

「心配やけど、この状態ではどうすることもできんでしょ。下手になだめようとして暴れられでもしたら、それこそもっと危険やからね」

「あの村に着くまでは、好きなようにさせておくつもりですか」

「村での様子を見て、そこで判断するしかないわ」

「……そうですね」

「村からKリゾートまで戻る交通手段があったら、無理にでも彼女を乗せればええしね」

「いざとなったら、誰かに車を借りますか」

「成留君、運転は？」

「できます。そのときは任せて下さい」

あまり内容のない打ち合わせだったが、成留は少しだけ気が楽になった。あとは二人とも口をきかずに、ただひたすら和世と勇太郎を追い続けた。

急な上りを克服して、緩やかになった山道に入ったときだった。

「あっ、村が見えます！」

前方から勇太郎の叫び声が聞こえた。驚いたのは大岩を出てから、予想以上に早く着いたことである。

「嘘……」

彩子も同じ気持ちなのか、思わず呟《つぶや》いている。

「行こう」

彼女に促されて走り出すと、鬱蒼《うっそう》と茂った藪《やぶ》の手前に佇む和世と勇太郎に、すぐに追いついた。その藪越しに見ると、確かに集落の一部が望める。しかし村までは、まだまだ距離がありそうである。

「ずっと先ですね」

勇太郎は溜息《ためいき》をついたが、さっさと和世がひとりで歩き出した。

「もう無理ですよ」

慌てて勇太郎が声をかける。だが、彼女は正面を向いたまま、

「すぐそこよ」

そう言ったきり、まったく止まろうとしない。

「待って下さい」

あとに続く勇太郎を、またしても彩子と成留が追う格好になった。だが、それもほんの数メートルのことだった。

「ええっ！」

再び前方から、勇太郎のただならぬ声が聞こえてきた。彩子と成留が急いで駆けつけてみると、二人は坂の上に並んで立ち止まっている。

そこで成留の目に飛びこんできたのは、坂の下に広がる集落の眺めだった。ただし、それは普通の村ではなかった。

「これは……廃村やね」

彩子の指摘通り、その集落は完全に死んでいた。どこにも人の姿が見えず、人の営みも感じられない。そもそも多くの家が、まさに朽ち果てようとしている最中だった。

「大岩から見えた村じゃないのかな」

成留の呟きに、彩子が応《こた》えた。

「あれはもう少し先やと思う。その手前にこの村があったわけやね」

「別の村でしょうか」

「地理的に離れてるだけで、同じ村かもしれんよ」

「それじゃあっちも、やっぱり廃村に？」

「どうやろ。それは行ってみんと分からんけど、その可能性は高いやろね」

「どうしてです？」

「地図でこのあたりを見たとき、村なんてひとつも載ってなかった。こっちが廃村でも向こうが活《い》きとる村やったら、少なくともあっちの村は載ってたはずでしょ」

「あっ、そうか」

二人が喋《しゃべ》っている間に、和世が坂道を下りはじめた。勇太郎があとを追って離れたところで、成留は気になっている疑いを、彩子にぶつけた。

「三野辺さんが隠したがっていたのは、この村のことだったと思いますか」

「おそらくそうやろね。お客さんやバイトの学生が、ここに入りこむことがないように、わざわざ散策コースを記した地図まで作ってたんやから」

「でも、こんなとこまで来る人いますか」

「貸別荘で暇を持てあましたお客さんが、たまたまあの山道を見つけて……ということは、充分に考えられる。最初から地図があれば、そこに載っているコースをまず選ぶやろうし、地図にない道を発見しても、そう容易には踏みこまんのと違うかな」

「そういう保険が、あの地図にはあったわけですか」

「うん。それに地図があっても、現に私たちはここに来てる。三野辺さんとしては、できる対策は何でもしときたかったんやないかな」

「その俺たちですけど――」

成留は先ほど口にしたかった考えを、彩子に伝えた。

「とても和世ちゃんとは思えない彼女に、この村まで誘いこまれた……そんな気がして仕方ないんです」

「そうやね」

彩子は同意したあと、いきなり成留に頭を下げた。

「ごめん」

「な、何ですか」

「彼女に従う格好になったんは、下手に止めて暴れられでもしたら……と思うたのはほんまやけど、それだけと違うんや」

「他にも理由があったんですか」

「好奇心……かな」

「えっ？」

「自分が感じた得体の知れん感覚の正体を、できれば突き止めたいと思うた。それもあったんや。ごめんな、巻きこんでしもうて」

再び頭を下げる彩子に、成留は片手をふりながら、

「好奇心やったら、俺もありました。だからおあいこです」

場違いにも二人は、そこで少しだけ微笑み合った。

夏の太陽はまだ天高く、明るい日の光は村全体に降り注いでいた。しかし、まったく人気がなく物音ひとつしない静寂に満ちた廃村は、セピア色に退色した写真の如くとても沈んで見えた。滅びという名の時間の塵《ちり》が、村全体に広がっているようである。そういう風景の中を、あたかも巡礼者のような足取りで和世が歩いていた。朽ちた集落を進む彼女の姿は、まるで無気味な一枚の絵のようだった。

「どこに行くつもりでしょう？」

「あの屋敷かな」

彩子が目をやったのは、集落のはずれの崖《がけ》の中途に建つ大きな家である。

「昔の庄屋《しょうや》みたいですね」

「この村の地主やったのかもしれん」

そこで彩子は、ふと考えこむ仕草をしてから、

「和世ちゃんが会《お》うたいう巡礼の母娘《おやこ》は、ひょっとしたらあの大岩を越えてこの村に入ってから、あの屋敷に行ったんやないやろか」

「どういうことですか」

「そういう旅の宗教者を、この村の庄屋か地主だったあの家が、いつも受け入れてたんやないかと思うたんよ」

「なるほど」

いったん成留は納得してから、すぐ彩子に尋ねた。

「でも、それっていつの話です？」

黙ってしまった彼女から前方に目を転じると、ちょうど和世が問題の屋敷に通じる坂道の下に辿《たど》り着こうとしていた。

「やっぱりあそこへ行くみたいですよ」

「急ぎましょ」

二人は小走りで村の中を通ると、そのまま坂道も駆けあがって大きな門を潜った。

屋敷の敷地に入ったところで、とっさに和世を見失ったと成留は焦った。そのとき、荒廃した庭を通って屋敷の裏へと消える勇太郎の後ろ姿が、辛うじて彼の視界に入った。

「あっちです」

彩子を促して大きな屋敷の裏へと回りこみながら、成留は嫌な予感を覚えていた。なぜなら屋敷の背後の崖に、墓石らしきものが並んでいる光景が目に入っていたからだ。

「これは……墓所やね」

屋敷の裏に出たとたん、崖を見上げながら彩子が呟いた。

「何て読むのか分からんけど、刀の〈鞘《さや》〉に墜落の〈落〉って書く――〈さやおとし〉やろか――この家の代々の墓が、ここにあるんかもしれんね」

「どこで名前を？」

「門の横に表札があったから」

びっくりする成留に、何でもないとばかりに彩子は答えつつ、

「それよりも二人は？」

周囲を見回して和世と勇太郎を捜した。だが、二人の姿はどこにも見えない。

「墓地にはいません」

崖を段々に削って造られた墓所には石段があった。そこを上ればどの墓石にも行くことができそうだったが、どこの段にも二人はいない。

「これって何やろ？」

彩子の声にふり返ると、完全に崩壊している二つの奇妙な建物跡の側に、じっと彼女が佇《たたず》んでいた。成留が墓所に目をやっている間に、和世たちを捜していたはずの彩子が、なぜかそれらを調べていたらしい。

「お堂……かな」

小さな家の大きさほどあったに違いない建物は、その残骸《ざんがい》から判断してお堂のように思われた。

「すると、こっちは祠《ほこら》って感じやね」

もう片方の小ぶりな建物の跡に目をやりながら、そう彩子が見立てた。

「お堂と祠なのに、祀《まつ》る人がいなくなって、無残にも朽ちてしもうたんですね」

成留が悼《いた》むような表情を浮かべると、ふるふると彩子が首をふった。

「えっ、違うんですか」

「これは自然に崩壊したんやのうて、誰かに壊されたんやないかな」

「ただ朽ちたにしては、あまりにも凄《すさ》まじない？」

「で、でも、お堂と祠ですよ」

「もちろん、それ相応の理由があったんやろうけど……。私には何人もの人たちが、よってたかって壊したように見えるわ」

急に気味悪さを覚えた成留が、今さらながら恐る恐る周囲を見回したときだった。

「うわぁっ！」

崖の墓所の右下に祀られた大きな石碑の陰から、こちらを覗《のぞ》いている無表情な顔に気づいて、思わず悲鳴を上げた。

「きゃぁ！」

ほとんど同時に彩子も叫び声をあげたが、彼女は屋敷の勝手口に目をやっている。

そっちを見た成留は、半分ほど開いた戸の陰から、やはりこちらを覗いているもうひとつの顔に気づき、たちまち二の腕に鳥肌が立った。

「な、何してるの！」

しかし、彩子の怒鳴り声を耳にしたとたん、成留は勝手口の陰にいるのが勇太郎だと分かった。もしやと思って石碑を見たが、もう何も覗いていない。先ほどの顔は、ひょっとして和世だったのだろうか。

彩子が屋敷の勝手口へ向かったので、成留は墓地下を目指した。そこは石柱で囲われたもうひとつの墓所とでも言うべき狭い空間で、大小の石碑がいくつも建てられていた。

なぜこのように小さな墓所が、わざわざ別に造られているのか。これらの石碑だけ、どうして崖の墓所の外に祀られたのか。それとも大小の石碑は墓ではないのか。ならばなぜ墓所の近くに建てたのか。もしくは他の墓といっしょにはできない、何か特別な事情があったのだろうか。

色々と考えているうちに、なんだか怖くなってきた。特に一番大きな石碑が恐ろしい。できれば近寄りたくなかったが、和世がいないか確認する必要がある。

大きな石碑の側まで来て、成留はぎょっとした。靴をはいた女性の足が、碑の向こう側から覗いている。和世が倒れているのだと思い、慌てて彼は石碑を覗きこんだ。

その瞬間、あお向けに横たわっていた和世が、ぬっと上半身だけを起こした。彼の両目から少しも視線をそらさぬまま、まるで墓場から死人が甦《よみがえ》ったかのような、ぞっとする動きを見せた。

「どうした？　大丈夫か」

逃げ出したい気持ちを必死に抑えつつ、成留は声をかけた。だが和世は相変わらず、じっと彼を見つめるばかりである。

「和世ちゃんがいるの？」

そこへ彩子がやって来た。勇太郎もいっしょだったが、どこか茫洋《ぼうよう》とした顔つきをしている。

れたままだった。

彩子が両肩を抱くようにして和世を立たせたが、彼女の視線は変わらず成留に向けら

「ほら、立って」

ばんっ！

そのとき和世の顔の前で、彩子が両手を打ち鳴らした。

「うっ……」

呻《うめ》き声とともに、はっと和世が身じろぎして、彩子と成留、そして勇太郎に顔を向けてから、しげしげと墓所や屋敷を見回しはじめた。

「ここがどこか分かる？」

「変な村……ですよね」

「ここまでの道程《みちのり》は覚えてるの？」

「……はい。なんとなくですけど」

彩子は意味ありげに、いったん成留を見てから、

「勇太郎君は？　どんな具合？」

横に突っ立っている彼に尋ねた。

「……はぁ、なんか寝惚《ねぼ》けてるような感じです。屋敷の裏に来たとたん、急に目の前が真っ暗になって……。眩暈《めまい》でしょうか」

「もう平気？」

「ええ、大丈夫だと思います」

「和世ちゃんも？」

「……あっ、はい。平気です」

彩子は二人の様子を確かめてから、成留に目を向けると、

「ここまで来てしもうたけど、こうなったら一刻も早く、この廃村を出たほうがええ」

「滅びた村になんか、いつまでもいるべきやないですね」

もちろん、すぐに彼も同意した。

「えっ、どうしてですか」

ところが、訳が分からないといった顔で、和世が交互に彩子と成留を見つめている。

「どうしてって――」

「ここは――」

そして二人が答えるよりも早く、彼女はこう言った。

「だって家の中から、こっちを見ている人がいますよ」

和世の視線を追って、成留と彩子は屋敷に目を向けた。が、そこには誰もいない。

「どこから見てたの？」

「あの部屋の中です」

彩子の問いかけに、迷わず和世が指差したのは、屋敷裏に面した小さな座敷だった。雨戸はなく、割れてガラスのなくなった戸の向こうに、薄暗い空間が見えている。しかし、どこにも人影などまったく見えない。

「あそこに立ってたの？」

「ぼろぼろの襖《ふすま》の陰から、こっちを覗いてました」

「どんな人やった？」

「……女の子でしょうか」

そこまで口にして、自分が目にしたのが普通ではない何かだったことに、ようやく和世も気づいたらしい。

「えっ……そんな……ええっ……」

今にもパニックを起こしそうな彼女の手を引きながら、彩子が男二人に声をかけた。

「とにかく逃げるわよ」

彩子と和世のあとに勇太郎が続き、しんがりは成留だった。墓所と破壊された謎の建物の前を離れ、荒れ果てた庭を戻り、屋敷の正面に出た。

そこから大きな門に向かう途中、成留は背後に奇妙な気配を感じた。最初はちょっとした違和感だったのが、その数が次第に増えているような気がする。ひとつだけでも落ち着かないのに、いくつもとなると怖くてたまらない……。そんな何かが、自分の後ろにいっぱいあるように思えてならない。

いったい何が……。

思わず成留が後ろを向こうとしたときだった。

「ふり返ったらあかん！」

前方から彩子の叫び声がした。見ると彼女自身、まっすぐ前を向いている。少しもふり返ることなく彼に注意したらしい。

その瞬間、背後に感じる気配の正体が、成留には分かった。

視線や……。

屋敷の中から何かが自分たちを見ている。それもひとつではない。もっと大勢の何かが、いっせいに自分たちを目で追っているのだ。

門を走り抜けて坂道を駆け下り、集落の中を少し進んだところで、いったん彩子は立ち止まった。

「見た？」

いきなり訊《き》かれ、成留は首をふった。

「彩子さんは？」

「そんな度胸ないよ」

「何のことですか」

勇太郎が気にしたが、彼女は「あとでね」と言って、みんなを促して歩き出した。

「ここって、どういう村なんですか」

そう言いながらも和世は、まだ彩子の手をにぎっている。

「村のことは分からんけど、過去に何か良くない事件が、きっと起こったんやないかな」

「それが廃村の原因なら、かなりの出来事ですよね」

成留の指摘に、彩子は重々しくうなずきながら、

「このあたりの昔の地方紙でも当たれば、該当する記事が見つかるかもしれんけど」

「捜すんですか」

それなら成留も手伝うつもりだったが、彼女は弱々しく首をふった。

「これ以上、ここには関わらんほうがええと思う」

「でも、何があったかぐらいは――」

「知ることで、よけいなもんまでついてくるかもしれんよ」

彼女が口にした「ついてくる」が、まるで「憑いてくる」と言っているように聞こえて、成留はどきっとした。

「……見てます」

そのとき和世が、ぼそりと呟《つぶや》いた。

「えっ、何のこと？」

彩子が尋ねても、和世はまっすぐ前を向いたまま答えない。

「和世ちゃん、何のことやの？」

重ねて訊くと、相変わらず和世は正面に顔を向けたまま、こう言った。

「家の中から、こっちを見てます」

その意味を理解したとたん、集落のある崩れかけた家屋の暗がりの中に潜む、何かの気配を成留は感じた。自分たちに忌まわしい視線を注ぐ、何かの存在を察していた。

「見たらあかん！　無視するんや」

思わず目をやりかけて、彩子に鋭く注意された。

「このまま知らんふりして通り過ぎよう」

彩子に先導されて歩くうちに、成留の項《うなじ》がぞわぞわっと粟立《あわだ》ちはじめた。なぜならその家から離れるに従い、その隣の家からも、そのまた隣の家からも、さらに隣の家からも、向かいの家々からも……何かがこちらを覗《のぞ》き出したからだ。

気がつくと集落中の家の中から、成留たちは見られていた。

「走って！　逃げるわよ！」

どの家にも目を向けるつもりはなかったが、嫌でも視界に入ってくる。仮に両目をつぶっても、自分たちに突き刺さる視線は絶対に消えなかっただろう。

見られている……。

覗かれている……。

凝視されている……。

何百個もの目玉に取り囲まれている……そんな身の毛もよだつ気分に、いつしか成留は囚《とら》われていた。このまま集落の往来にいて、この忌まわしい視線に晒《さら》されていたら、きっと頭がおかしくなる。そう思うと生きた心地がしなかった。

山道に通じる坂道の上まで、成留たちは全速で走った。

「ふり返っても止まってもあかん」

そこで一息つこうとしたが、彩子が許さない。結局、山道の先に最初の急な下りが現れるまで、へろへろになりながら進み続けた。

「あれはいったい……」

「……見てました。こっちを見てたんです。私たちのことを、じっと見つめてました」

「村人たち……じゃないですよね。だったらあれは……」

成留と和世と勇太郎が口々に喋《しゃべ》るのを、彩子は両手をあげて遮りながら、

「ちょっと待って。とにかく今は、山道を戻らんと」

「その前に、少し休みませんか」

成留の提案に、和世と勇太郎がうなずいた。しかし、彩子は首をふった。

「そんな暇ないし、休んだりしたら、よけいなこと考えてしまうやろ」

「でも――」

と成留が言いかけたときだった。

ちりーん……。

かなり後方で、鈴の音のようなものが鳴った。それは村に通じる坂道の上あたりで、微《かす》かに鳴ったように聞こえた。

四人でお互いに顔を見合わせ、それから耳をすませる。

ちりーん……。

確かに鈴の音がしている。空耳ではない。四人全員に聞こえている。

ちりーん……。

しかもその鈴の音は、少しずつこちらへ近づいていた。

「厭《いや》だ……」

最初に和世が動いた。

「待って……」

それに勇太郎が続く。

「二人とも気をつけて――」

彩子は声をかけると、先に行くようにと成留を促した。

「俺は最後で大丈夫です」

本心は違ったが、辛うじて見栄《みえ》をはった。だが、さらに近づく鈴の音が聞こえたとたん、そんなものは消し飛んでしまった。

「さぁ、早《はよ》う」

彩子に言われるまま、彼女の先に立つ。急な下りを辿《たど》りながら前方を見れば、とっくに和世と勇太郎の姿がない。恐怖は人間の底力を引き出すのだと、このとき成留は知った。

とはいえ二人には、いくらも山道を戻らないうちに追いついた。とりあえず訳の分からない怖いものから逃れられたと思ったとたん、どうやら足が止まってしまったらしい。

「ほら、がんばって」

「……無理です」

彩子が励ましても、和世は腰を下ろしたまま動かない。

「あとで休憩するから、今は立ちなさい」

「あとっていつですか」

「もう少し安全な場所まで戻ったらよ」

「それはどこです？」

「大岩のところやね」

それが山道のどの地点に当たるのか、和世には分からないようだった。村まで行ったときの様子を考えれば当然かもしれない。

「そこまで何分かかります？　遠いんですか。それとは別に、ここでも休んで――」

なおも和世が言い募ろうとしていると、

ちりーん……。

またしても遠くのほうで鈴の音が鳴った。

「……ついて来てる？」

「追いかけられてるのかも……」

成留と彩子のやり取りに、和世が飛びあがった。

それからの和世は、全速力で逃げては疲れて休み、鈴の音を耳にしては再び駆け出す……という繰り返しだった。どう見ても体力の限界は超えているのに、その場に倒れこむこともなく、ひたすら彼女は山道を戻り続けた。

あとの三人は彼女に合わせるしかなかった。もっとも無気味な鈴の音に追い立てられて逃げるという意味では、誰もが同じだったわけだが……。


大岩まで戻ったとき、和世は疲れきっていた。勇太郎も同様らしく、二人で岩にもたれたまま息をついている。

成留も横に腰を下ろしたかったが、普通に立っている彩子の手前、なんとか我慢していると、

「成留君も座って休めば？」

彼女に言われ、やせ我慢を見抜かれたのかと焦った。

「彩子さんは？」

「私は立ったまま休憩するのに慣れてるの。腰を下ろしてしまうと、立ち上がるんが面倒になるんよ」

「俺も同じかもしれません」

少なくとも今は、そうだと感じた。

「ここから先はあまり休まずに進みたいから、しっかり休んでおいてね」

という彩子の言葉に、和世が反応した。

「ええっ、そうなんですか」

「村から大岩までの道程《みちのり》ほど、ここからKリゾートまでは険しくないの。せやから休憩の回数も減らして――」

「いえ、そうじゃなくて。さっき彩子さんは、この大岩まで逃げたら安全だって言ったじゃないですか」

「山道の途中で立ち止まってるよりは、もう少し安全な場所やっていう意味よ」

「そんなぁ……」

嘆く和世に、彩子は改めて大岩の周囲を見渡しながら、

「ひょっとすると昔は、ここが境やったんかもしれん」

「あの村と外界との……ですか」

そう成留が尋ねると、すぐに理解したことを誉めるような表情で、

「うん。ろくぶ峠という名前も、きっと意味があるんやと思う」

「それじゃ村にいたあれが何であれ、俺たちを追えるのは、ここまでってことになるんやありませんか」

「……良かった」

絞り出すような和世の安堵《あんど》に、しかし彩子は首をふった。

「残念ながら、そうは楽観できんよ」

「何でです？」

「いや、別にかくたる考えがあるわけやないけど……」

彩子は大岩の亀裂に手を当てながら、

「あの村が存在してたころ、もしかすると大岩は割れてなかったんやないか。そのためにこの峠が、境界の役目を果たしてたんやないか。そんな風に、ふと思えたんや」

「それは変です」

すぐに成留は異を唱えた。

「あの集落が廃村になったんは、せいぜい数十年前でしょう。けど、この大岩にこれだけのひびが入るには、もっと長い年月がかかったはずです。彩子さんの解釈は、時間的にまったく合いません」

「そうやね」

彩子は相槌《あいづち》を打ったが、自分の考えというか感覚に、根拠はないながらも自信を持っているように見えた。

「あのー、お二人のお話はよく分かりませんが――」

そこへ勇太郎が口をはさんだ。

「あの鈴の音……、もう鳴ってませんよね」

四人で同時に耳をすませる。だが、何の音も聞こえない。お互いに顔を見合わせて、
それを確かめたところで、再び和世が安堵した。

「……良かった。彩子さんの言った通り、ここは安全な場所だったんですよ」

「そやろか」

「鈴の音が追いかけて来ていないのが、何よりの証拠です」

「うん。それは私も良かったと思うてる」

「だったら――」

「せやけど和世ちゃん、巡礼の母娘《おやこ》に会《お》うたんは、Kリゾートの近くやったやろ」

「えっ……」

「山道から出て来てないとはいえ、Kリゾートの敷地の側やった」

「……はい」

そこで彩子は三人の顔を見ると、

「つまりこの大岩を、あれ《ヽ》は越えられるってことやない」

大岩を出発してから、ほとんど四人は無言だった。和世、勇太郎、成留、彩子の順で、ひたすら山道を戻るだけだった。

和世が会った巡礼の母娘と、あの集落にいたおぞましい何かとは同じ存在だったのか、それを問題にする者はひとりもいなかった。検討するまでもないという雰囲気が、四人の間には流れていた。

彩子を心配して成留が後ろを向くと、彼女自身が自分の背後をふり返っていたことが、たびたびあった。ついて来る何かを警戒してか、それともすでに気配を感じていたせいか、あえて彼は尋ねなかったが。

和世は何度も腰を下ろして休憩したが、彩子に促されると素直に立ち上がって、ちゃんと歩き出した。彩子がしきりに背後の山道を気にし出したときなど、自分から休憩を切りあげたほどだ。

そうして名知らずの滝の分岐点まで、ようやく戻ってきた。自分がどこにいるのか分かったとたん、和世が走り出した。あとの三人も彼女に続き、全員でKリゾートの敷地へと飛び出していた。

「予想よりも早く帰れたわ。これも和世ちゃんが、がんばったからやね」

彩子に誉められても、和世は強張《こわば》った表情のまま、

「これからどうするんですか」

「管理棟に帰って、夕食まで大人しくしとくんよ」

「そうじゃなくて、バイトのことです」

「辞めるの？」

「だって……」

辞めないのが信じられないとばかりの、和世の眼差《まなざ》しである。

「絶対にここまで来ないとは、彩子さんも言いきれないでしょ？」

「……それは、うん」

「それに私の担当は、こっち側なんですよ」

和世の言うこっち側とは、たった今出てきた山道への出入り口を含む敷地の西方面のことだった。

「担当区域の問題だったら、私が代わったげる。気分を変えるために、四人の担当を取り替えたいって言えばええんやから」

「でも……」

「しばらく様子を見るってことでどうやろ。今いきなり辞めたら、三野辺さんに変に思われるよ」

「あの村に行ったことが、バレると？」

成留の指摘に、彩子がうなずいた。

「辞めたら関係ないって考えもあるけど、そういうのどうやろって私は思う。散策ルート以外の山や森には入らないようにと、ちゃんと私たちは最初に注意を受けてる。それを勝手に破ったわけや。管理人ご夫婦にはとてもお世話になってるやろ。できればご迷惑はかけとうない」

「……それは、私も同じです」

ためらいながらも和世が納得したので、彩子が全員に確認した。

「今日、私たちが歩いたのは、最初に決めた散策ルートやいうことを忘れんように。三野辺さんに何か訊《き》かれても、大変でした、疲れましたって言うだけにして。具体的な話は私がするから。実際にみんな疲れてるでしょ。今夜は早めに休みましょう」

管理棟に帰ると、三野辺夫婦が出迎えてくれた。選んだルートを散策したにしては、かなり時間がかかっているようなので、ちょっと心配していたらしい。

あれこれ訊かれるかと思ったが、風呂《ふろ》に入ってさっぱりして、と言われただけだったので安心した。

「きっと四人とも、疲労困憊《こんぱい》してるように見えたせいやね」

彩子の見立て通り、三野辺は夕食の席でも、あまり成留たちに構わなかった。実際みんなも疲れ過ぎて食欲がなく、普段よりもかなり静かだったので、不自然には見えなかったのが幸いしたのかもしれない。

夕食後はいつも通り談話室に集まったが、誰もが無口だった。怖いくらいの静寂が、室内に漂っている。

成留は、あの村での体験を彩子と話し合いたいと思う一方、このまま一言も触れずに忘れてしまいたいという気持ちもあり、ちょっと混乱していた。彩子自身がどう考えているのか分からないことも、よけいに彼を戸惑わせた。

当の彩子は、少なくとも今は何もする気がないらしく、今夜は早く寝ようと再び提案した。誰も異を唱えなかったので、全員が早々とベッドに入ることになった。

成留は二段ベッドの下に横たわったものの、なかなか眠れなかった。山道を必死に戻っていたときは、その場に倒れこんで休みたいと何度も思ったのに、いざそうなると目が冴《さ》えてしまう。

疲れ過ぎると寝られないというが、あれは本当だったのか。二段ベッドの上の勇太郎は大丈夫だろうか。起きているなら話をしようか。でも、声をかけるのは億劫《おっくう》だ。もし寝入りばななら、起こしてしまうのは可哀想だし……。

そんなことを思っているうちに、成留自身が寝入ってしまったらしい。ふと目覚めると、熟睡したような感覚がある。どれくらい寝たのかは分からないが、深い眠りだったのは間違いない。まだ瞼《まぶた》が重い。完全には目が開かない。このまま目を閉じれば、再びすうっと意識が遠のきそうである。

あれ……。

ところが、妙な違和感を覚える。何かがおかしい。どこかが変だ。

そう感じて無理に両目を開けた成留は、思わず絶叫した。

二段ベッドの上から、ぬっと突き出た真っ黒な顔が、じっと彼を覗《のぞ》きこんでいた……。

翌日の朝、岩登和世と城戸勇太郎の二人が、先にKリゾートのアルバイトを辞めることになった。表向きの理由は、バイト疲れとされた。実際に二人は顔色も悪く元気がなかったので、とても本当らしく映った。夏休みの前半に比べると大幅に客数も減っていたため、電話連絡しただけで会社の担当者も簡単に承諾した。

急な二人との別れに、三野辺夫婦は驚き、かつ残念がった。さらに和世と勇太郎の様子に、かなり心配もした。

「アルバイトで疲れていた身体には、慣れぬ山道の長時間の散策が、きっと負担でしたんでしょう」

三野辺の見立ては、いくらか当たっていた。その核にあるのは謎の集落での怪異体験だったわけだが、もちろん誰も口にはしない。

和世と勇太郎を乗せた、三野辺の運転するバンを見送ったあと、成留と彩子は散歩に出かけた。例の山道の出入り口付近は避けて、貸別荘地の敷地内を一周するように、二人はゆっくりと歩いた。

「ここから離れさえしたら、あの二人は大丈夫ですよね」

「……たぶん」

成留の問いかけに、自信がなさそうに彩子は答えてから、

「でも心配やったから、登山で知り合《お》うたある人から、前に名前だけ訊いてた拝み屋さんの連絡先を、和世ちゃんに教えておいた。勇太郎君といっしょに、できるだけ早いうちに訪ねてみるようにって」

「拝み屋……ですか」

「奈良の杏羅《あんら》とかいう町にいる女性で、凄《すご》い力の持ち主らしいんや」

「そんな人を訪ねんとあかんくらい、二人は重症やと……」

「あくまでも念のためよ」

「でも、拝み屋なんて——」

「打てる手は打っておきたいから」

彩子の言いたいことは分かったので、成留は黙ってしまった。

昨夜《ゆうべ》、二段ベッドの上から彼を覗きこんでいたのは、勇太郎だった。同じころ、やはり二段ベッドの下で寝ていた彩子も、同様の目に遭っていた。真夜中に和世が、じっと彼女を覗きこんでいたのである。

ベッドの下段に顔を出していた記憶は、勇太郎にも和世にもあった。ただ、なぜそんなことをしたのか、本人たちにも分からないらしい。

覗きたくなった……。

覗かなければならないと感じた……。

あえて理由を述べれば、そういうことになるという。

「二人とも、ここを離れたほうがええと思う」

彩子の意見に、二人は素直に従った。もちろん成留も賛成した。四人の中であの村の影響が出ているのは、どう見ても和世と勇太郎だったからだ。

しかし、どうやら遅過ぎたらしい。

Y町の駅のホーム階段で勇太郎が転落死した……という連絡が警察から入ったのは、二人を見送って二時間ほどあとのことだった。

Kリゾートにも警察が来た。相手をしたのは主に三野辺だったが、成留と彩子も話を聞かれた。勇太郎の人柄や仕事ぶり、ここでの人間関係について質問されたあと、特に和世との仲について執拗《しつよう》に尋ねられた。

「岩登和世さんが疑われてるんですか」

驚いた成留が思わず訊くと、単なる確認だと刑事は答えた。

どうやらホーム階段から勇太郎が落ちたとき、その側にいたのは和世だけだったらしい。他に目撃者もいないことから、彼女の犯行という可能性も、警察としては考える必要があったのだろう。

そう頭では理解できたが、成留はショックを受けた。ほぼ一ヵ月いっしょに仕事をしてきたバイト仲間の一人が死んで、もう一人にその容疑がかけられているかもしれないのだ。とても平静ではいられなかった。

警察が帰ったあと、三野辺夫婦と勇太郎の通夜と葬式について話をした。客が少ないとはいえ、二人になったバイトが抜けるわけにもいかず、三野辺も管理人の仕事があって難しいので、みんなで香典を送ることになった。冷たいとは思ったが、仕方がない。

彩子と二人になったところで、いきなり成留は切り出した。

「事故ですよね？」

「……もちろん、そうに違いないわ」

「警察は、和世ちゃんを疑ってるようでしたけど……」

「ホーム階段の上に二人いて、一人は落ちて死に、もう一人は無事なんやから、そりゃ残った一人のほうを一応は疑うんやないかな」

「……まぁ、そうでしょうね」

納得がいかなそうな成留に、大丈夫だというように彩子が、

「心配いらんよ。三野辺夫婦も私たちも、誰も二人の仲に何かあったなんて証言してないんやから。動機がない以上、警察も彼女を疑うことはせんやろ。そうなったら、あとは事故しか考えられへん」

「問題は、事故の本当の原因やないですか」

しかし成留の指摘に、彩子が険しい表情を浮かべた。

「単なる事故やと思いますか。それとも……」

「私には分からへん。ただ刑事さんには、電話するように言って下さい——って、和世ちゃんへの伝言は頼んどいた」

問いたげな顔をした成留に、彩子が苦しげな様子で、

「もし、あの村に関わったせいで勇太郎君が事故に遭《お》うたんなら、なんとしても和世ちゃんは助けたい。せやから一刻も早《はよ》う例の拝み屋さんに行くべきやって、彼女にはそう言うつもりなんや」

だが、その夜、和世からの電話はなかった。

ベッドに入った成留は、なかなか寝つけずにいた。勇太郎の突然の死が重く伸《の》しかかっていたせいだが、それだけではない。夜中にふと目覚めたとき、二段ベッドの上から何かが彼を覗きこんでいるのではないか……と、どうしても想像してしまって寝るに寝られない。うとうととしては、はっと目を開けてベッド上段の縁《へり》に目をやる。そのくり返しだった。もっともそのせいで疲れたのか、そのうち寝入っていた。

翌日の午前中、彩子が和世の家に電話をかけると母親が出た。ただし、和世は帰宅しているが、しばらくすると部屋に籠《こも》ってしまい、そのままだという。電話を取り次いでもらおうとしたが、部屋から出て来ないらしい。

その夜も成留は、二段ベッドの上を気にしながら就寝した。いっそ上段で寝ようかとも考えたが、それはそれで怖いと思って止めた。勇太郎には申し訳ないが、そこで寝ていた者が死んだという場所で休むのは、やはり気味が悪い。

翌日の午前中、再び彩子は和世の家に電話をした。だが、対応したのは母親で、またしても本人は出なかった。

その夜、ふっと成留は夜中に目覚めた。最初はぼうっとしていたが、あっと気づいてベッド上段の縁を見た。

何もいない……。

ほっとして寝《ね》がえりを打ったとたん、少しだけ開いた部屋の扉の隙間から、じっと彼を覗《のぞ》いているそれが目に入った。

翌朝、彩子に昨夜の体験を話すと、彼女も同じ目に遭っていたことが分かった。その夜は二人とも内開きの扉の前に椅子を置いて、決して誰にも開けられないようにしてから寝た。

勇太郎の事故から四日後の朝、和世がKリゾートに電話をかけてきた。三野辺に呼ばれて出たのは彩子だったが、成留も受話器に耳を当てたので、和世の声を辛うじて聞くことができた。ほとんど彩子と顔を寄せ合う格好になり、さすがにドキドキしたが、それどころではないと自分を諫《いさ》めて、どうにか電話の向こうに集中した。

「もしもし和世ちゃん、大丈夫？　心配してたんやで」

「……すみません」

「ずっと部屋に籠ってるの？」

「……怖くて」

「何があったの？」

「……覗くんです」

「えっ？」

「何かが、私のこと覗くんです」

「……どこから？」

「あっちこっち……、色んな隙間から……、あり得ない場所から……覗かれるんです。

そ、そっちは何ともないですか」

彩子は一瞬ためらったようだが、正直に昨夜の自分たちの体験を話した。

「やっぱり……。でも、そこを離れた私のほうが、お二人より酷《ひど》い目に遭ってるのは、どうしてなんです？　おかしいじゃないですか」

いきなり和世が興奮しはじめた。

「そこを離れたら大丈夫だって、彩子さん言いましたよね」

「うん、ごめん。見通しが甘かったわ。せやから和世ちゃん――」

「勇太郎君は大丈夫どころか、あんなことになって……」

「彼は、ほんまに気の毒やったと思う。でも、あなたは――」

「次は私です。私も狙われてるんです」

「せやから、前に言うた――」

「じっと見てるんです。こそこそ覗いてるんです」

「奈良の拝み屋さんのところに――」

「あれは隠れてるんです。家のいたるところに、そこら中に……」

「和世ちゃん、早《はよ》う拝み屋さんに相談――」

そこで物凄《ものすご》い音が響いた。一瞬それが何か分からなかったが、どうやら彼女が受話器を取り落とした物音らしい。

「和世ちゃん！」

彩子が呼びかけた直後、

「ひぃぃぃーっ」

つんざくような悲鳴と、どたどたっと階段を駆け上っているような足音、そしてばんっと扉を閉めたらしい物音が伝わってきた。家には和世しかいないのか、いくら呼びかけても誰も出なかったので、仕方なく彩子は電話をきった。

「どうしたんでしょう？」

成留は訳が分からなかったが、彩子は厳しい顔つきで、

「閉じ籠ってる部屋から、電話のある一階まで、きっと彼女は勇気をふり絞って出てきたんやと思う。そして私たちに電話をした。せやけど会話の最中に、おそらくそれの気配を覚えたんやないかな。だから、とっさにそっちを見てしもうた」

「で、それを目にした……」

「部屋におる限りは覗かれんかったけど、そこから出たので、ひょっとしたら覗かれたのかもしれん」

「彼女の言うそれって、俺や彩子さんも目にしたあれのことでしょうね」

彩子はうなずいてから、

「私、和世ちゃんの家に行こうと思う」

「えっ」

「ちゃんと会って話さんと、大変なことになる気がする」

「バイトは辞めるんですか」

彩子はもう一度うなずくと、

「成留君はどうする？　ここで二人とも辞めたら、会社にも三野辺さんにも迷惑がかかるやろね。せやけど、このままここにいて本当に大丈夫なんか、それは分からへん。あなたが和世ちゃんの家に行って、私が残るんでもええよ」

「二人で辞めましょう」

成留は即答した。Kリゾートに残るにしろ、岩登和世の家を訪ねるにしろ、ひとりになるのだけは絶対に厭《いや》だった。

その日の午後、さっそく二人はバイトを辞めたいと、談話室で管理人に伝えた。

八月も下旬になると、ほとんど客がいない状態が続いていた。そのため、すでに貸別荘の多くは閉められていた。よって二人の仕事も、言わばあってないようなものだった。あとはバイト期間が終わるまで、半ば遊んでいれば良かった。

にもかかわらず突然、それも二人とも辞めたいと言い出したので、三野辺はかなり驚いたらしい。

「彼の事故の件が、やっぱり辞める理由でしょうか」

最初は勇太郎の死の影響を疑ったようだ。ちなみに彼の転落死は、その身体が不自然に腹部の辺りで捩《ね》じれていたことから、ただの事故や自殺ではないと思われたらしい。しかし、他殺とするには容疑者も動機もまったく浮かばなかったため、結局、正式に事故死として処理されたと聞かされた。

「そうですね。仲良くしてましたので……」

相手の誤解に彩子が話を合わせたのは、そのほうが辞めやすいと判断したからだろう。

しかし、これが裏目に出た。

「いや、お気持ちは分かります。どうでしょう？　ここを離れられる前に、私と家内にお二人のケアをさせてもらえませんか」

「ケア……ですか」

彩子だけでなく成留も、三野辺の言葉の意味が分からなかった。

「はい、精神的なケアです。実は私も家内も若いころ、そういう施設で働いていたことがあります」

「あっ、いえ……」

「残りの数日は、お仕事をしなくて結構です。ご覧の通りお客さんも少ない。私だけで充分です」

「そういうわけには――」

と言いかけて、バイトを辞める自分たちの台詞《せりふ》ではないと、とっさに彩子は思ったのだろう。そのまま口籠った。

「そんなに遠慮なさらなくても大丈夫ですよ。私たち夫婦も、娘や息子のような年齢のあなた方といっしょに過ごせるのは、とても楽しいのですから」

「しかし……」

そこからは押し問答のような会話が続いた。始末に悪いのは――という表現は良くないが――三野辺の申し出が善意からだったことだ。

「管理人さん、申し訳ありません」

らちが明かないと思ったのか、いきなり彩子は頭を下げると、和世が会ったという巡礼の母娘《おやこ》の話からあの謎の村での体験まで、自分たち四人の身に起きたことを、かいつまんで三野辺に打ち明けた。できれば話したくなかったのだろうが、こうなっては仕方ない。

成留がショックを受けたのは、三野辺の反応だった。突然、彩子に謝られて驚いた顔をしていたのが、彼女の話が進むにつれ次第に険しくなり、それが徐々に恐怖の表情へと変化をとげたかと思うと、最後は無表情になってしまったのだ。

「――ですので、大変勝手を申しますが、私たちもバイトを辞めて、ここから離れたほうがええと考えたんです」

彩子が話し終わるころには、すっかり彼女から視線もはずして、まるで石像のように三野辺は固まっていた。

「本当にすみません」

そんな管理人の態度が、怒りからきていると思ったのか、彩子が改めて頭を下げた。しかし、三野辺は顔を向けようともしない。

「事前に注意を受けていたのに――」

自分も謝るべきだと、成留が口を開いたときだった。

「帰る仕度をして下さい」

相変わらず視線をそらせたまま、まったく感情の籠《こも》らない口調で、三野辺がそう言った。

「えっ……」

「駅まで送りますから、部屋から荷物を取ってきて下さい」

「で、でも、会社の……」

「そっちの処理は、私がやっておきます」

管理人の一存で決められるはずがないのに、なぜか三野辺の様子には迷いがない。

「あなた方は、早く帰宅の準備をして下さい」

しかも、自分たちの意思でバイトを辞めるにもかかわらず、あたかも三野辺に追い出されるような気分になるのは、いったいどうしてなのか。

彩子に促されるまで、成留自身も石像のようになっていた。

それぞれの部屋で帰り仕度をし、荷物を持って談話室に戻ると、三野辺の姿がなかった。外を見ると、すでに玄関にはバンが停まって、三野辺が運転席に座っている。

「なんか一刻も早く出て行って欲しいみたいですね」

落ちこんだ口調の成留に、

「管理人さんの立場を考えたら、無理もないと思う……」

そう彩子は応《こた》えたのだが、実は三野辺の反応に違和感のようなものを、彼女自身も覚えているように見えた。

二人で玄関前のバンまで行って、彩子が運転席に声をかけた。

「帰る前に、奥さんにもご挨拶《あいさつ》したいのですが」

「……おりません」

「はっ？」

「今は出かけていて、おりません」

三野辺の返答は明らかに変だった。管理棟を離れて行くところと言えば、あとは貸別荘しかない。だが、ほとんどは閉めてしまっている。残りの貸別荘にしても、三野辺夫人に用事があるとは思えない。つまり夫人は管理棟にいるのだ。しかし、二人には会いたくない。もしくは三野辺が、会わせたくないと考えている。

「では、お世話になりましたと、よろしくお伝え下さい」

成留と同じ結論を出したに違いない彩子が、三野辺夫人への伝言を頼んだ。それから二人はバンに乗りこんだのだが、そのとたん車が急発進した。安全運転を心がけているらしい三野辺には、まったく相応《ふさわ》しくない行為である。

バンが山道に入ってからも、三野辺の危なげな運転は続いた。いかに慣れた道とはいえ、スピードの出し過ぎだろう。しかし、成留も彩子も何も言えない。二人のどちらかが口を開いた瞬間、三野辺のハンドルさばきが狂い、バンが山道の外へ飛び出しそうな気がした。そうなると二人も、城戸勇太郎のあとを追うはめになりかねない。

結局、車内では一言の会話もないまま、Y町の駅前に到着した。いや、それだけではすまなかった。

「管理人さん、色々と――」

バンから降りた彩子と成留が、運転席の三野辺に挨拶しようとしているのに、またしても車は急発進した。

「あ、あの……」

そして呆然《ぼうぜん》とする二人を残して、まるで忌まわしいものから逃げるように、たちまち走り去ってしまった。

二人はY町の駅の構内に入ると、まず勇太郎が転落死したホーム階段まで行き、そこで黙禱《もくとう》を捧《ささ》げた。

「三野辺さんは怒ってたというより、ひょっとして怯《おび》えてたんやないでしょうか」

ホームのベンチまで移動したところで、成留が切り出した。

「そうやね。自分と奥さんを守ろうとしてた風にも見えるし、私らに好意的に解釈すれば、少しでも早くあの地から離れさせようとしてたようにも映るし……」

「どっちかいうと、前者やないですか」

成留の見方を、あえて彩子も否定しなかった。

電車に乗ってからは、このまま帰路に和世の家を訪ねると決めた以外、ほとんど二人とも無言だった。話し合っておくべき問題が山積しているように思えたが、ではそれが何かと考えると少しも浮かばない。

成留は焦りにも似た気持ちに苛《さいな》まれた。だが、いつしか寝てしまった彩子の顔を見つめているうちに、それが薄れ出した。そのうち彼も、すっかり寝入っていた。

乗り換えに次ぐ乗り換えでK市に着いたのは、もう夕方だった。彩子が駅前から和世の家に電話すると、彼女の母親が出た。訪ねたい旨を伝えると、とても歓迎された。

彩子が家までの道順を教えてもらい、電話を切るのを待って成留は尋ねた。

「彼女の様子は？」

「相変わらず閉じ籠ってるみたい。お母さんもお手上げ状態らしくて、私たちの訪問に希望を持ってるようやった」

「責任重大やないですか」

「いっしょにあの村に行ったという意味では、私たちにも責任はあるよ」

「そもそも変な巡礼の母娘に声をかけられたんは、彼女やのに？」

「和世ちゃんの話を聞いて、大岩まで行こうとしたんは私やろ。私には責任がある」

「いや、それは俺も……」

「とにかく今は、和世ちゃんを助けましょ」

駅から岩登家までは十五分ほどだった。昔ながらの住宅地といった雰囲気の町並みに、和世の家は建っていた。何の変哲もない木造二階建ての、周囲に並ぶ民家とあまり大差のない家屋である。

にもかかわらず成留は、暮れゆく夕まぐれの空を背景に、その家を目にした瞬間、なぜか軽く鳥肌を立てていた。

災厄に見舞われた家……。

ふっと、そんな言葉が脳裏に浮かぶ。そういう文言が似合いそうな家だと、とっさに感じたらしい。

彩子がインターホンを押すと、和世の母親が待ちかねたように現れて、二人を出迎えた。元の様子は分からないが、精神的に参ってやつれているのが分かる。救いを求めるような眼差《まなざ》しで見つめられ、成留は目を合わせられなかった。

応接室に通されたが、下手に事情を訊《き》かれると面倒だと考えたのか、すぐ和世に会いたいと彩子が言った。

「はい、よろしくお願いします。部屋は二階です。階段を上がって最初のドアです」

母親も異存はないのか立ち上がると、階段の下まで二人を案内した。

「失礼します」

一礼して階段を上がる彩子のあとに、成留も続く。

「和世ちゃん、阿井里彩子です」

彼女は声をかけると、室内の応答を待つように黙った。だが、部屋の中からは何の返事もない。

「利倉成留君もいっしょやの。今日、Kリゾートのバイトを辞めて、その足でこちらに伺ったんよ」

さらに声をかけて、彩子が耳をすます仕草をしたが、室内はしーんとしている。物音ひとつ聞こえない。ただし、微《かす》かに異臭が漂っていた。おそらく部屋を閉め切っているせいだろう。つまり和世は、やっぱりこの中にいるのだ。

「和世ちゃん」

彩子が名前を呼びながら、ドアをノックした。

「顔を合わせとうないんなら、扉越しに話だけでもできへんかな？」

そんな提案もしたが、やはり何の反応もない。それでも彩子は、あれこれとしばらく話しかけ続けたが、すべて徒労だったようだ。

「和世ちゃん、また来るけど、私の家に電話をくれてもええからね。遠慮せんと、気が向いたらかけてな」

そう言って部屋の前から離れかけたところで、いきなり彩子はドアまで戻ると、

「和世ちゃん！　今、何て言うたの？」

再びノックをしながら、室内に声をかけはじめた。


「どうしたんです？」

成留が尋ねても、彩子はノックを止めずに声をかけている。しかし、もう二度と和世は口を開かなかったようで、やがて彩子はがっくりとうなだれてしまった。

「彼女は喋《しゃべ》ったんですか」

階段を下りる前に成留が訊くと、彩子は考えこむような表情で、

「騙《だま》されないから……って、確かに言ったの」

「えっ……」

予想外の言葉に成留は戸惑った。

「どういう意味や思います？」

「部屋の外にいるんは、本物の阿井里彩子と利倉成留やない。騙そうとしても騙されんからな……ってことを、こっちに宣言したように、私には感じられた」

「そんな……」

成留が絶句していると、下から母親に呼ばれて、二人は応接室まで戻ることになった。

「何か申しましたでしょうか」

さっそく母親に、期待に満ちた眼差しで訊かれたが、

「いえ、残念ながら……」

と彩子はとぼけた。自分たちが偽者だと娘さんは疑っているようです――とは、さすがに彼女も言えないのだろう。

「そうですか……」

うなだれる母親に、彩子が尋ねた。

「和世ちゃんは部屋に籠《こも》って、何をしてるんでしょう？」

「……さぁ、分かりません」

とほうに暮れた表情で母親は首をふったが、ふと何か思い当たったような顔で、

「ただ、単に籠ってるというよりは、必死に隠れている……といったほうが正しいのか

もしれません」

「どうしてです？」

「食事はドアの前に置いておくと、知らぬ間に娘が取り、食べた食器も知らぬ間に返すのですが、一度まだ私が二階の廊下にいたとき、ドアが開いたことがあって……ちらっと部屋の中が見えたんです。あの子、カーテンの周囲と合わせ目を、ガムテープで留めてました。他にも洋服簞笥《だんす》と本棚の隙間とか、部屋中にガムテープが貼られていて……。ドアを閉めたあと、その四方にもガムテープを貼っているようでした。その様が、まるで世間から身を隠しているように、私には思えましたもので……」

「もしくは外から覗《のぞ》かれるのを、極度に恐れているとか――はどうでしょう？」

「ああ、そういう風にも見えました」

母親は急に身を乗り出すと、

「バイト先のKリゾートで、何かあったのでしょうか。城戸勇太郎さんという方が亡くなったのは、娘から聞いております。最初はそのショックで、部屋に籠ったのかと考えました。でも帰宅した当初は、怯えてはおりましたが、この部屋や居間にも出入りしてたんです。それが急に、自分の部屋に駆けこんだと思ったら、あの有り様です。もう私、訳が分からなくて……」

「お風呂《ふろ》は？」

「もう、ずっと入っておりません」

恥じ入るような母親の様子を見て、成留は異臭の正体が分かった気がした。エアコンがあるとはいえ、夏のこの時期に風呂にも入らず部屋に籠っているのだから、あとは推して知るべしである。

「実は……、私たちにもよく分からないのですが――」

そう彩子は前置きして、Kリゾートでの一連の体験を、和世の母親に打ち明けた。

「信じられないことを口にしてると、自分でも思います」

話の途中から母親の顔が見る見る強張《こわば》り出したせいか、彩子は言葉を慎重に選んでいるようだった。

「しかし、そうとでも考えなければ、まったく説明がつかないんです。いえ、それでも訳の分からないことだらけで――」

そのとき、ずっと口を閉じていた母親が、

「あなたたちは、何か宗教関係の方ですか」

「はっ？」

「それで娘を勧誘したのですか」

「い、いえ……」

「でも娘が逃げ出したので、追いかけて来たのですか」

「ち、違います。そうやありません」

どうやら母親に、とんでもない誤解を与えてしまったらしい。特に例の拝み屋の話が、まずかったようだ。

「私たちは、どんな宗教とも無関係です。今お話しした体験は、私たち自身にも謎なんです。そういうものを信じてるとかやなくて、そうとでも考えんと——」

慌てて彩子が誤解を解こうとしたが、もう何を言っても無駄だった。

「お帰り下さい」

和世の母親は一変していた。それからは「お帰り下さい」の一点張りで、とうとう二人は岩登家を追い出されてしまった。


駅前で成留と彩子は夕食をとった。お互い食欲はなかったが、この状態で夏バテまで背負いこみたくはない。

とても静かな食事のあと、成留がぽつりと漏らした。

「四人の差って、何やと思います？」

言葉足らずかと思ったが、彩子には意味が通じたらしい。

「私ら二人より、和世ちゃんに色々と影響が出てるんは、やっぱり巡礼の母娘《おやこ》に会《お》うてるからやろね」

「それは理解できます。けど……」

「うん。酷《ひど》い言い方やけど、なんで勇太郎君が和世ちゃんよりも先に死んだんか。確かに彼は、彼女にべったりやった。せやけど、それで彼女よりも影響を受けやすなったと考えるんは、ちょっと違う気がする」

「そうですよね」

うなずく成留に、しかし彩子は苦笑しながら、

「もっとも、こういう不条理なものに対して、理屈をつけようとすること自体が、ナンセンスかもしれんけどね」

「それじゃ四人の差は、たまたまですか」

「強いて言えば、私と成留君と勇太郎君の三人は、Kリゾートに行く前から妙な予感があった。けど、和世ちゃんにはなかった。次はあの村に行くとき、私と成留君は用心してた。でも、勇太郎君と和世ちゃんは無防備やった。おそらく勇太郎君は、和世ちゃんの面倒を見ることに気を取られていたんやと思う」

「それが四人の明暗を分けた……」

「……のかもしれんね」

彩子とは乗り継ぎ駅で別れ、成留は家に帰った。翌日は朝から、例の拝み屋のところへ二人で行く約束になっている。

成留は口にしなかったが、勇太郎の次は和世の命が危なく、もし彼女が死んだ場合、次は自分か彩子の番ではないかと怯《おび》えていた。だから和世が不幸に見舞われる前に、自分と彩子は拝み屋を訪ねる必要がある。そう強く感じていた。最初は胡散臭《うさんくさ》く思ってい

た拝み屋だったが、今では唯一の頼みの綱になっていた。

我が家が見えたところで、成留は首をかしげた。電気がついていない。普段なら一階に両親が、二階に妹がいるのに、どちらにも明かりが点《とも》っていない。

出かけてるのかな。

だが、三人が一度にというのは、利倉家ではあまり考えられない。まして自分が帰ると連絡してあるのに、いっせいに留守にするのはおかしかった。

妙だなと思いながらも、成留は玄関の扉を開けて入った。

「ただいま」

しかし、真っ暗な廊下の奥からは、何の返答もない。玄関から見える階段の上も、黒々とした闇があるばかりである。家全体が、恐ろしいほどの静寂に包まれている。

やっぱり出かけてるんや。

成留は靴を脱ぐと、廊下の明かりをつけながらキッチンへ入った。まずエアコンのスイッチを入れ、冷蔵庫から麦茶を取り出して飲む。

ほっと一息ついたところで、流しの上の戸棚が、少しだけ開いているのに気づいた。几帳面《きちようめん》な母親にしては珍しい。閉めに行こうとして、ぎょっとした。

その隙間から、何かが覗いていた。

戸棚の大きさを考えれば、子供なら入れるかもしれない。だが中には、鍋《なべ》やフライパンが収納されている。子供とはいえ入りこめる場所など、どこにもないはずだ。そもそも誰が、そんなところに入るのか。

とっさに逃げ出そうとした成留は、辛うじて踏み止《とど》まった。

ここは俺の家だ。

いったん逃げ出してしまえば、もう二度と戻る気になれないだろう。もちろんそれは怖かったが、こうやって脅され続けることに腹も立ってきた。怖さと怒りが交じり合っていた。そして一瞬だけ、怒りが怖さに勝ったのである。

成留は流しの上の戸棚まで行くと、ぱっと両開き戸を開け放った。

「うわわわっ！」

そのとたん、近所中に聞こえるほどの絶叫が、キッチンに響き渡った。

戸棚の中で身体を丸めて、窮屈な姿勢のまま成留を見詰めていたのは、かっと両目を見開いた岩登和世だった。

成留が悲鳴をあげて戸棚の前から飛びのいたところへ、両親と妹が駆けこんできたので、驚いた彼は再び叫んでしまった。

「成留！」

「お前、帰ってたの」

「お兄ちゃん、何を大声あげてんのよ」

三人に詰め寄られ、とっさに流しの上の戸棚を見ると、扉は閉まっている。

「そこ……」

と指差しかけて、慌てて右手を下ろした。家族を巻きこむわけにはいかない。しかし、兄の手の動きをしっかり見ていたらしい妹が、止める間もなく戸棚を開いた。

「何よ。なーんもないやん」

彼女の言う通り、そこには鍋などが仕舞われているだけで、和世の姿はどこにもない。そもそも大人が入れるだけのスペースが空いていない。

「バイトから戻った思うたら、まったく変な子やねぇ」

呆《あき》れ顔の母親と、そのままキッチンを出ようとする父親、それに軽蔑《けいべつ》の眼差《まなざ》しを向ける妹を見ているうちに、成留は重要なことを思い出した。

「みんな、ずっと家におった？」

「どこに行くいうんよ」

さらに呆れる母親に構わず、彼は尋ねた。

「今夜は出かけんかったんやな？」

「そうや。夕飯のあとは、お父さんと居間におりました」

「私は自分の部屋にいたけど」

妹も答えたところで、自分が帰宅したとき、家そのものが変だったのだと、ようやく成留は悟った。あの家は利倉家であって、この利倉家ではなかったのだ。なぜそうなったのか、もちろん彼には説明できなかったが……。

もし両親や妹が駆けつけず、あの家に自分と和世だけが存在したとしたら、今ごろどうなっていたことか。想像しただけで、成留は自分の顔から血の気が引くのが分かった。

「お兄ちゃん、大丈夫？」

妹の眼差しが、少し不安げになっている。母親の呆れ顔も、心配そうな表情に変わりつつあった。

「……うん。バイトの疲れが出たんやろな」

「風呂《ふろ》に入って寝ろ」

そっけない父親の一言で、一応その場は治まった。

だが、風呂を使っても、トイレに入っても、洗面所で歯を磨いても、つねに成留は戸の陰や隙間が気になって落ち着かなかった。

何かが覗《のぞ》くんやないか……。

何かに覗かれてるんやないか……。

そんな不安に絶えず囚《とら》われる。いったん気になると、もう駄目だった。臆病《おくびょう》な小動物のように、きょろきょろと周囲を見回してしまう。

その夜、和世が覚えたであろう恐怖の一端を、成留も否応《いやおう》なしに味わったのである。

翌日の午前中、彩子と落ち合った成留は、奈良の杏羅町を訪れた。

そこは狭い路地が縦横に――だけでなく実は斜めにも――張り巡らされた古風な町並みに、独特の雰囲気が漂っている奇妙な空間だった。こんな状況に置かれていなければ、のんびりと彩子といっしょに散策したいと思ったほどである。

拝み屋の家に行って驚いたのは、その繁盛ぶりだった。これでは何時間も待たされるはめになると、成留はげっそりした。

「話は通してあるから、すぐに会《お》うてくれはると思う」

そんな彼の落胆ぶりが伝わったのか、彩子がそう耳打ちした。

彼女によると、電話で事情を伝えた時点で、かなりの興味を向こうが持ったという。つまり成留たちの体験のあらましを聞いて、どうやら拝み屋の血が騒いだらしい。

「ただ、それだけやないみたい」

彩子の物言いに引っかかりを覚えたので、成留は尋ねた。

「他にも何かあるんですか」

「時間の問題やって言われた」

「えっ？」

「このまま放っておくと、えらいことになるかもしれんので、できるだけ早《はよ》う来なさいってきつく言われたんよ」

実際、二人が訪問を告げると、少し待たされただけで奥へと通された。そこは柔道や剣道の道場を小さくしたような部屋で、床の間はあったが何も祀《まつ》られていない、何とも不可思議な場所だった。

　拝み屋は五十前後の女性で、さぞ若いころは美人であったろう容姿をしていたが、驚くほど口が悪かった。そのギャップに、思わず成留はのけぞったほどである。

　彩子がKリゾートでの体験を改めて話し終わったとたん、二人は拝み屋に一喝された。完膚なきまでにたたきのめされたと言っても良い。それなのに不思議と嫌な気がしない。腹が立たない。いくら正論でも怒られれば、やっぱり不快なものだ。それがむしろ、すっきりした気分になったのだから成留は驚いた。彩子も同じように感じたらしい。

　しかも拝み屋は、決して口だけではなかった。何をどうされたのか、ほとんど成留には分からなかったが、気がつくとお祓《はら》いは終わっていた。いささか拍子抜けしていると、拝み屋にこう言われた。

「その程度ですんで、ほんまに幸いやったと思わなあかん」

　礼を述べた彩子が、和世も助けて欲しいと頼むと、今すぐ岩登家へ行くと拝み屋が言い出したので、成留はびっくりした。順番を待つあれほどの人を放っておいて大丈夫なのか、と心配になったからだ。

　案の定、二人といっしょに出かけようとする拝み屋に、待っている人たちから悲鳴に近い声がかかった。さすがに非難するような言葉は出なかったが、懇願してすがる人々が続出した。まるで救世主に群がる罪人といった感じである。

「ええいっ、うるさい！」

そんな人々を拝み屋が一喝した。

「あんたらは、まだ大丈夫や。心配せんでも時間はある。せやけど、ここへも来られんくらい重症の、一刻を争う病人がおる。わたしゃ今から行って来るから、あんたらは大人しゅう待ってるんや。ええな？」

いっせいに全員が口を閉じると、ほとんど同時にうなずくのを見て、成留は感心した。単に怒鳴って黙らせたというのではなく、ちゃんと納得させたように映ったからだ。また和世のことを「病人」と呼んだのにも、なぜか好感が持てた。この人なら信頼できるのではないか、と遅蒔《おそま》きながらに思った。

拝み屋の「患者」の一人が運転する車に乗せてもらい、駅に向かう道すがら、彩子が岩登家での和世の状態を説明した。成留も昨夜の体験を話したが、そのとたん拝み屋から同行を禁じられてしまった。

「お祓いしたとはいえ、あんたが今その家に行くんは、止めといたほうがええ」

流しの戸棚の中に和世を見たことが、どうやら関係しているようだったが、それ以上は分からない。成留としては、その言葉に従うしかなかった。

駅で拝み屋と彩子を見送りながら、成留はひたすら和世の快復を祈った。

これ以降の記述は一連の怪異が治まったあとで、利倉成留が阿井里彩子から聞かされた話に基づいている。

岩登家を訪ねた二人は、予想通り和世の母親に追い返されそうになった。しかし、ここでも拝み屋の一喝がきいた。とはいえ家に入ることができても、相変わらず和世の部屋は閉ざされたままである。彼女には拝み屋の一喝も通用しない。

そこで拝み屋のとった行動が、とんでもなかった。扉をぶち破ったのだ。その様子を彩子は生き生きと語ったらしいが、ここでは省略する。

扉が開かれた瞬間、あまりの臭気に彩子は思わずたじろいだ。だが、和世の姿を目にしたとたん、そんな臭いなど吹き飛んでしまった。

和世はガムテープで、自分の頭をぐるぐる巻きにしていた。おそらく両目と両耳を塞《ふさ》ごうとしたのだろうが、そのうえ身体をお腹で捩《ね》じるという不自然な格好をしており、もはや岩登和世という人ではない、何か別の生き物のように映ったという。

室内は前に母親が説明した通り、ガムテープだらけだった。とにかく隙間という隙間にテープが貼られている。そこからあれが覗《のぞ》くことを、どれほど和世が恐れていたかが、否応なしに伝わってくる。それほど凄《すさ》まじい光景だった。

拝み屋のお祓いは、昼前から夕方まで続いた。その間、彩子は部屋の外に出されていたので、何が行なわれているのか少しも分からなかった。ただ、すべてが終わったあとの拝み屋が疲労困憊《こんぱい》の状態で、わぁわぁ泣いているものの和世が元に戻ったらしいということは、はっきりしていた。

母親の喜びようは大変だった。いきなり拝み屋に両手を合わせて、熱心に拝みはじめたほどだ。しかし当の拝み屋は、一言「寝る」と口にしただけで、応接室のソファで二十分くらい爆睡した。起きてからは特上のうな重を出前させ、それを食べると礼金も受け取らずに帰ってしまった。ちなみに彩子のために拝み屋が注文したうな重は、並だったそうだ。

それから一週間ほど経ったある日、岩登和世が行方不明になった。大学に行ったはずが、そうではなかったらしい。母親は親戚《しんせき》から娘の友だちまで、心当たりに連絡をしたが、誰も知らないという。そこで彩子に電話があり、彼女が拝み屋に知らせ、二人で岩登家を再び訪ねた。

改装された和世の部屋に足を踏み入れた瞬間、拝み屋が叫んだ。

「しもうた！　わたしゃの失敗や」

どういうことかと彩子が訊《き》くと、おそらく和世は何かを持っていたのだと、拝み屋は説明した。その何かとは、例の巡礼の母娘《おやこ》にもらったものに違いないという。それを感知できなかったのは、自分の未熟さゆえだという意味のことを、拝み屋は口にした。

その翌日、彩子から連絡を受けたKリゾートの管理人の三野辺が、あの大岩の近くで岩登和世の遺体を発見した。死因は転落死だった。それほど高くない岩の上から落ちて死んだ訳は、地面に埋まっていた平らな石に頭を強打したせいだという。その衝撃の影響なのか、彼女の身体は不自然に捩じれていたらしい。

和世の所持品の中で、母親に見覚えのないものがひとつだけあった。

……鈴である。

和世は一個の鈴を、しっかりと右手ににぎりしめていた。

問題の鈴は和世の母親から彩子の手に渡り、さらに彼女によって拝み屋のところへ届けられ処分された。これで成留たちが受けた障りは、すべて祓われた。もう安心しても良いと、拝み屋には言われた。

だが成留は、しばらく扉の陰や隙間に悩まされた。それが少しでも目に入ると、とにかく怖くてたまらない。

この恐怖心を和らげてくれたのが、彩子だった。いつしか二人は付き合うようになっていた。その年のクリスマスイブも、年が明けた初詣《はつもうで》も、二人はいっしょだった。ただし、二人の仲は半年も続かなかった。やがて成留は、彩子を避けはじめるようになる。

なぜなら彩子が――彼女自身には、その自覚がなかったらしいが――気がつくと成留のことを、じっと物陰から覗《のぞ》くようになっていたからだ。

第二部　終《しま》い屋敷の凶

一

最初に意図した民俗学的な調査記録とは程遠い内容になりそうだが、今回の体験を書き残しておくことにする。何も記さずに済ますには、私は余りにも奇態な経験をしているのではないか。取り敢《あ》えず見聞きしたままを文字に起こし、後世に伝えるべきではないか。そう考えたからだ。

それとも逆だろうか。こんな忌まわしい体験記など、むしろ残してはいけないのか。私自身が一刻も早く忘れるように努力すべきなのか。見ざる言わざる聞かざるの三猿のように知らぬ振りを決め込むことが、何よりも賢明なのだろうか。

鞘落《さやおとし》家の離れの客間で文机《ふづくえ》の前に座り、こうして大判の大学ノートに書き出しながらもまだ私は迷っている。こんな簡単な判断さえできないのは、どっぷりと私が得体の知れぬ恐ろしい怪異に囚《とら》われている証拠かもしれない。

のぞきめ……。

その怪異とは、矢張りあれ《ヽヽ》だろうか。鞘落惣一《そういち》が打ち明けてくれた、終《しま》い屋敷に憑《つ》いているという物の怪《け》か。いや、怨霊《おんりよう》と言うべきか。それとも荒神だろうか。いやいや、それだけでは済まないもっと大きな災厄が、この屋敷を覆っているように思えてならない。しかも、その災禍が今にも村全体へと広がりそうな予感さえ覚えてしまう。ここを訪れて間もない、完全に他所者《よそもの》である筈《はず》の私が……。何故《なぜ》なら――。

駄目だ。こんな風に書いていては切りがない。私の頭の中は混乱を極めている。様々な疑問が犇《ひし》めいているのに、その答えが一向に見えてこない。見えないどころか、そこには現実的な解などなく、全ては人知を超えた現象ではないか……という不安が、ひしひしと押し寄せている。

不安……。違う。そんなものではない。最早《もはや》それは恐怖と呼ぶべきだろう。

はっきりしているのは、このまま私の疑いや恐れをいくら列記しても全く何の解決にもならない、という事実だ。それよりも今は、これまでに起こった出来事を漏らすことなく、先《ま》ずここに書き記しておくべきではないか。私にできるのは、どう考えてもそれくらいしかない。

そもそもの発端は、東京文理科大学での鞘落惣一との出会いにある。私と彼は史学科の日本史を専攻していたが、二人とも民俗学に興味があった。まだ学科として認められてはいなかったが、国立大学では珍しく民俗学に携わる専任教員を擁しており、その影響を受けた学生が少なからず存在していた。彼の柳田國男《やなぎたくにお》宅に出入りする者もいるほどだった。

とはいえ私は生来の人見知りで、そういった学生たちを羨《うらや》ましく思いながら、具体的な取り組みが何一つできないでいた。苦学して入った大学で、漸《ようや》く本当に興味を覚えた学問に出会えたというのに、それに上手《うま》く関わることができなかった。そのため鬱屈《うっくつ》とした気持ちを募らせる日々が、ずっと続いていたのである。

そんなときに己を鼓舞して出席した民俗学の集中講義で、偶々《たまたま》私の隣の席に座ったのが鞘落惣一だった。正に類は友を呼ぶと言われる通り、彼も私と同じく大人しく人見知りをする性格だったため、我々はすぐに親しくなった。恐らく一目で相手に、自分と近しい匂いを感じ取ったからだろう。勿論《もちろん》そんな二人を結びつけた最大の要因は、何よりも民俗学という学問に対する渇望だったと思う。共に西の方の出身だったことも、お互いに親近感を抱かせる元になった。

親近感と言えば、それぞれの珍しい名字と、名前の音の一致が一番だったかもしれない。彼は鞘落惣一であり、私は四十澤想一《あいざわそういち》だった。鞘落という名は、とにかく漢字も読みも特殊である。私の「あいざわ」も読みだけなら普通だが、「相澤《あいざわ》」や「逢沢《あいざわ》」ではなく「四十澤」と記すのは極めて少ない。私が知る限り、うちの親戚《しんせき》以外では聞いたことがなかった。鞘落惣一も同じだったのだ。

忽《たちま》ち意気投合した我々は、数年前に刊行された柳田國男の『民間伝承論』と『郷土生活の研究法』の感想を述べ合い、昭和九年にはじまった山村調査の報告書である『採集手帳』の内容に興奮した。更に柳田と橋浦泰雄《はしうらやすお》の編による『産育習俗語彙《ごい》』をはじめ、その後に出された『婚姻習俗語彙』、『分類農村語彙』、『葬送習俗語彙』といった民俗語彙集に、すっかり感心して嵌《は》まってしまった。そのため自分たちも民俗調査に携わりたいという気持ちが、日に日に膨らんでいった。

私も惣一も自分独りであれば、恐らく民俗学の講義は辛うじて受けるものの、いつまで経っても机上の学問で終わっていただろう。だが思わぬ同志ができた所為《せい》で、お互いが良い影響を与え合って、遅蒔《おそま》きながら山村調査にも加わるようになった。人見知りする私たちに民俗調査など荷が勝っていると最初は不安だったが、考えてみれば話を聞く相手も自分たちも田舎の人間である。東京で都会人と接する気苦労が、そこには少しもない。それが追い追い分かってきたので、事前の心配は杞憂《きゆう》に終わった。

とはいえ二人の性格まで、急に変わるものではない。大学の教員や学生から下宿の大家や住人に至るまで、相変わらず我々は打ち解けられなかった。それでも何の苦も覚えずに済んだのは、お互いの存在があったからである。

惣一は私の下宿によく遊びに来た。彼のところは他大学の学生が多く、それも蛮殻《バンカラ》な輩《やから》が目立ったので何かにつけて煩《うるさ》かった。その点、私の下宿は社会人が中心だった所為か余り騒がしくもなく、二人で静かに語り合うことができた。だから私の部屋が溜《た》まり場になったのは、とても自然なことだった。

我々が民俗学の中でも特に興味を惹《ひ》かれたのは、各地方に伝わる怪異な習俗についてである。二人とも怪談好きで、海外の怪奇小説を愛読していた。それが高じた結果、こういう分野にまで手を伸ばしたのだと、当初は私も思っていた。少なくとも私個人はそうだったからだ。しかし、軈《やが》て惣一には何か特別な理由があるのかもしれない、と感じるようになる。どうしてかは上手く説明できないが、そんな気がしてならなかった。

強いて言えば、各地方に見られる怪異な現象とそれに纏《まつ》わる怪異な習俗を知り、その分類や分析や解釈を施す行為を、私は飽くまでも楽しんでいたのに、惣一は何処までも真剣だったということだろうか。そんな彼の様子を学問に対する真摯《しんし》な姿勢だと、最初は私も感心した。だが、そのうち違和感を覚えるようになった。惣一には何か目的があるのではないか。ここまで熱中する訳が存在するのではないか。そう思うようになっていた。

私は折に触れ、それとなく探りを入れた。だが、いつもはぐらかされたので、喋《しゃべ》りたくない事情があるなら、もう無理には訊《き》くまいと決めた。親しき仲にも礼儀あり、というではないか。

ところが、ある日のこと。とある重要な理由が、ふっと頭に浮かんだ。それは民俗学的にも極めて大きな問題だった。流石に躊躇《ためら》ったが、ここで訊かなければ今後ずっと彼との関係に悩みそうな気がした。そんな疑いを抱えたまま表面だけの付き合いを続けるのは、絶対に嫌だった。それならば彼の怒りを買い、喧嘩《けんか》別《わか》れした方がどれほど増しかしれない。

私は思いきって確かめてみることにした。

「気に障ったら、どうか許してくれ。お前がそこまで地方の特殊な習俗に拘《こだわ》るのは、ひょっとして鞘落家が被差別部落の出身だからじゃないのか」

びくっと彼が身体を震わせたので、暫《しば》く待った。だが全く何の応《こた》えもないので、私はそのまま続けた。

「いや、仮にそうだとしても、俺は全く気にしない。実は郷里のうちの近くにも被差別部落があるんだ。けど俺は幼い頃から、そこの子たちと普通に遊んでいたからな。今でも帰省すると、何人かとは会って飲んだりもしている。だから――」

惣一が微《かす》かに首を振った。

「違うのか」

「ああ」

漸く声が出たと思ったら、どうにも元気がない。

「そうか。妙な訊き方をして悪かったな」

「……いや。君が以前から、それについて気にしていたのは知っていた。だから、そういう誤解をしたのも無理はない。僕の所為だ」

こっくりと惣一の頭が下がったのが、私に対して詫《わ》びたようにも、また力なく項垂《うなだ》れたようにも映った。ちなみに我々は二人だけで話をするときでも、殆《ほとん》ど関西弁を使わなかった。議論が白熱したり、何かの拍子にぽろっと出るくらいだった。

「別にお前を責めるつもりはないよ」

私は慌てて付け加えた。

「そもそも俺に、そんな権利があるわけないだろ。ただ少し気になっていたのは間違いなくて、それで被差別部落の問題が頭に浮かんだのを良いことに、ちょっと尋ねてみようとしただけなんだ。俺こそ申し訳ない」

私が頭を下げると、

「僕は田舎の話をせんだろ」

ぽつりと彼が呟《つぶや》いた。

「……うん、まぁ、そうだな」

歯切れ悪く答えながらも私は、実は密《ひそ》かに胸の高鳴りを覚えていた。

民俗学に携わる者は遅かれ早かれ、自分の故郷と向き合うことになる。己が生まれ育った土地ほど、その習俗に通じている地域はないからだ。仮に不明瞭《ふめいりょう》な部分があっても、家族や親族が暮らしていれば手紙一本でも調べられる。そのため最も身近な民俗調査地とは、殆どの者にとって古里となる筈《はず》だった。

ところが、惣一だけは違った。絶対に故郷の話をしようとしない。自らもそうだが、他人に振られても言葉を濁してしまう。私が知っているのも、××と××と××の三県の県境に延びる梳裂《すくざ》山地に属している集落らしい、という情報だけである。

惣一は時にとても興味深い習俗の事例を挙げる場合があった。だが、それが何処の地方の何という村のことかと訊かれた途端、決まって口を閉ざした。その相手が講義中の教授であれ、二人だけで話していた私であれ、常に同じだった。重ねて尋ねると、「失念した」と答えるところまで……。

採集地の確かでないものは、どれほど珍しくとも資料にはならない。無論それは惣一にも分かっていた筈《はず》だ。しかし、特定の地方の名前を出すことは一度としてなかった。そのうち彼は一切、何の事例も口にしなくなってしまった。

こういった態度は、惣一自身の家族に関しても同様だった。祖父母は健在なのか、父親の仕事は何か、母親はどんな人か、兄弟姉妹はいるのか……といった話を何一つしない。確かに家族の話題を嫌がる学生は他にもいたが、そういう奴等とは明らかに違っていた。

ひょっとして惣一は天涯孤独ではないのか。

そんな風に思わせる何処か翳《かげ》った気配が、鞘落惣一という男には常に纏《まと》い付いているように思われてならなかった。

ただ、彼には歳の離れた弟妹がいるのかもしれない……と思ったことは何度かある。一緒に出掛けているとき、偶々擦れ違った十歳くらいの子供を見る彼の眼差《まなざ》しが、時折ふっと淋《さび》しげに揺らぐのを見たからだ。尤《もっと》もあれは、今は亡き弟妹に対する哀惜の視線だったとも考えられるが……。

いずれにしろ、それほど頑《かたく》なだった惣一が、自ら田舎について触れたのだ。まるで彼自身が恰《あたか》も己の禁忌の扉を開けようとしているかのように、そのときの私には感じられた。

だが、まだ時は満ちていなかったらしい。

「こういう言い方は良くないが、いっそ被差別部落の出身だった方が、どれほど助かったかもしれない——というのが、正直な僕の気持ちだ」

そんな台詞《せりふ》を吐くと、呆然《ぼうぜん》とする私を残したまま、彼は部屋を出て行った。

一体あいつの故郷は、どんなところなのか……。

それとも鞘落家そのものに、何か因縁でもあるのか……。

友を無言で見送ったあと、いつまでも私は考え続けた。できれば手助けをしたい気持ちで一杯だったが、惣一が打ち明けてくれないことにはどうにもならない。

その後も二人の友達関係は続いた。ただ、この日を境に少しぎくしゃくしてしまったのは否めない。お互いが相手に対して遠慮をしていたとでもいうか。知り合う前のように余所余所《よそよそ》しくはないが、知り合った後に生まれた親しさが弱まった感じ、とでも表現すれば分かり易いだろうか。

そんな状態が良くないことは、二人とも充分に理解していたと思う。だからといって私にはどうにもできなかった。惣一の故郷に興味などない振りを今更しても、もう遅い。むしろあの日以来、益々《ますます》関心は高まっている。勿論《もちろん》ちらっとも態度には出さなかったが、彼には分かっていた筈だ。とはいえ私も、当たり前だが無理に聞き出そうなどとは少しも考えなかった。逆にあの日の自分の思慮の足りない問い掛けを、今からでも引っ込めたいと念じていたくらいである。

一方の惣一にしても、私と知り合ってから二年以上に亘《わた》り全く語らなかった古里の話を、そう簡単に話せるわけがない。ただ、私がそれに興味を覚えながらも、あの日の会話をなかったことにしたいと願っているのを、恐らく彼は察していたのだろう。だからこそ余計に、彼は悩んだのかもしれない。親友の私に隠し事をしているのが、どうにも耐えられなかったのかもしれない。

あれは新たな民俗調査の日程が決まり、二人の担当地域が離れた別々の場所だと分かった日の、春の夜のことだった。

いつものように惣一が私の下宿を訪れたのだが、珍しく酒をぶら下げている。二人とも下戸ではないが、特に理由もないのに飲酒することは余りなかった。そういう意味ではお互い酒好きとは程遠い人種だった。

ところがその日に限り、態々《わざわざ》惣一が酒を持参したのだ。

「どうした。何かあったのか」

驚く私に、はにかみつつ彼は、

「暫く調査で会えなくなるからな」

「別れの盃《さかずき》ってわけか」

咄嗟《とっさ》に私はそう口にしたが、その表現が何とも不吉に思えて、慌てて言い直した。

「よし。お互いの民俗調査の成功を祈って、今宵《こよい》は飲むとするか」

それからは注《さ》しつ注されつで、我々は酒を酌み交わした。最初のうち何を話したかは覚えていない。大して酒に強くないため酔いの回りが速かった所為《せい》もある。だが一番の理由は、同じく酔っているらしい惣一が、唐突に自らの古里の話をはじめたからだ。

きっと彼は酒の力を借りて、いや借りた振りをして、最初から私に打ち明けるつもりだったのだろう。この思いもよらぬ告白により、それ以前の会話の記憶が、私の脳裏から完全に飛んでしまったらしい。

「梳裂山地の近辺に、三つの集落から成る侶磊村《ともらいむら》と呼ばれる地がある」

そんな風に行き成り話を振られた私は、酔っていたこともあってか、咄嗟に頭に浮かんだ言葉を返していた。

「弔《とむら》い村だって」

「ああ、周囲の村や町では、そう呼ばれている」

惣一の返事を聞いて、漸《ようや》く私は事の重大さに気づいた。彼が何の話をしようとしているのか、一拍遅れながらもはっきりと悟った。

「ま、待ってくれ。死者を弔うという意味の、とむらい村じゃないんだな」

「うん、ともらい村だ」

そう言うと彼は、その村の名が〈侶磊村〉と書くことを教えてくれた。

「弔い村って呼ばれるのは、音が似ているからか」

「それもあるだろう」

「葬儀の形態が独特だとか」

「いや、他と大して変わらない筈だ。基本的には土葬だしな」

惣一の答えはあっさりしていたが、私は敢《あ》えて突っ込まなかった。ここは彼の喋《しゃべ》りたいように任せておけば、そのうち全てを話してくれるに違いないと感じたからだ。

「さっきも言ったが、侶磊村は三つの集落から成っている」

私の思惑通り、彼は話を続けた。

「最初の入植地である北磊《ほくらい》、村の中心である真磊《まらい》、奥まった南に位置する南磊《なんらい》の三集落がそれだ。北磊集落へ行くには、近江《おうみ》商人の往来があった総名井《そうない》村から山道に入り、六《む》僧《そう》峠を越えなければならない。峠を過ぎて下る山道を辿《たど》ると、森の樹木が疎《まば》らになった辺りで、左手に大きな屋敷が見えてくる。それが侶磊村の筆頭地主である砥館《とだて》家で、村では〈創《はじ》め屋敷〉と呼ばれている」

惣一は訥々《とつとつ》とした口調で語りながら、地名などの漢字は律義にも大学ノートに書いてくれた。お蔭《かげ》で私は未知の土地について、より想像を逞《たくま》しくできた。

「最初に拓《ひら》かれたのは北磊だけど、集落としては平地の多い真磊が一番発展した。ここには村役場や郵便局、飯屋や酒屋もあるからな。尤も学校まではなかったので、子供たちは六僧峠を越えて、態々《わざわざ》総名井村まで通わなければならなかった」

このとき彼の顔に浮かんでいたのは、子供時代に対する郷愁の表情などでは決してなかった。まるで久し振りに思い出した忌ま忌ましい記憶に、それまで平静だった心を掻《か》き乱されたかの様……とでも言えばよいか。

「うちも田舎だったが、そこまでじゃないな」

しかし私は、少しも気づかぬ振りをした。

「小学校まで遠距離を歩いて来る子はいたけど、峠越えまでする者はいなかったよ」

「そりゃ君の古里が、本当の田舎じゃない証拠さ」

「どうかな。訪ねて来てくれれば分かる。うちが本物の田舎だってことが」

「それを証明するために、僕を呼んでくれるのか」

「良かったらこの夏にでも、是非とも来てくれ」

「……ありがとう」

喜びながらも惣一が何処か淋《さび》しげな表情を見せたのは、ふと己の古里のことを考えたからだろうか。

「すまん。話の腰を折ったな」

私が謝って先を促すと、彼は中断などなかったかのように、

「真磊の集落は、北磊から更に奥へと入植して拓かれた地だったが、南磊は違った」

「北磊から真磊、真磊から南磊というわけじゃないのか」

「ああ。ちなみに北磊への入植は、八百年ほど前に六人の僧が総名井村を経てその地を踏んだのが、そもそもの始まりだったと伝えられている」

「そんなに歴史がある土地なのか」

私が素直に感心すると、惣一は自嘲《じちょう》的な口調で、

「無駄に長いだけだ」

「だから六僧峠という名がついたんだな」

「それに対して南磊の集落の南側には、六武《ろくぶ》峠と呼ばれる場所がある」

ノートに記された漢字を確認してから、私は口を開いた。

「こっちは六人の武士……あっ、落武者か」

「無論ただの伝説だ。梳裂山地の半ば人跡未踏の山中に、無涯《むがい》と呼ばれる地があって、そこに余り知られていないが名不知《なしらず》という名の滝があってな」

「名不知というだけあって、知る者は少ないわけか」

私の軽口に、惣一は重々しく頷《うなず》くと、

「無涯は昔から霊場として、それこそ一部の巡礼者の間では有名だったらしい。その象徴が名不知の滝というわけだ」

「成程。だから落武者たちも、一旦《いったん》そこへ逃げ延びた。でも、いつまでも留《とど》まってはいられぬ事情があり、後に六武峠と命名される難所を越えた。そして辿り着いた地に、南磊の集落を拓いたということか」

「鞘落家の祖先が、その落武者の一人だったと伝わっている」

彼に言われるまで恥ずかしながら私は、〈鞘落〉の意味に気づけなかった。

「南磊で刀を捨てたので、鞘落という氏を名乗ったわけだ」

「それこそ日本各地に幾つも伝わる、平家の落人《おちうど》伝説の一つに過ぎないけどな」

何故か自嘲的な物言いをする惣一に対して、私は感じたままを述べた。

「とはいえ中には本物もあるだろ。六武峠という地名と鞘落という家名から考えると、お前の先祖がそうだった可能性は高そうだぞ」

「そんな意味深長な地名が、それこそ日本中にごまんとあるのは、君もよく知っているだろ。六武峠の近くには、これまた意味深長な〈甲脱《こうだつ》の泉〉と呼ばれる湧水《わきみず》があるけど、それも含めて何の証拠にもならないよ」

どうして頑《かたく》なに先祖の落人伝説を否定するのか――と、私は尋ねそうになって止めた。話すか話さないかの判断は、矢張り彼に任せるべきだと思ったからだ。

「北磊の砥館家が創め屋敷とされる一方、南磊の鞘落家は〈終《しま》い屋敷〉と言われた」

惣一が先祖から村へと話を戻したので、私もそれに合わせた。

「侶磊村では北磊が最初の入植地で、しかも砥館家が村の筆頭地主だったうえ、六僧峠を越えて初めに目に入るのが同家の姿だったので、そこが創め屋敷と呼ばれた――という推察は容易にできるな」

「恐らくそうだろう」

「となると一方の南磊は、地理と地形の問題から最後の入植地と見做《みな》されたんじゃないか。しかも鞘落家は南磊の最南端の山肌に建っており、文字通り侶磊村の南の端に位置する。だから終い屋敷と名づけられた。違うか」

「半分は合っていると思う」

「あとの半分は、別の理由があるのか」

私の問い掛けに、惣一が黙ってしまった。

「それにしても他人の家を、終い屋敷などと呼ぶのは失礼な話だな」

「…………」

「創めに対しての終いだとは分かるけど、そんな通称をつけられた方は堪《たま》ったものじゃないだろ」

「…………」

「けど、そう言われるということは、鞘落家も砥館家に匹敵するくらい、侶磊村では勢力を誇る存在じゃないのか」

黙っていた惣一が、そこで口を開いた。

「砥館家には敵《かな》わないけど、資産面だけ見れば村では二番手だろう」

「うちとは偉い違いだ」

「だからといって村で絶大な勢力を、鞘落家が持っているわけではないけどな」

「えっ」

どうにも引っ掛かる彼の言葉が幾つかあったが、これもそうだった。筆頭地主に次ぐ資産家にも拘《かかわ》らず、鞘落家の影響が侶磊村に及ばないという事態があるだろうか。本当だとすれば、そこには一体どんな訳があるのか。

私の好奇心は抑えきれないほど高まっていたが、惣一を問い詰めるような真似だけは、矢張りしたくなかった。

「村での主な産業は何になる」

「林業と炭焼きだ。砥館家の仕事に従事しているのは、殆《ほとん》どが村人だよ。それに対して鞘落家では、昔から出稼ぎの杣夫《そまふ》を雇っている」

私の遠回しの探りを、あっさりと彼は気づいたらしい。こちらの疑問に、はっきりと答えてくれた。

「砥館家と鞘落家で、侶磊村の林業は二分されているのか」

「そう言っても間違いではない」

村の主産業の半分を担っているのに、何故鞘落家は外の者を使うのか。どうして同じ村人に仕事を与えないのか。それとも雇えない理由でもあるのか。

まさか……。

そのとき私の脳裏に、一つの可能性が浮かんだ。本来なら疾《と》っくに思い当たっていたかもしれない。しかし、相手が親友の惣一だったからこそ、そこまで頭が回らなかったらしい。

「六武峠の名の由来について、実は別の説もある」

またしても惣一が唐突に話を戻した。ただそれは、はっと表情を変えた私の反応を見て、そうしたように思えてならなかった。

「どんな説だ」

「尤《もっと》もこっちは同じ読みでも、漢字が違うけどな」

「峠の……」

「ああ」

「六武峠と同じ読みで、漢字は異なる……」

と考えたところで、たちどころに私は閃《ひらめ》いた。

「その別の説では、六人の武士を意味する六武ではなく、六十六部諸国廻国《かいこく》のことを指す六部と記すんじゃないのか」

「流石《さすが》だな」

力なく微笑む惣一が、とても痛々しく見える。

「つまり鞘落家には、六部殺しの伝説がある……と」

「そうだ」

笑みを引っ込めた暗い顔で頷く彼を前にして、漸《ようや》く私は全ての疑問が解けたような気になっていた。異人《まれびと》殺しの言い伝えが鞘落家にあるため、恐らく村の人々は同家を畏怖《いふ》しているのだ……と。だが、それが余りにも早計だったことを、軈《やが》て私は嫌と言うほど思い知らされる羽目になる。

ちなみに六部とは、自らが写経した法華経《ほけきょう》を笈《おい》に入れて背負い、それを全国の六十六箇所の霊場に納めるために、諸国を巡礼していた修行僧のことだ。今でも六部は存在するが、全員が本物とは限らない。何故なら物乞《ものご》いを目的とする偽者が、江戸時代頃から現れ出した所為《せい》である。

そんな六部を殺害したと伝わる話が、日本の各地で採集される〈六部殺しの伝説〉であり、地方によって細かい異同はあるものの、ほぼ次のような内容を持っている。

昔、その地方の某家に、日も暮れたので一夜の宿を乞《こ》いたいと、旅の六部が訪れた。某家では快く迎え入れ、夕食と寝床を提供した。親切心からしたことだったが、その六部が巡礼のための資金をたんまりと持っているらしいと知った途端、某家の人々に悪心が芽生えた。寝ている六部を襲って殺し、有り金を全部奪ったのだ。以来、某家は栄えて大金持ちになったが、殺した六部の祟《たた》りを代々受け続けている。

地方によっては六部ではなく座頭だったり、比丘尼《びくに》や巫女《みこ》と変わる場合もある。また大金を盗むのではなく、村のために人身御供《ひとみごくう》とする例も見える。共通しているのは、その地の外から遣《や》って来た所謂《いわゆる》〈異人〉が、特定の家や村の私利私欲のために殺され、その後に祟りを為《な》すという流れである。

「そんな伝説が実家にあるなんて——。さぞ大変だったろうな」

取り敢《あ》えず私は、慰めの言葉を掛けるしかなかった。

「子供のとき、やっぱり苛《いじ》められたりしたのか」

六僧峠を越える通学の話をした際の、惣一の表情を思い出した私は、暗澹《あんたん》とした気持ちでそう尋ねたのだが、意外にも彼は首を振った。

「違うのか。子供は関係なかったのか」

ほっとしたのも束の間、再び彼は首を振ると、

「田舎の子供の世界は、村での大人たちの関係の縮図のようなところがある。子供だからといって安心はできない」

「何をされた」

「良く言えば腫《は》れ物に触るような扱いだな」

「悪く言えば」

「……無視」

暴力や誹謗《ひぼう》よりも、ある意味これは最も質《たち》の悪い苛めかもしれない。

「酷《ひど》いじゃないか。大昔の、それも何の根拠もない言い伝えだけで、そんな仕打ちを子供にするなんて」

憤る私とは対照的に、惣一は冷めた口調で、

「子供にしてみれば、やっぱり怖かったんだと思う」

「お前の家がか」

こっくりと頷《うなず》く彼を見て、理不尽にも私は鞘落家の大人たちに対する腹立ちが、急に込み上げてきた。

「ご両親は何も言わなかったのか」

「無理だよ」

「どうして。それだけの分限者だったら——」

と言い掛けたところで、恥ずかしながら漸《ようや》く私は察した。これまでに多くの手掛かりを彼が与えてくれていたのに、全く気づくことができなかったのだ。

鞘落家に伝わる落人《おちうど》伝説について、自嘲《じちよう》的とも言える否定的な態度をとったこと。如何《いか》に歴史的地形的な要素があるとはいえ、鞘落家が終い屋敷と呼ばれていること。

侶磊村の主産業の半分を鞘落家が牛耳っているのに、村では何の勢力もないこと。

鞘落家が使う杣夫は、全て出稼ぎ者を雇っていること。

彼が子供の頃、村の子供たちから無視される扱いを受けたこと。

これらが意味している事実は、恐らく一つしかなかった。

「訊《き》き難《にく》いことを訊くけど、ひょっとすると侶磊村で鞘落家は、村八分の状態に置かれていたんじゃないのか」

「…………」

「歯に衣を着せぬ物言いで申し訳ないが——、違うか」

ゆっくりと彼が頷き、確信していたとはいえ私は居た堪れない気持ちになった。

「……済まない。辛《つら》い話をさせてしまったな」

「いいや」

惣一は首を振りながら、

「いつか君には、ちゃんと話したいと思っていたから……。本当はもっと早く打ち明けたかったけど、なかなかその勇気がなくてな」

「そうか。話してくれてありがとう」

私は心の底から礼を述べつつも、侶磊村の人々に対する怒りが腹の底から、ふつふつと沸き上がってきた。

「しかし、いくら六部殺しの伝説があるからって、村八分までするのは酷いだろ。これまでに採集された事例でも、そこまでされた家はなかった筈《はず》だ」

「……ああ」

「そもそも六部殺しの話が出るのは、それが伝わるとされる家の人間からではなく、その周辺に住む村人たちの口からじゃないか」

つまり異人殺しの伝説とは、六部を殺して金を奪ったので某家が繁栄したという因縁話ではなく、某家の羽振りが良くなったのは恐らく何か悪い行ないをしたからであり、その悪事とは六部を殺して金を盗むようなことに違いない——という第三者の村人たちによる、飽くまでも後付けの話なのだ。

そこには成功を収めた者に対する妬《ねた》みが存在した。しかも後から村に入植して来た者の場合、尚更その家を嫉《そね》む気持ちが生まれてしまう。そういった村人たちの負の感情が、数多《あまた》の異人殺し伝説を誕生させたのである。

「お前には説明するまでもないけど——」

と私は断わって、念のためにこの解釈を惣一に言い聞かせた。彼は一言も口を挟むことなく、黙って私の話に耳を傾けていた。

「――だから、そんな伝説など意味がない」

「そうだな」

表情の読めない顔で、惣一が相槌《あいづち》を打った。

「田舎は色々と大変で、それほど簡単でないことは分かる。特に昔から続く習俗などは、如何にそれが俗信と分かっていても、なかなか消滅しないものだ。俺も田舎の出だから、そういう問題は理解できる。でも、村八分という厳然たる差別が罷《まか》り通っていたのは、いくら何でも――あっ、今でもそうなのか」

肝心な質問をすると、彼が無言で頷いた。

「それは由々しき問題だぞ。今からでも遅くないから、然《しか》るべきところに村での現状を訴えた方がいい」

「しかしな……」

「うちの大学で、まず相談できそうな教授を探そう」

「でも……」

「しかしも、でももない。お前も学究の端くれだろ」

「そこだよ。君や大学の教授たちのようなインテリゲンチャにとって、異人殺しの伝説は飽くまでもお話に過ぎないが、侶磊村の人たちには今の世にあっても、紛《まご》う方ない現実そのものだという大きな違いがある」

「だからこそ断固として、そんなものは迷信だと啓蒙《けいもう》すべきなんだ」

私の強い物言いに、惣一が俯《うつむ》きながらぽつりと返した。

「鞘落家に纏《まつ》わる怪異の所為で何人も、過去に村人が死んでいるというのに……か」

二

「どういうことだ」

驚いて思わず詰問する口調で尋ねたが、この問題が予想以上に根が深いことを、このとき私は悟ったような気がする。

考えてみれば確かに妙だった。先祖の落人伝説は「ただの伝説だ」と取り合わなかったのに、異人殺しの伝説だけは受け入れているように見えたのだから。単純に二つの伝説を比べたとき、信憑性《しんぴょうせい》があると感じるのは明らかに前者だろう。だが鞘落惣一《さやおとしそういち》にとっては、後者にこそ現実性があったのだ。

「六部といっても、鞘落家の場合は女の巡礼者だった。しかも母娘《おやこ》の二人連れでな」

惣一は落ち着いた様子で、淡々と話し出した。

「そうか」

相槌を打ちながらも私は、自らの家の負の伝説をどう語るかは、矢張り彼に任せるべきだと改めて思った。余計な口出しはせずに、只管《ひたすら》聞き役に徹しようと決めた。

「どんな事情があったのかは分からないが、二人は無涯《むがい》の地から名不知《なしらず》の滝を経て、六《ろく》武《ぶ》峠を越えて南磊《なんらい》の集落に入った。そこで母親の具合が悪くなったので、娘が鞘落家に助けを求めた。二人には納屋が宛がわれ、食事も出された。しかし日が経つうちに、どうも母親の様子が尋常ではないみたいだと、普通の病気とは違うらしいと、次第に分かってきた。当時の鞘落家の当主は嘉栄門《かえもん》といって、丁度《ちょうど》体調を崩して寝ついていたこともあり、非常に母親の症状を気にした。軈《やが》て彼女が伝染性の病を持っているのではと恐れ出した彼は、母娘を納屋に閉じ込めると、そのまま放置するようにと命じた」

「……酷いな」

「暫《しばら》くは納屋の中から、助けを求める娘の声が聞こえていた。それが、そのうち鈴の音へと変わった」

「衰弱して声が出なくなった娘が、金剛杖《づえ》につけられた鈴を必死に振ったわけか」

「多分な。しかし嘉栄門は、これを無視させた」

「まさか、そのまま餓死させようと……」

「いや、弱ったところを二人一緒に筵《むしろ》で簀《す》巻《ま》きにして、裏の崖下《がけした》に埋めたらしい」

「生き埋めか」

「鞘落家は南の山肌を削った中腹に建っているから、背後は崖になる。その崖の東側には鞘落家代々の墓所があるんだが、そこの下の土の柔らかそうな箇所を掘って、簀巻きのまま埋葬したという」

「だから祟《たた》ったと、村の人たちは言いたいわけだ」

「実は、まだ続きがある」

惣一が一瞬、躊躇《ちゅうちょ》したように見えた。が、そのまま同じ調子で、

「母娘を埋めたとき、息子や使用人たちの全員が杣夫《そまふ》の飯場へ出ていて、力のある男手が殆《ほと》ど家にいなかった。帰りを待たなかったのは、病床にあった嘉栄門が癇癪《かんしゃく》を爆発させた所為《せい》らしい。このままでは自分に巡礼の病が伝染すると、その頃には完全に思い込んでいたんだな。それで息子たちが戻って来る前に、取り急ぎ埋めさせた」

「やけに具体的だな」

思わず口を挟んでしまうと、

「ああ、村人がでっち上げた筈の伝説の割には……な」

惣一が意味深長な物言いをしたので、忽《たちま》ち私は不安な気分を覚えた。

「そのため男手が戻ると、もう一度ちゃんと埋め直すようにと、当主が命じた。そこで長男が使用人を連れて裏の崖下に行ったところ、土の中から娘の頭半分が出ていた」

「えっ」

「そして死んだ魚のような瞳《ひとみ》で、凝《じ》っと息子たちを見詰めていた……」

「は、這《は》い出したのか」

「母親が最後の力を振り絞って、娘だけでもと土中から抱え上げたらしい」

「それじゃ娘は」

「いいや、死んでいた。両目をはっきりと見開いたままで……。しかも母親は無理な姿勢で娘を抱え上げた所為か、お腹の辺りで不自然に身体が捩《ね》じれた歪《いびつ》な状態で、矢張り絶命していたという」

「凄《すさ》まじいな」

「以来、鞘落家の人々は何処にいても、奇妙な視線を感じるようになる。襖《ふすま》や障子や納戸の隙間、廊下の曲がり角、天井の隅、庭木の陰、藪《やぶ》の中……といったところから、ふと気づくと誰かに見られている感じがする。だが、目を向けても誰もいない。そういう現象が頻繁に起こるようになった」

「一種の邪視だな」

「母娘を生き埋めにしたあとも、嘉栄門の体調は一向に快復しなかった。だから相変わらず床に就いたままだったんだが、この視線の恐怖に慄《おのの》いた彼は、自分の寝床の周囲に屏風《びょうぶ》を立てさせた。でも、全く効果はなかった。屏風の折れた谷の部分に少しでも影ができると、そこから何かが自分を覗《のぞ》いている……って、彼は怯《おび》えたらしい」

「それで」

最早《もはや》私は素の状態で、惣一の話を熱心に聞いていたと思う。

「屏風の代わりに板壁を、嘉栄門は寝床の周りに張らせた。しかも、その板壁を次第に近づけさせたため、遂には嘉栄門自身が細長い板箱の中に入っているような、そんな状態になってしまった」

「それって、まるで棺桶《かんおけ》じゃないか」

「きっと本人は気づいてなかったのだと思う。その、悍《おぞ》ましい事実に……」

「成程」

「とはいえ流石に蓋《ふた》まではさせなかった。ただし天井の節穴が怖いからと、大きな布で天井全体を覆わせた」

「徹底してるな。でも、それで視線からは逃れられたとして、とても日常生活は送れないだろ。そもそも崩している体調に良いとも思えない。第一いつまでも、そうやってるわけにもいかないだろ」

「勿論《もちろん》、嘉栄門は死んだ」

このときの勿論という副詞の使い方に、私は心底ぞっとさせられた。

「病死か」

「窒息死だった。嘔吐《おうと》しようとして、吐瀉《としゃ》物が喉《のど》に詰まったらしい。板箱の中に蒲団《ふとん》を無理に敷いていたのも仇《あだ》になった。横を向いて吐こうとしたところを、蒲団が口を塞《ふさ》いでしまったからだ」

「その状況は……、まるで生き埋めじゃないか」

私の指摘に、惣一は頷《うなず》きながら、

「嘉栄門の長男は父親の葬儀を済ませるや否や、母娘を埋めた崖下に碑を建てて二人を祀《まつ》った。それでも視線の怪異は止まず、体調を崩す家人が後を絶たなかった。しかも二人を住まわせていた納屋からは、そのうち鈴の音が聞こえるようになってきた」

「無理もない」

「そこで納屋を壊して〈巡鈴堂《じゅんれいどう》〉という御堂を建て、母に似せた観音像と娘を模した地蔵像を彫らせて、この二体を堂内に安置した。これで漸《ようや》く無気味な鈴の音は止み、気味の悪い視線も薄れたという」

「薄れただけで、なくならなかったのか」

「この視線を感じる者が、後の代になっても偶《たま》に鞘落家には現れたらしい。しかも視線を覚えると決まって、一族の誰かが病気や事故で死んだという」

「それにしても――」

私は遠慮がちに、ちらっと惣一に目を遣《や》りながら、

「ここまで詳しい話が伝わっているのは、鞘落家に何らかの文献が残っている所為なのか」

「それもあるが、殆《ほとん》どは口承だよ」

「何ぃ」

「ずっと何百年にも亘《わた》って、村人の口から口へと伝えられていった鞘落家の異人《まれびと》殺しの伝説が、昭和の御代《みよ》になっても侶磊村《ともらいむら》では息衝《いきづ》いているわけだ」

根が深いどころの問題ではないと、私は堪《たま》らなく不安になった。惣一の力になりたい

という気持ちに嘘偽りはなかったが、私が相談に乗るには余りにも荷が勝っているのではないかと、恐怖すら感じ始めていた。

だが、ここまで聞いておいて、逃げることなど絶対にできない。惣一も私に対する信頼があるからこそ、こうやって打ち明けてくれたのだ。いや、そもそも彼の打ち明け話は、まだ始まったばかりなのかもしれない。これからが本題のような気がする。

不安と恐怖に苛《さいな》まれつつも、このとき私は決心したのだと思う。とことん惣一に付き合ってやろうと。

そんな私の決意を、当たり前だが惣一は知る筈《はず》もなかった。だが彼もまた全てを打ち明けようと、覚悟を新たにしたかに見えた。

「続けてもいいか」

だからこそ今更というときに、態々《わざわざ》断わったに違いない。

「無論だ。お前さえ良ければ、俺は全てを聞く用意がある」

「持つべきものは友だな」

一瞬だけ惣一は微笑みを浮かべて、

「それに君は時折、怖いもの知らずになることがある」

まるで忠告するように言ったが、すぐにそれまで通りの口調で続けた。

「鞘落家の異人殺しの口承が途切れなかったのは、主に二つの要因によるのではないかと、僕は考えている」

「一つ目は何だ」

「その後も折に触れ代々の当主が、六武峠を越えて南磊に入って来る異人たちと関わってきた事実だよ」

「えっ」

むしろ新たな関わりは避けるのではないか、と思った私は驚いた。

「どうして、そんなことを」

「先祖である嘉栄門が犯した罪を少しでも償おうと、六部や座頭や巡礼たちに功徳を施そうとしたからだ」

「そういうことか」

「特に母娘《おやこ》の巡礼は手厚く持て成した。巡鈴堂に宿泊させて、殆ど生き神様を祀るような扱いだった。次第に鞘落家の冠婚葬祭まで仕切るようになったというからな」

「南磊を訪れる宗教者たちへの厚意が続いたのなら、鞘落家での怪異は弱まったんじゃないのか」

私の単純な疑問に、惣一は首を振りながら意味深長な言い方をした。

「何事もなく善行だけが受け継がれていれば、きっとそうなっていただろう」

「……まさか、また嘉栄門みたいな当主が出てきたのか」

「鋭いな。どうやら鞘落家では数代毎に、暴君とも言える嫡子が生まれているらしい。尤《もっと》も二代目や三代目の嘉栄門だけが、一方的に悪かったわけではない」

「というと」

「母娘の巡礼者に対する鞘落家の待遇の噂が、軈《やが》て梳裂《すくざ》山地の周囲にまで伝わり始めた。すると端《はな》から鞘落家に集《たか》ることを目的に、そのためだけに六武峠を越えて来る者が、そのうち現れ出した」

「偽の巡礼者か。諸国の霊場など巡ってもいない癖に、さも名不知の滝から来たように見せ掛けて、鞘落家に入り込む輩《やから》が出たんだな」

「只《ただ》で旨《うま》い飯が食えて、御堂の中とはいえ蒲団で寝られ、何日も滞在できるうえ、場合によっては路銀まで貰《もら》える。母娘の似非《えせ》巡礼者が現れるのも、まぁ頷けるだろう」

「しかし、二代目や三代目の嘉栄門には、それが我慢ならなかった」

「偽の巡礼者だと分かった途端、巡鈴堂から母娘を引き摺《ず》り出し、半裸に剝《む》いて竹の棒で叩《たた》きのめしたり、冬場なら井戸水を浴びせたり、また逆に御堂に閉じ込めて飢えさせたりと、兎《と》に角半殺しの目に遭わせた当主が、代々の中にはいたらしい」

惣一の説明を聞いて、私は啞然《あぜん》とした。

「確かに非は偽巡礼者たちにあるが、それにしても非道過ぎる。第一そんなことをすれば、生き埋めにして殺した母娘の障《さわ》りが再び強まってしまうと、そのときの当主たちは恐れなかったのか」

「そう考えられるほど理性的だったら、騙《だま》されたと悟った時点で、偽の巡礼者母娘を巡鈴堂から追い出しただけで済ませていたんじゃないか」

「それに話は、似非巡礼者の問題だけでは終わらなかった」

「まだあるのか」

「本物の巡礼の母娘が巡鈴堂に滞在していると、急に娘が神懸かりになって、村の出来事に関する託宣を執り行ない始める。しかも、これが当たると評判になった。そんな例も少なくなかったらしい」

「巫女《みこ》体質の娘だったわけか」

「他にも色々と特異な例があって――」

そう聞いても、もう私は驚かなかったが、

「幾人かの巡礼の母娘などは、そのまま鞘落家に入ってしまったと言われている」

「……入った」

「ああ。ちゃんと婚姻関係を結んだのか、言わば妾《めかけ》になったのか、その辺りは分かっていないけどな」

入ったという動詞の意味を知らされたところで、やっぱり驚いていた。

「つまりお前の祖母《ばあ》さんの祖母さんの……という具合に遡《さかのぼ》っていくと、いずれ巡礼者だった娘に行き当たるわけか」

「……恐らくな」

「……そうだな」

と答えた惣一の口調が何処か変だった。話の内容が血筋に関わるからかと考えた私は、もう少しで「あっ」と声を上げそうになった。

そうじゃない。そこまで遡る必要がないのかもしれない。

つまり彼が知る範囲で既に、今の鞘落家の中に、旅の巡礼者を母親に持つ者がいるのではないか。

もしくは惣一自身がそうだとか……。

その可能性に思い当たった私は、これ以上この話題に触れるのは危険だと判断した。

しかし、彼は続けた。尤も私と同じ危惧《きぐ》を抱いたのか、言い方が曖昧《あいまい》になった。

「ただし鞘落家の過去でも、この辺は混沌《こんとん》としている」

「鞘落家に入った娘のことか」

「偽巡礼者たちを半殺しの目に遭わせた当主も、巫女巡礼についても、全て含めてだ」

「どうして」

「記録が残っていない。該当しそうな文献があっても、部分的に破られたり消されたりしている」

「自分で調べたのか」

惣一は頷《うなず》きながらも、とても気になる物言いをした。

「無論それだけじゃなくて、ある人の協力も得たけどな」

「ある人って」

「あとで話す。それよりも更に問題が起こったのは、巡礼を始め異人たちが南磊を訪れない時期が続くときだった」

そのうえ訳の分からないことを言い出した。

「村に誰も来なければ、鞘落家も関わりようがないだろ」

「だから困った事態になったんだ」

私が怪訝《けげん》そうな顔をしたのか、惣一は嚙《か》んで含《ふく》めるような口調で、

「何者であれ宗教者が南磊を訪れれば、鞘落家の人々はその者に気が取られる。それは怪異も同じだということだ」

「……生き埋めにされた母娘の」

「うん。巡礼の娘が神懸かっているときは、特にそうだったのかもしれない」

「ということは、その娘は神懸かったのではなく、生き埋めにされた母娘の、娘の方に憑《つ》かれてしまっていたわけか」

「どっちだったのか、本当のところは誰にも分からない。ただ、巡礼たちが全くいない状態が続くと、屢《しばしば》鞘落家の子供に、それが憑依《ひょうい》するようになったというんだ」

「女の子にか」

「うん。この憑依現象が頻繁に起こったのが、明治の頃らしい。この辺りから鞘落家は、一種の憑き物筋と見做《みな》され始めたみたいでな」

それが村八分に繫《つな》がる要因かと思ったが、まだ異人殺しの口承が途切れなかった二つ目の理由があったので、私は敢《あ》えて触れなかった。

「子供への憑依を恐れた当時の当主は、梳裂山地周辺の村々で巫女体質の娘を探させると、金に物を言わせて鞘落家に連れて来させ、それの依代《よりしろ》に仕立てた」

「上手《うま》くいったのか」

「ああ。そのうち冠婚葬祭も仕切るようになったのは、生き神様のときと同じだ」

「出自を考えると、大した出世だ」

「軈《やが》て依代を務める少女を、巡礼者や村娘に関係なく〈鎮女《しずめ》〉と呼ぶようになった。それを鎮める少女という意味だな」

「もう立派な宗教者じゃないか」

「だけど何度も憑依されているうちに、大抵の娘は頭がおかしくなった」

「そんなに強烈だったのか」

「個人差はあったようだが、殆《ほとん》どの娘は狂い女《め》になった」

「可哀想に」

「仮に依代役を務められるほどの巫女体質だったとしても、周辺の村々から連れて来ただけの娘たちに、宗教的な修行経験があったとは思えない。だから耐えられなかったのだろう。巡礼の娘たちとは、そこが一番の違いだったことになる」

「その娘たちはどうなったんだ」

「突然死した者、行方不明になった者、始末された者……」

「始末？　殺されたのか！　鞘落家によって――」

「いや、流石にそれはなかったみたいだ。精神病院に入れてお払い箱にするのが、鞘落家の常套《じょうとう》手段だったらしい」

「……そういうことか」

「尤も当の娘が村人を次々と殺傷し始めたので、駐在がサーベルで斬り殺した事件はあった」

ここまで惣一の話を聞きながら、その荒唐無稽《こうとうむけい》な内容にも拘《かかわ》らず、私は全てを受け入れていたと思う。起こったとされる怪異を、そのまま是としていた。とはいえ所詮《しょせん》は祟《たた》りや呪いなど地方特有の迷信だと、心の何処かで距離を置いていたのも確かだ。矛盾する反応だが、要は侶磊村での「現実」と我々の現実は端から異なっているのだという判断を、傲慢《ごうまん》にも無意識に行なっていたのだろう。

ところが、ここにきて怪異は狂い女と化した依代役だった娘による連続殺人――という極めて現実的な事件を引き起こす。地方の一村だけの、その村の一旧家だけの「現実」だと高を括《くく》ってはいられなくなった瞬間だった。

私は衝撃を受けると共に、自分の考えの甘さを恥じた。ただ、ふと頭に浮かんだ一つの疑問に忽《たちま》ち囚《とら》われた。

「でも、どうして娘が襲ったのは村人だったのだろう。金の力で恐ろしい依代役をやらせた鞘落家の人々こそ、彼女の犠牲者に相応《ふさわ》しい筈《はず》なのに……」

「当然の疑問だが、ある人が言うには――」

このとき再び彼の口から、「ある人」が出た。その正体が気になって仕方なかったが、話の腰を折ることを恐れて、私は黙っていた。

「こういう解釈が成り立つらしい。依代役を宛がわれた娘は、日頃から鞘落家には大事にされている。言わば祀《まつ》られている立場にあるわけだ。そうなると何か事が起きたとき、その矛先が鞘落家の人々へは向き難《にく》くなる」

「怒り狂う怨霊《おんりょう》を祀って神様に仕立て上げる、荒神信仰と同じ原理か」

「そういうことらしい。とはいえ祀り方を少しでも間違えれば、勿論《もちろん》それ相応の障りは出る。だけど鞘落家には既に巡鈴堂があったので、その心配は軽かったに違いない、というのがその人の考えだった」

「筋は通ってるな。怪異に対して筋が通るもないものだけど」

私が皮肉っぽく言うと、惣一は意外にも真面目な顔で、

「その人によると、相手が不条理な怪異であっても、全く理屈が通らないわけではないらしい」

「莫迦《ばか》な……」

「荒神信仰が一つの良い例だと言っていた。祀り方さえ正しければ幸いを授けられるが、礼を失する行為があると途端に災いが齎《もたら》される。この明暗を分けるのが、荒神に対する作法の善し悪しだという解釈だな」

「……成程」

妙な説得力があったので、益々《ますます》ある人に対する興味が増してしまった。だが、それ以上に気になったのが事件の決着と、その後の鞘落家である。

「連続殺人を起こした娘は、駐在に斬り殺されたわけだが、鞘落家が咎《とが》めを受けることはなかったのか。同家に全く罪がなかったとは言えんだろう」

「そうなんだが、そもそも娘の役目が……」

「近代国家の警察には、到底だが受け入れられんか」

「しかも事件の揉《も》み消しに、砥館《とだて》家も加勢したと言われている。村の筆頭地主としては、侶磊村の厭《いや》な噂を広めたくなかったのだろう」

地方ではよくあることかもしれないと、私は納得した。

「狂い女が殺人事件を起こしたあと、鞘落家はどうした」

「相変わらず巫女《みこ》体質の娘を連れて来ては、依代役を務めさせていた」

「懲りなかったのか」

「ただし、少しでも変な兆候が現れれば、即座にお払い箱にした」

「そしてまた娘を連れて来る……」

「ああ、その繰り返しだった。でも、だからといって村人たちが安全だったわけではない。何の前触れも兆候もなく、ある日あるとき突如として狂い女と化す娘もいた。無論とばっちりを受けるのは村人だ。いつまた惨劇が起きるとも限らない、そんな不安定な状態は依然としてあったことになる」

「何とも厄介だな」

「それ以上に問題だったのは、どうしても娘が見つからなかったときだ。そうなると依代役が不在の期間が出てきてしまう」

「その場合は、鞘落家の女の子に憑いてしまうんだな」

「……そうだったわけだけど、巫女体質の娘たちを家に入れているうちに、いつしか鞘落家には女児が生まれなくなってしまった」

「それも非業の死を遂げた巡礼の母娘《おやこ》の障りってことか」

「……恐らくは。これも障りと言えるのか分からないけど、六武峠を越えて来る巡礼の母娘は相変わらずいたらしい。ただ、その多くは母親が病弱で、五、六歳から十歳くらいの娘の組み合わせだったという」

「また最初に戻ったみたいじゃないか」

その事実が、私には気味悪く感じられてならなかった。

「だから、これも障りじゃないかと思ってな」

「確かにな。それで病弱な母親の面倒は見て、娘の方はまた生き神様として祀ったのか」

「いや、それには流石に懲りている。巡礼の娘とはいえ、飽くまでも周辺の村々から集めた巫女体質の娘と、その扱いは同じにした」

「しかし、狂い女になってしまうところも同じだった……」

私の指摘に、惣一は頷《うなず》くと、

「そのため大正の末頃から頻繁に、例の無気味な視線が再び現れるようになったらしい。そのうえ梳裂山地の周辺の村では、仮に巫女体質の娘がいても、最早《もはや》決して鞘落家には行かせなくなっていた。流石に噂が広まったんだろう」

「鞘落家としては、もう打つ手がなかったのか」

「その話に入る前に、鞘落家の異人《まれびと》殺しの口承が途切れなかった二つ目の要因を、先に説明しておこう」

喋《しゃべ》っている間も惣一は、実はずっと酒を飲み続けていた。ちびちびと一口ずつで量は多くなかったが、私同様それほど強くないため、そろそろ呂律《ろれつ》が怪しかった。

「中心となる太い幹が途中から、二股《ふたまた》に分かれて生えた樹木があるけど——」

だから急にそう彼が口にしたとき、完全に酔っ払ってしまったのではないかと、私はとても心配になった。

「ああいう樹を始め、形状が他と異なる樹木は昔から、山の神様の依代とされた」

だが、それに続く惣一の台詞《せりふ》を聞いて、決して話がずれているわけではないのだと分かった。

「そのため形状が特異な樹は、何があっても絶対に伐採しない」

「そういう地方は確かに多いな。無理に伐《き》ると祟りを受けるという言い伝えが、何処の山村にも共通しているからだろう」

「そんな樹木のことを、侶磊村では〈除木根《のぞきね》〉と呼んで区別した」

「ほう」

「しかし中には誤って、または儲《もう》けを考えて故意に、これを伐る者が出る。すると〈覗《のぞ》木子《きね》〉という化物が遣《や》って来て、そいつに付き纏《まと》うと言われた」

大学ノートに書かれた二つの〈のぞきね〉を見て、面白いなと私は思った。だが、すぐに後者の方が気になった。

「覗く木の子ってことは、その化物は人間の子供くらいなのか」

「どうだろう。容姿については、特に何も言い伝えられていない。罰当たりな者に付き纏《まと》って覗くという行為から、恐らくその姿をまともに見た人が少ないからじゃないか」

「つまり覗木子の化物は、伐採してはいけない木を伐った者に付き纏うだけで、別に恐ろしい目に遭わせるわけではないのか」

「ああ、危害を加えることはない」

「だったら――」

恐れる必要はないだろうと言う前に、惣一に遮られた。

「ただし四六時中、その者を物陰から凝《じ》っと覗くんだ」

「えっ」

「山に入っていると樹木や岩の陰から、道を歩いていると村の家屋の角から、家に帰ると土間の隅や梁《はり》の上から、只管《ひたすら》凝っとそいつのことを覗き続ける。だから大抵の者は数週間もすると、完全に頭がおかしくなるらしい」

「そういうことか」

彼に説明されるまでもなく、私は合点がいった。

「昔から侶磊村に伝わる覗木子の言い伝えと、鞘落家に取り憑《つ》いた無気味な視線が、どちらも覗くという共通点があったうえに、音が似ているがために重なり、次第に同一視されるようになった。違うか」

「その通りだよ。いつしか鞘落家には〈のぞきめ〉という化物が出ると、村人たちの間で囁《ささや》かれ出した」

惣一が大学ノートに記したのは、〈覗き目〉と〈覗き女〉という二つの文字だった。

「覗木子が覗き目に変化し、更に覗き女になったのか。この場合の〈女〉という字は、母親と一緒に生き埋めにされた少女を表していると考えていいだろ」

「僕もそう思う」

「今更だが、その子は何歳くらいだったんだろう」

「そこまでは分かっていない」

「でも、子供であることは確かなようだから、覗木子の〈子〉の字とも呼応していると見做《みな》せないか」

私の問い掛けに、惣一は皮肉な物言いで、

「異人殺しの伝説を囁かれる家が、そこから憑き物筋の家系へと変遷していく……その過程が正に見られるのが、鞘落家というわけだ」

「お前は……」

それを観たことがあるのか、と訊《き》こうとして私は躊躇《ためら》った。完全に興味本位から出た質問だったからだ。

「……ある」

だが彼は、私が何と言うつもりだったのか察したらしく、少し口籠《くちごも》ったあとで呟《つぶや》いた。

「視線だけなら子供の頃から、もう何度も感じていた。でも、それだと気の所為《せい》かもしれない。実際あの家で生活していると、どうしても神経が過敏になるからな」

「にも拘《かかわ》らず気配だけでなく、それそのものを目にしたのか」

「忘れもしない十五歳の夏だった。家内の薄暗い廊下を歩いていて、ふと背中に違和感を覚えて振り返ると……いた。廊下の角から、ふらっ……ふらっ……と左半身だけを出したり引っ込めたりしている姿があったんだ」

当時の体験を思い出したのか、ぶるっと惣一は身震いしてから、

「二、三度で廊下の角へ引っ込んだうえ、暗くてはっきりと見えなかった筈《はず》なのに、今でもあれは瞼《まぶた》に焼きついてるよ」

「どんな姿だった」

「地味な襤褸《ぼろ》い着物を纏った十歳くらいの女の子で、頭はお河童《かっぱ》で顔は青白かったけど、幼さの中にも美しさが潜む、何とも妖《あや》しい感じで……」

「白い巡礼の装束じゃないのか」

「そう見える者もいるらしいけど、僕は違った。ただ目撃した全員に共通しているのは、こちらを凝っと見詰める瞳《ひとみ》が、まるで氷のように冷たかった……ということだな」

「その一回だけか」

「……幸いなことに。上京してからは視線も感じなくなった。あの家を離れた所為かもしれない」

このあと暫《しばら》くして、惣一は酔い潰《つぶ》れた。慣れぬ酒の助けを借りながら、これまで誰にも語らなかった生家の忌まわしい話をしたのだから、無理もない。肉体的にも精神的にも疲労が溜《た》まったのだろう。

殆《ほとん》ど聞き役に徹していたので、私は尋ねたいことが山ほどあったが、そのまま寝かせておくことにした。いずれ時間を取り、じっくりと話し合うつもりだった。

ところが、翌日からお互い民俗調査の準備で忙しくなり、碌《ろく》に顔も合わせぬまま別々の地方へと出掛ける羽目になってしまった。あのとき下宿で酒を酌み交わしたのが、彼との最後になるとは、まさか思いもしなかった。

鞘落惣一が調査地で客死したと知ったのは、私が民俗調査を終えて東京に戻って来てからである。

三

山岸《やまぎし》教授の呼び出しを受けて研究室を訪ねた私は、そこで鞘落惣一《さやおとしそういち》の死を知らされ仰天した。しかも死因は、不自然な崖《がけ》からの転落だという。

「何か危険な調査を、彼はしていたのでしょうか」

私の問い掛けに、教授は明らかに困惑した表情で首を振りながら、

「そもそも民俗調査に於《お》いて、如何《いか》ほどの危険性もないことは、君も充分に理解しているだろう」

「はい。しかし、だったら鞘落君は一体どうして……」

「それがな、よく分からんのだ。何故《なぜ》調査内容とは何の関係もない山林に独りで入り、どうして崖の上から落ちたのか、我々にも全く理由が掴《つか》めなかった。そのため地元警察には、自殺ではないかと言われる始末だ」

「まさか！」

少し声を荒らげてしまった所為《せい》か、山岸教授はやや不審そうに私を見遣ると、

「何か心当たりがありそうだね。いや、一緒に調査地へ入った大学の関係者の殆《ほとん》どが、彼の自殺説については否定的だった。だから君の反応は、我々と同じなわけだ。ただ、そこまで強く否定するからには、それなりの理由があるんじゃないかね」

「……そうです」

と答えたものの、そこから私は口籠《くちごも》った。侶磊村《ともらい》の鞘落家について彼から聞いた話を、そのまま教授に伝える気には、どうしてもなれない。

惣一が民俗学を学びたいと思い、また古里の話は決してしなかった理由を考えると、そして私だけに打ち明けてくれた決意を想うと、とても軽々しく第三者には話せない。況《ま》して相手は民俗学を研究している大学の教員なのだ。そういう意味では最も注意を要する人物ではないか。

私が黙ってしまったので、山岸教授には怪訝《けげん》そうに見詰められた。しかし、軈《やが》て教授は理解のある表情を浮かべると、

「君は鞘落君と親しかったようだから、きっと我々よりも彼のことを知っていて、それで自殺ではないと強く否定したのだろう」

「……はい。その通りです」

「だったら訳は訊かない。警察も事故として処理したからね」

「彼の遺体は……」

「調査地から電報を打ったところ、故郷の実家から使いの人が来て、すぐに連れ帰る手配をしたよ。私も責任があるから同行を申し出たのだが、あっさり断わられた。葬儀に参列したいからと言っても、『結構です』の一点張りでね。使いの者じゃ話にならないと思い、『彼の親御さんに尋ねて欲しい』と頼むと、『弔問は一切お断わりしてくるよう

にと、鞘落家から言付かって参りました』と答える始末で、全く取りつく島もなかった」

無理もない対応だと私は思った。だが、教授と一緒に不思議がる振りをしておいた。

「ところで――」

そのあと、ふと気になったことを尋ねた。

「彼のご両親に電報を打たれたというお話でしたが、息子の死因に関して、何か鞘落家から問い合わせはなかったのですか」

「そう、それが妙でな」

山岸教授は身を乗り出すと、私の顔を繁々《しげしげ》と眺めながら、

「使いの人が言付かってきたのは、何故そんな崖の側に行ったのか、どうして崖から落ちる羽目になったのか、という説明ではなく、鞘落君が転落死する前の様子についてだった」

「調査地での彼の様子を知りたがったのですか」

「それも含めて、ここ数日のことらしい」

私はどきっとした。そこには彼が打ち明け話をした、あの日のことも入るのだろうか。だけど何故、彼の両親はそんなことを気にしたのか――と考え掛けて止めた。教授が興味深そうな眼差《まなざ》しで、こちらを見詰めていたからだ。

「それで先生は、どうお答えになったのですか」

何か訊かれる前にと、私から尋ねた。

「学生たちによると『少し元気がなかった』とか、『ちょっと暗い感じがした』とかいう話だった。ただ、鞘落君は普段から大人しく目立たなかったので、余り気にした者はいなかったらしい。ところが、一人の学生が妙なことを言い出してな」

「誰ですか」

「理学部なのに民俗学に首を突っ込んでいる、福村《ふくむら》という変わり者だ」

「名前だけは知っています」

「まぁ有名だからな」

山岸教授の顔には、困ったような苦笑が浮かんでいる。

「その福村君が言うには、調査地に入ってからの鞘落君は、矢鱈《やたら》に周囲を気にしていたように見えた……と」

「自分の周りを、という意味ですか」

「そうだ。まるで何かの気配を感じて、はっと振り返る……。その繰り返しのように、福村君には見えたという」

「えっ」

「或《あ》るいは誰かの視線に射られて、びくっと身体を強張らせる……。そんな風にも映ったらしい」

まさか……。

私の頭の中には、ある言葉が浮かんでいた。

のぞきめ……。

惣一はこう言っていた。大正の末頃から依代《よりしろ》役を担う巫女《みこ》体質の娘の確保が難しくなったので、頻繁に例の無気味な視線が現れるようになった……と。その状況は昭和の御代《みよ》に入っても同じだったのではないか。

だから……と考えかけて、待てよ……と私は首を捻《ひね》った。

それは侶磊村の鞘落家にしか出ないのではないのか。仮に何処にいても当家の者の前に現れるのだとすると、どうして今頃になって出たのか。少なくとも彼が上京してからは、例の視線さえ感じなくなっていたのに妙ではないか。

もしかすると……。

私の脳裏に厭《いや》な考えが過《よぎ》った。全てを第三者に打ち明けてしまったことが原因で、それが惣一の周囲に現れたのだろうか。そして彼を追い詰め、遂には崖から転落死させたのだとしたら……。

気がつくと私は、まじまじと教授に顔を覗《のぞ》き込まれていた。

「顔色が悪いようだが、大丈夫かね」

「……は、はい」

「何か心当たりがあるようなら――」

「い、いいえ。ありません」

山岸教授はじっくりと観察するように、暫《しばら》く私を見詰めていたが、

「だから福村君によると、その何かから鞘落君は逃れるために山林へと入った。しかし、結果的にその何かに追い詰められてしまい、とうとう崖から落ちてしまった。ということになるらしいのだが……」

「何かについてですが、福村はどう言ってますか」

「自分には分からんと。ただ鞘落君には、その何かが見えていたのではないか……とね。なぜなら調査地の爬跛《はは》村がある蒼龍郷《そうりゅうごう》は、昔から憑《つ》き物信仰が盛んだから……などと言い出す始末だ。全く民俗調査を何と心得ておるのか」

「憑き物信仰……」

のぞきめも一種の憑き物と言えるのではないか、と私は思ったが、そんなことは曖《おくび》にも出さずに、

「それで、鞘落家の使いの人には……」

「無論そんな戯言《たわごと》など話せるわけがない。仕方がないので、『少し元気がなかったくらいで、特に変わったところはありませんでした』と説明しておいた。それ以上は向こうも突っ込んでこなかったよ」

教授は少し考える仕草を見せてから、

「もし君が、鞘落君に関して何か知っている事実があり、それを親御さんに伝えることで彼の供養になると思ったら、是非あちらの家へ手紙を出して上げて欲しい」

「……分かりました。ちょっと頭の中を整理して、それからご両親にどうお知らせするかを考えてみます」

その返事に安心したのか、ほっとした表情を山岸教授が浮かべるのを目にして、私は研究室を辞した。だが、これからどうすれば良いのか、実際は途方に暮れていた。

鞘落家に纏《まつ》わる怪異の歴史について、彼が悩みながらも私に打ち明けてくれたことを、今更態々《わざわざ》知らせても迷惑なだけだろう。かといって無難に彼の大学生活の様子のみを書き記してお茶を濁すなど、私にはできそうにない。では、このまま何もしないでおくかとも考えたが、生前の彼の友情に応《こた》えたい気持ちが、私の中には強くあった。

亡き鞘落惣一のために何をするのが一番か……。

いつまで経っても答えの出ない問い掛けを、ずっと自分に向けて発していたように思う。だからこそ私は唯一の親友を失った悲しみに、なかなか向き合うことができないでいた。そのため彼が亡くなったことを頭では理解しても、心では認めていなかったのかもしれない。それは極めて不可思議な精神状態だったと言える。

結局、何もできないまま無為に時は過ぎてゆき、大学は夏季休暇を迎えてしまった。今になって振り返ると、それだけの時間を使って初めて、私は鞘落惣一の死を受け入れたような気がする。

そうなって漸《ようや》く彼の墓前に参りたいという想いが、胸の内から湧き出てきた。それまで墓参りを少しも考えなかったのは、彼の死を認めたくなかったのと、恐らく山岸教授から聞いた鞘落家の使いの人との遣《や》り取りが、まだ生々しく記憶に残っていた所為《せい》だろう。

ただし、墓参をしようと決めたまでは良かったが、そこで私は礑《はた》と悩んでしまった。本来であれば鞘落家に手紙を出し、先方の都合を訊《き》いて訪問するのが筋である。だが、そんなことをすれば体の良い断わりが、きっと届くに違いない。全くの他所者《よそもの》である一介の学生を、鞘落家が快く迎え入れるとは思えない。かといって全ての事情は先刻承知だと仮に知らせたところで、むしろ更に敬遠されるのが落ちだろう。

私は色々と考えた末に、こういう作戦を取ることにした。

自分は惣一君とは親しかった学友だが、関西の故郷に帰省するので、その途中で侶磊村に伺って、彼のお墓参りをしたいと思っている――という内容の手紙を出すのだが、本当に少し寄るだけなので、態々《わざわざ》お返事を頂く必要はない旨と、本状の投函《とうかん》と同時に私は汽車に乗る予定であることを明記しておく。これなら自分が訪ねる事実を先方に伝えながら、向こうの拒絶の返事は聞かなくても済む。手前勝手な酷《ひど》い方法だが、一応の礼儀は尽くしながらも断わられる危険を回避するためには、この手段しかなかった。

早速そういう内容の手紙を惣一の両親宛てに認《したた》めると、私は旅行の準備をした。古里に帰省するのは本当だったので、手紙には何一つ嘘は書いていない。そのためか案じたほど良心も咎《とが》めなかった。

ところが、近所の小さな郵便局で手紙を出した途端、しくしくと胃が痛むとても奇妙な気持ちに私は囚《とら》われた。

もうこれで後戻りできない……。

そんな後悔にも似た変な思いである。あれが虫の知らせという奴だったのか。侶磊村に行ってはならぬという警告だったのか。

この何とも言えぬ胸騒ぎを感じる前まで私は、惣一の親友として純粋に墓参りがしたいと願うだけだった。侶磊村や鞘落家に民俗学的な興味を少しも感じなかったと、胸を張る気はない。勿論《もちろん》それもあった。だが飽くまでも墓参が目的であり、民俗学上の採集は二の次だった。惣一の身になってみれば、もし古里の村に民俗調査が入った場合、とても嫌悪して反発する半面、きちんと調べて欲しいという矛盾した気持ちを、きっと持ったのではないか。だから私も村に赴いた結果、また鞘落家を訪ねた末に、何か得られるものがあれば調査記録として残すつもりだった。決して己のためではなく、それが彼の供養になると信じたからだ。自分で言うのも何だが、その想いは間違いなく本物だった。

にも拘《かかわ》らず手紙を出したばかりの郵便局の前で、早くも尻込《しりご》みをする自分がいた。あんな手紙を書いたのは間違いだったと悔いる私がいた。取り返しのつかない過ちをしたと、そのうち己を責め出す始末である。

本当はまだ間に合ったのだ。手紙を出しながら訪ねないのは礼を失するが、むしろ鞘落家は喜んだに違いない。東京駅で汽車に乗ったとはいえ、××で梳裂《すくざ》山地方面へ乗り換えず、総名井村《そうないむら》を目指すことなく、況《ま》して六僧峠《むそう》など越えずに、そのまま故郷へと帰省すれば良かったのだから。

だが、私は来てしまった。この地へ、この村へ、この家へと。

いや、今からでも間に合うのではないか。こんな記録を書いている暇があったら、すぐにここを逃げ出すべきではないのか。

四

矢張りこの記録は、できる限り記しておくことにする。自分でも書き残す理由がよく分からないが、そう感じる何かがあるということかもしれない。

旅は故郷に帰るよりも大変だった。まず××まで時間が掛かるため、すっかり疲れてしまった。でも、これは帰省するときも同じである。問題は××からの乗り換えで、接続が悪いうえに本数が少なく困った。何とか車中の人になっても、先に進む毎に人家は乏しくなり、益々《ますます》山奥へと入って行くため、次第に心細くなってきた。××までの車窓の風景も主要な町を除けば、殆《ほとん》どが田舎と言えた。だが、そこに広がるのは何とも長閑《のどか》な田園の眺めで、山並みが現れても牧歌的な様子は変わらない。それが乗り換えて暫《しばら》く経つと、一変して峻険《しゅんけん》な山容と峡谷が目につき始め、何処の秘境かと見紛《みまご》うばかりになる。しかも幾ら進んでも一向に目的地へ近づく気配がなく、次第に乗り疲ればかりが増してゆく。

地図上では総名井《そうない》村に行くよりも、侶磊《ともらい》村の南磊《なんらい》を目指す方が近いのだが、梳裂《すくざ》山地の地形がそれを許さない。そのため汽車の線路は迂回《うかい》に次ぐ迂回を余儀なくされ、かなりの遠回りを乗客は強いられる羽目になる。

幾つものトンネルを抜けているうちに、軈《やが》て〈抜け落とし〉という変わった名の田舎の駅に辿《たど》り着いた。だが、今度はそこから軽便鉄道に乗って終点の、矢張り奇妙な名の〈穴の果て〉まで行かなければならない。更に穴の果ての駅前から乗り合いバスに揺られつつ〈後ろ向き峠〉を越えて、漸《ようや》く総名井村に到着することができた。

驚いたのは、総名井村が予想外に拓《ひら》けていたことだ。勝手に山間の少し大き目の村を思い描いていたのだが、ちょっとした町の賑《にぎ》わいがある。これならまともな宿も見つかりそうだと私は安堵《あんど》した。

東京を出たのは早朝だったが、そのとき既に午後の五時を回っていた。とても疲れていた私は、ここで一泊したい誘惑に駆られた。これから六僧峠を越えて侶磊村を目指すのは、幾ら何でもきつい。鞘落《さやおとし》家には明日の午前中に行けば良い。そう考えながら、取り敢《あ》えず目についた〈石臼《いしうす》〉という店名の蕎麦《そば》屋に入ることにした。早めに昼食の駅弁を食べた所為か、腹が減っていた。

名物だという山菜蕎麦を頼むと、店の主人の母親らしき老婆が、甲斐甲斐《かいがい》しくお茶の給仕をしてくれた。私のような年齢の他所者が珍しいのか――きっと元来が話し好きなのだろうが――頻《しき》りに喋《しゃべ》り掛けてくる。疲れていたが丁寧に答えていると、すっかり私の側に腰を落ち着けてしまった。

「そうですか。はぁ、東京の大学の学生さんですか」

そのうちこちらの素性が分かると、お握り一個をつけてくれた。

蕎麦とお握りを食べながら、何処か安くて良い宿はないかと訊くと、〈鬼瓦屋《おにがわら》〉という厳《いか》めしい屋号の旅館を紹介された。よく聞くと、何のことはない老婆の末の娘の嫁ぎ先らしい。とはいえマツという老婆の名前を出せば、一見《いちげん》の者でも宿代は安くなるというので、貧乏学生には大助かりである。

すっかり世話になった礼を述べつつ勘定をしようとして、私は明日のために侶磊村までの道程《みちのり》を尋ねておくことにした。地図は用意してきたが、何処まで役立つか分からない。徒歩でどれくらい掛かるかも、予《あらかじ》め知っておきたい。宿で訊いても構わないが、このマツなら親切に教えてくれるだろう。そう思って軽い気持ちで尋ねたのだが――。

私が村の名前を口にした途端、にこやかだった老婆の顔が急に強張《こわば》った。しかも、それまで普通に談笑していた私を、まるで初めて目にした如何《いかが》わしい他所者を見るかのような眼差《まなざ》しで、凝《じ》っと見詰めている。

「あのー、どうされたんですか」

マツの余りの変わり様に、私が驚いていると、

「あの村に、何の用がおありですか」

明るかった口調が一転、一切の感情が籠《こも》っていない調子で訊かれた。

「それは――」

鞘落家と惣一《そういち》の名を口にしかけて、危うく私は思い留《とど》まった。

侶磊村とは六僧峠を挟んでかなり離れているとはいえ、総名井村は言わば隣村である。鞘落家の負の歴史の全てが伝わっているとは思えないが、全く知らないわけがない。侶磊村の名を出しただけでこの反応なのだから、鞘落家と口にしただけで、下手をすると店を叩《たた》き出されるかもしれない。用心するに越したことはない。

そこで私は、大学の民俗調査のために侶磊村を訪ねたい、村では砥館《とだて》家に協力を求めるつもりだ、とマツに伝えた。

「ああ、創《はじ》め屋敷に行きなさるおつもりですか」

こちらが睨《にら》んだ通り、老婆の表情と口調が少し和らいだ。

「砥館家のご当主様と、学生さんはお知り合いでしたか」

だが、次いでそう言われ非常に困った。頷《うなず》いて嘘を吐くこともできたが、こういう状況では得策でない気がした。だから正直に、何の繋《つな》がりもないが民俗調査の手助けを頼むつもりだと答えた。

この返事がどうやら良かったらしい。マツは再び親しげな態度を見せると、

「そんなら真磊《まらい》の心願寺《しんがんじ》いうお寺の、雑林《ぞうりん》御住職を訪ねはったら宜《よろ》しいですわ」

「お寺のお坊さんを、ですか」

「あそこの御住職は、この辺りの歴史にそりゃ詳しい人でしてな。梳裂の御山の周りのことやったら、もう何でもようご存じですわ」

何処の地方にも一人や二人はいる郷土史家の類《たぐい》だろうが、願ってもない人物を紹介して貰《もら》えたと、私は素直に喜んだ。

「色々とありがとうございました」

私が一礼して店を出かけると、マツが表まで送ってくれながら、

「兎《と》に角あの村には、今日は近づかん方が無難ですからな」

何とも気になる物言いをした。

「どうしてです。何かあるんですか」

「あの村に相応《ふさわ》しいことですわ」

侶磊村に相応しい出来事……と考えた私は、咄嗟《とっさ》に「弔い村」からの連想で、危うく「葬儀ですか」と口にするところだった。

「……へぇ、お祭りでもあるんでしょうか」

どうにか取り繕《つくろ》ってそう返すと、マツは如何《いか》にもぞっとするとばかりに、

「いいえ、葬式があるんです」

こちらの予想通りの返答をしてくれたので、態《わざ》と私は惚《とぼ》けて尋ねた。

「相応しいってことは、それほど葬儀が多い村なのですか」

「いえ、普通でしょうな。ただ侶磊村いうところは、弔い村とも呼ばれとる地でしてな。そんな村で葬式を出す日に、将来のある学生さんみたいなお人が、態々《わざわざ》行くもんやありませんわ」

東京の大学生というだけで、私を買い被《かぶ》り過ぎている事実は置くにしても、このマツの侶磊村の葬儀に対する忌避感は、ちょっと尋常ではなかった。砥館家や心願寺のことは認めているようなのに、村での葬儀となると全く別らしい。

興味を覚えなかったと言えば嘘になるが、ここはマツの忠告通りにしようと私は決めた。「弔い村の葬式」が怖かったわけではない。石臼の蕎麦屋で休んだため、余計に旅の疲れが出てしまったからだ。このまま紹介された鬼瓦屋を訪ね、ゆっくりと風呂《ふろ》を使ったあとは、夕食まで部屋で手足を伸ばそう。そんな風に思っていた。一礼して歩き出した私を見送りつつ、ぽつりとマツが次の言葉を呟《つぶや》くまでは……。

「況《ま》して鞘落家の葬式やからなぁ」

思わず立ち止まって振り返りそうになるのを、私は必死に我慢した。

鞘落家の葬式……。

まさか惣一の……。

と驚いたが、すぐに幾ら何でも有り得ないと気づいた。鞘落家の使いの者が彼の遺体を引き取ってから、少なくとも四ヵ月近くが経つ。今頃まで葬式を出さなかったとは、流石《さすが》に考えられない。

では一体、誰が亡くなったのか。

とても気になったが考えたところで分からない。死者が誰なのか、戻ってマツに訊《き》くのは論外だろう。鬼瓦屋で尋ねた場合も、一騒動あるかもしれない。かといって道行く人に、行き成り問い掛けるわけにもいかない。

私は途方に暮れかけたが、そもそも鞘落家の家族構成については何一つ惣一から聞かされていない。その事実を遅蒔《おそま》きながら思い出した。仮に誰々だと知ったところで、大して意味がないわけだ。

そう気づいた瞬間、ひょっとして自分は物凄《ものすご》く良い機会に恵まれたのかもしれない、と私は考え始めた。

鞘落家に手紙を出しているとはいえ、このまま直接訪問すれば門前払いを食う可能性がある。しかし、葬儀の最中に訪ねたとすればどうだろう。田舎では相互扶助の精神が強い。どれほど因習に塗《まみ》れた田舎で村八分に遭っていても、冠婚葬祭と火事だけは別だという不文律が、ほぼ間違いなく何処の地方にもある。侶磊村だけが例外とは思えない。ここで重要なのは、この不文律が他所者《よそもの》にも通用するのではないかということだ。侶磊村の人々が鞘落家の葬儀を決して無視できないように、鞘落家の人々は弔問に訪れた私を受け入れざるを得ないのではないか。

村に行くなら今日しかない。

弔い村と呼ばれる地で葬儀がある日に、態々行くものではない……というマツの折角の忠告に背くことになるが、やむを得ない。

私は総名井村の南側に広がる山並みを目指して、やや速足で歩き出した。本当は六僧峠への行き方と侶磊村までの距離と時間を誰かに尋ねたかったが、どうしてもできない。道行く人を捉《つか》まえて訊くだけなのに、その反応を考えると怖くて仕方がない。

マツ婆さんみたいな態度を示されたら……。

人見知りをする悪い癖が、ここで顔を覗《のぞ》かせた。駄目だったら次の人という具合に訊いていけば、そのうち侶磊村に何の偏見も抱いていない人に当たるかもしれない。だが、そこまで根気が続きそうにない。恐らく一人目で嫌になるだろう。第一そうは言うものの、ここは侶磊村の隣村なのだ。幾ら拓けた大きな村とはいえ、マツのような因習に満ちた人が殆《ほとん》どではないだろうか。

全く手がないわけではなかった。侶磊村の主産業は林業と炭焼きなので、それらを運ぶ道が何処かに通っている筈《はず》である。ひょっとすると伐採地から直《じか》に木材を運ぶ玉引き道が、総名井村まで通じている可能性さえある。そういう運搬道なら村人に訊かなくても、独力でも見つけられるだろう。鞘落家の葬儀がある日に、仕事をしている村の者は皆無に違いない。仮に私が運搬道を通っても、恐らく誰にも出会わず、誰にも見咎《みとが》められる心配はないわけだ。

だが、私はどうしても六僧峠を越えたかった。侶磊村への入植の切っ掛けになったと伝わる六人の僧の峠越えに倣《なら》って、同じ山道を歩いてみたかった。

地図で大凡《おおよそ》の当たりをつけて、兎に角私は村の南端まで行ってみた。正確には南南西の方向だろうか。そこで暫《しばら》く右往左往する羽目になったが、人目がなかったのは助かった。お蔭《かげ》で存分にその辺りの山裾《やますそ》を探索することができた。

怪しそうな山道を調べ始めて幾つ目だったか、道が二股《ふたまた》に分かれた地点で、表面が摩耗した石柱の道標《みちしるべ》を見つけた。よく観察すると柱の左側面に「至陸檜《むそう》峠」と彫られている。この発見に私は喜び勇んだ。そのまま二股の左手へ足を踏み出そうとして、ふと何気なく総名井村の方に顔を向けて、ぎょっとした。

山道を下った先に、いつの間に集まったのか十数人の子供が鈴生《すずな》りになって、こちらを凝っと見上げていた。それほどの人数がいるのに誰も喋《しゃべ》らず、しーん……と黙ったまま私を見詰めている。どの子の瞳《ひとみ》にも例外なく、恐ろしいもの、忌むべきもの、汚らわしいもの、蔑《さげす》むべきもの、悍《おぞ》ましいもの……でも見るかのような妖《あや》しい光が、はっきりと浮かんでいた。まるで子供たちがいる側が安全な場所で、私が進もうとしているのが禁忌の地であるかのように……。

どれほど子供たちと見詰め合っていただろうか。

はっと我に返った私は、十数人の視線を気にしつつ、そろそろと六僧峠に続く山道へ足を踏み入れた。藪《やぶ》で視界が遮られるまで子供たちから目を離さなかったのは、やっぱり彼らのいる側に戻りたい……という思いが、少しはあったからだろうか。年長の子供の二人がこちらを目で追いながら、ふるふると首を振って忠告している光景が、暫く脳裏に焼きついて離れずに難儀した。後ろ髪を引かれるという表現は適切ではないかもしれないが、何度も踵《きびす》を返したいと思った。鬼瓦屋に宿をとって、明日の朝には帰省する。今からでも遅くはないから、そうすべきだと言い張る自分がいた。

それでも山道を辿《たど》ったのは、私が鞘落惣一を追慕していた故か。もしくは彼が、友であった私を引っ張ったがためか。いずれにしろ私は、もう引き返せないところまで——地理的な意味合いだけではなく——きっと来ていたのだと思う。

山道は意外にもしっかりと整備されていた。馬車や乗用車を走らせるのは無理だが、馬や牛に荷車をつけて引くことはできそうである。これは侶磊村と総名井村の間に、少なくない往来の行なわれている証拠であろう。その事実を、どれほど私が心強く感じたことか。

ところが、山道を先へ進むに連れ、そういった安堵《あんど》感が次第に薄れ始めた。再び不安な気持ちに囚《とら》われ出した。当初は空が望めたのに、いつしか鬱蒼《うっそう》と茂った樹木の中へと入り込んでいて、どんなに歩いても、どんなに登り下りしても、深い森から出られる気配が一向にない。夕刻とはいえ夏のため、まだ充分に明るい筈《はず》なのに、既に山道は薄闇が降りたような影に覆われ始めている。すぐに真っ暗になりそうで、どうにも落ち着かない。この先に村があるとは、とても思えなくなってきた。ただ山奥の奥の奥へと進入しているだけで、何処に行くこともできない。そんな後ろ向きの考えが、次々に脳裏を過《よぎ》る。

山道に入って暫《しばら》くは、日射しが遮られて涼しかった。しかし、すぐに顔と首、それに胸から汗が噴き出し始めた。暑くて堪《たま》らない。そのうち右手に提げた旅行鞄《かばん》が重くなってきた。こんなことならリュックサックにするんだったと後悔したが、もう遅い。

そこまで一本道だったにも拘《かかわ》らず、私は迷子になったような心細さを味わっていた。——軈《やが》て、勾配《こうばい》のきつい登り坂を上がったところで、漸《ようや》く森から脱することができた。頭上に再び空が戻った。

ほっとしたのも束の間、今度は道が激しい蛇行を描き出した所為《せい》で、全く前方が見通せない。目に入るのは左手の切り立った山肌と右手へと落ちる藪の斜面、そして蛇行を繰り返す山道のみ。それが延々と続いている。こういう環境に独りで浸っていると、人は感覚がおかしくなるらしい。

ふっと道の先から今にも、何かが顔を出しそうな気がした。

ひたひたひたっ……と何かが、後ろから跟《つ》いて来ているような気もする。

一旦《いったん》こんな風に考えると、もういけない。絶えず後ろを振り返って恐れながら、曲がり角に差し掛かる度《たび》に怯《おび》える羽目になってしまう。莫迦《ばか》々々しいと頭では分かっていても、どうにもならない。身体が自然に反応するのだ。

何度も後ろを振り向きつつ、それでも前へ進んでいると、行き成り左肩を摑《つか》まれた。悲鳴を上げると同時に鞄を放り出し、飛び上がって私は右手に逃げた。その勢いで危うく藪の斜面へ転げ落ちそうになり、忽《たちま》ち項《うなじ》が粟立《あわだ》った。だが、転落の危険よりも恐怖を感じたのは、私の肩に手を掛けた何かの方だった。

　山道の右端で踏ん張りながら、恐る恐る背後の山肌に目を遣《や》った私は、そこで一気に力が抜けた。やや太い樹の枝が一本、山道側へと伸び下がっている。その先端がどうやら左肩に触れただけらしい。

　幽霊の正体見たり……か。

　辺りに漂っていた異様な雰囲気が、少しだけ薄れた気がした。これで助かったと思った。実際、進むに進めず戻るに戻れず……という泥沼に足を突っ込んだ地獄のような有り様が、あと少しでも続いていれば、きっと私は頭がおかしくなっていただろう。

　山道に放り出された鞄を拾うと、まだ力の抜けた足取りのまま私は歩き出した。そのまま暫く進むと、蛇行していた山道が急にぐーんと延びて、その先できつい登りになっている地点に出た。先程の森を抜けたのも、急な坂を経たあとだった。私の心に希望が芽生えた。のろのろだった歩みから速足になると、一度も止まらずに鞄を両腕で抱えたまま登り坂を駆け上がった。転んだら怪我をしていたに違いないが、そんなことはお構いなしだった。

　登り切ると狭い平坦《へいたん》な草地に出た。右手にこんもりと盛り上がった土山があったので、その上に立って生い茂る樹木越しに彼方《かなた》を見遣ると、村らしき風景が覗けた。凝《じ》っと観察しているうちに、それが総名井村だと分かり、思わず大きな溜息《ためいき》が洩《も》れた。

　土山から下りて探すまでもなく、草地の隅に石柱の道標を見つけた。近づいて調べると、辛うじて「陸檜峠」の文字が認められる。

六僧峠を越えてからは、精神的に少し楽になったような気がする。相変わらず山道は蛇行したり、森の直中《ただなか》へ入ったりしたが、基本的には下りだったうえ、確実に侶磊村へ近づいていると思える所為か、最早《もはや》それほど動揺しなかった。薄気味が悪いとは感じていたが、それを無視して先を急ぐことが可能だった。

だから瓦《かわら》屋根が目に入ったとき、私は物凄《ものすご》く興奮した。六僧峠を越えて北磊《ほくらい》の集落へ入る際に、まず見えてくるのが創め屋敷だと、鞘落惣一から聞いていたからだ。蛇行する急な下り坂に注意を払いつつも、どうしても砥館家から目が離せない。遂に侶磊村まで遣って来たのだと思うと足が震えて、最後の坂を下るのに苦労した。

漸《ようや》く創め屋敷の横手に出た途端、ぱあっと目の前が一気に開けて、侶磊村の全景が飛び込んできた。尤《もっと》も北磊から真磊へ、真磊から南磊へと村は真っ直ぐには延びず、山道と同じように蛇行しているため、実際に目にしたのは北磊の集落だったことがあとで分かる。まるで大蛇が巨大な身体をくねらせながら、山間にどっしりと寝そべっているかのような姿を、侶磊村はしていた。そのため私が立った地点からは、残念ながら右手に見える小さな山が邪魔して、終《しま》い屋敷である鞘落家は望めなかった。その向かいの山腹に寺と墓地があったので、あそこが恐らく雑林住職の心願寺なのだろうと、私は当たりをつけた。

とはいえ侶磊村を眺めていたのは、僅《わず》か数秒だったと思う。私の視線は砥館家の立派な長屋門に立てられた、奇妙な赤い旗のようなものに、すぐ戻されたからだ。

あれは何だろう……。

神社の参道や小さな祠《ほこら》、また神棚に赤旗が供えられている光景は、これまでにもよく見掛けていた。しかし、それが普通の家の門に翻っているのは初めて目にする。純粋に好奇心を覚えた私は、山道の途中から創め屋敷へと延びる道を辿って、長屋門の側まで近づいてみて驚いた。

赤い旗に映ったのは、何と大きな鮭の切り身だった。勿論《もちろん》生ではなく乾いている。恰《あたか》も鉾《ほこ》の先につけた幟《のぼり》のように、鮭の背中の肉厚なところを上にして、太い竹串《たけぐし》に刺してある。そのため鮮やかな赤身の部分が、正に風に翻《ひるがえ》る旗の如くぴんっと張られているように見えたらしい。

でも、どうして門なんかに……。

こんなものを態々《わざわざ》刺しておくのか。鮭だけでなく山村で魚介類は贅沢《ぜいたく》品である。それを食卓に上げもせず、一体どういうつもりなのか。まさか天日に干しているとも思えない。何とも不可解である。本来なら食欲をそそる赤身が、このときは毒々しい赤色にしか見えなかった。

長屋門から中を覗《のぞ》くも、砥館家は森閑として人の気配が感じられない。尤も大きな屋敷だけに、門の側にいて屋内の様子が分かる筈《はず》もない。

私は少し迷ったが、矢張り先に鞘落家を訪ねることにした。この村に来た目的は、何と言っても惣一の供養にあったのだから。

村へ続く坂道を下りつつ振り返ると、砥館家が立派な石垣の上に建てられていることが分かった。思わず立ち止まり、暫《しばら》く見惚《みと》れてしまったくらいだ。侶磊村や北磊という地名にある「磊」や、砥館家の「砥」の字を何やら象徴しているようではないか。

その坂を下ると、すぐ北磊の集落だった。ただし道には誰も歩いておらず、どの家もひっそりと静まり返っている。本当なら夕飯の支度をしている頃ではないのか。それなのに何処の家からも煙が全く上がっていない。

まさか村人全員が、鞘落家の葬儀に出席しているわけでもあるまい。

幾ら相互扶助の機能があるとはいえ、それは有り得ない。仮に侶磊村の筆頭地主の砥館家で、現当主の葬儀が行なわれたにしても、皆が家を空けてしまうとは考えられない。では、この状態は一体どういうことなのか。

まるで一晩のうちに、村人全員が消えてしまったような……。

そんな薄気味の悪い想像がふと脳裏に浮かび、私は人っ子ひとりいない往来の真ん中で立ち止まると、ぶるっと身体を震わせた。

慌てて歩き出しながら、北磊の村人たちを捜しているうちに、奇妙なことに気づいた。どの家も門や玄関に、魚の頭や鰭《ひれ》、または鯣《するめ》を釘《くぎ》で打ちつけてあるのだ。それだけではない。唐辛子や大蒜《にんにく》や杉葉や柊《ひいらぎ》といった植物も、矢張り門や玄関に吊《つ》るされている。家によっては門や玄関を飾るように、ぐるっと周りを取り巻いている例もあった。また窓の周囲にまで、それらが貼られたり吊るされたりしている家も少なくなかった。

何の呪《まじな》いだろう。

そう思った瞬間、私は全てを察したような気になった。砥館家の鮭も含めて、これらは本当に呪いなのではないか。無論その対象は、鞘落家の葬儀である。

魚類の場合は臭いが、昔から魔を祓《はら》うと信じられてきた。最も普及している例は、節分に鰯《いわし》の頭を玄関口に刺す儀礼だろう。そのとき柊の葉も用いるのは、あの尖《とが》った形状が魔《ま》除《よ》けになるからだ。同じことは杉葉にも言える。大蒜は植物ながら、やっぱり魚と同様その臭い故である。唐辛子は炒《い》ると効果的だが、吊るしてあるのは赤い色が魔除けになる所為だ。恐らく鮭も同じなのだろう。そういう意味では流石に砥館家だと、私は感心した。あの見事な鮭の切り身だけで、色と臭いという二種の呪いを仕掛けている。

それにしても北磊の全戸を挙げて実施しているとしか思えない、この徹底した呪いの様はどういうことなのか。如何《いか》に鞘落家が忌まれているとはいえ、また同家の葬儀が執り行なわれるにしても、これは遣り過ぎではないか。

空恐ろしい気分に囚われながら、改めて各戸に目を遣ったときだった。全ての家の前に南天の木が生えている事実に、遅蒔《おそま》きながら私は気づいた。その不自然な状況から、決して自然に生えたものでないことが分かる。どの家も態々《わざわざ》植えたに違いない。なぜなら南天の赤色も魔除けになるからだ。どうやら北磊の集落の人たちは、普段から魔を祓う仕掛けを自分の家に施しているらしい。

何のために……。

と自問するまでもなく答えは明確だった。鞘落家を恐れる余りなのだ。そう考えると過剰なまでの玄関周りの呪いも合点がいく。鞘落家の葬儀という特別な忌み日を迎えて、日頃より一層の魔除けを北磊の全戸が行なったに違いない。北磊だけでなく真磊と南磊の集落も、恐らく同じなのだろう。

惣一の生家に関する打ち明け話は本当に衝撃的で、私も少なからぬ影響を受けた。一時は落ち込んだような気分が続いた。だが、それも所詮《しょせん》は頭で分かっていただけに過ぎなかったのだ。こうして侶磊村に赴き、実際に目を疑うばかりの光景を目撃して、漸《ようや》く真に理解できたような気がした。

このまま村人と出会《でくわ》さないうちに、さっさと来た道を戻った方が良いのではないか。今なら侶磊村に来た痕跡《こんせき》を一切残さずに、ここから立ち去ることができる。

惣一は確かに親友だったが、鞘落家に関わるのは考えものではないか。

咄嗟《とっさ》に私は理屈ではなく本能で、そう感じた。これから戻ると六僧峠を越える前に日が暮れてしまうが、ここに留《とど》まるよりは増しだろう。真っ暗な山道は恐怖に違いないが、ここにいてはそれ以上の何かに遭遇するかもしれないのだ。

私は後ろを振り返ると、侶磊村を睥睨《へいげい》している砥館家に目を遣りつつ、その彼方《かなた》の六僧峠と総名井村を思った。それから真磊の方を見遣って、南磊の鞘落家のことを考えた。なぜなら戻りたいという恐怖心だけでなく、先に進んで終い屋敷を一目だけでも見てみたいという好奇心も、驚くべきことに覚えていたからだ。いや、そこには惣一に対する想いもあったと、矢張り私は信じたい。

結局、少なくとも鞘落家までは行こうと決めた。田舎の葬儀が長時間に及ぶとはいえ、恐らく疾《と》っくに埋葬は済んで、丁度《ちょうど》野辺送りの参列者たちに食事を振る舞っている頃かもしれない。兎《と》に角どういう状況か様子を窺《うかが》うのが先決だと思った。

そう考えて北磊の集落を先へと進んでいると、前方から何とも妙な物音が微《かす》かに伝わってきた。

ことん、ことん……。とんか、とんか……。

耳を澄ますと、そんな風に聞こえる。

とんか、とんか……。どんからから、どんからから……。

しかも、それは一様ではなかった。色々な音がしている。ただし、物音を立てているものは同じかもしれない。音色に共通した響きが感じられるのだ。

一体あれは何だろう……。

真磊の集落に入った辺りから、その物音がはっきりと聞こえ出した。私が集落の中を歩いて行くに連れ、それが明らかに近づいて来ている。しかも、奇妙な物音を発する何か自体が迫って来るというより、音そのものが波の如くうねって伝わっている。移動している。そんな感じがして仕方がない。

軈《やが》て心願寺の石段が左手に現れたところで、私は立ち止まった。それ以上進むと、あの奇妙な物音の直中に入ってしまうような気がしたからだ。

そのとき往来の彼方に、信じられないものが、ちらちらと現れ出した。

それは……こちらへ向かって来る、どう見ても葬列にしか見えない代物だった。

五

こんな時間に野辺送りを……。

驚いた私は咄嗟《とっさ》に隠れようとした。如何《いか》に日の長い夏とはいえ、もう辺りが薄暗くなろうかという夕刻に野辺送りをしている不自然さに、何となくぞくっとした所為《せい》だ。

亡くなったのが一昨日《おととい》なら、昨夜《ゆうべ》が通夜で今日は葬儀になるが、それも午前中か遅くとも午後には終わるのではないか。仮に一昨夜の遅くから昨日の早朝に掛けて身罷《みまか》ったのだとしたら、昨夜は仮通夜で、今夜が本通夜になり、葬儀は明日になるだろう。遺体が傷み易い時季とはいえ、ここまで埋葬を急ぐ必要はない筈《はず》だ。鞘落《さやおとし》家ほどの旧家なら、仮通夜、通夜、本葬と最低でも三日は掛けるのではないか。要はどんな事情があるにしろ、こんな夕方の遅い時間に野辺送りをするなど、どう考えても普通ではない。

慌てて隠れ場所を捜した私は、心願寺《しんがんじ》の石段下に生えている大きな樹木の陰に駆け込もうとした。しかし葬列の行き先を考え、すぐに却下した。仏の埋葬のため寺に向かうに違いない。急いで周囲を見回すと寺の石段の反対側に、真磊《まらい》の集落を挟んで小さな山があった。創《はじ》め屋敷の横手から望んだあの山である。高い樹木は生えておらず、低い草木に全体を覆われているだけの、冬には禿山《はげやま》になりそうな山だった。殆《ほとん》ど人の手は入っていないようなのに、何故《なぜ》か九十九折《つづら》りに上へと続く細い道が認められる。

愚図々々している時間はなかったので、私は急いで真磊の往来を横切ると、その山道に駆け込んだ。道そのものは最近手入れがされたらしく、とても歩き易い。ただし両側には鬱蒼《うっそう》と藪《やぶ》が茂っており、隠《かく》れるには絶好の場所である。

身を潜めて待っていると、軈《やが》て例の奇妙な物音が近づいてきた。もしかすると野辺送りと一緒に移動しているのかもしれない。とはいえ葬列の中に、あの音を出している何かがあるとは思えなかった。むしろ物音は野辺送りを包むように、その周囲で響いているように聞こえてくる。

ことん、ことん……。どんからから、どんからから……。

益々《ますます》はっきりと物音が伝わってくる。

とんか、とんか……。ことん、ことん……。

と、そのうち小山の右手——野辺送りが遣《や》って来る方向——に並んだ家々からも同じ物音がし始め、何が起こっているのか漸《よう》く分かった気がした。

相変わらず音を出しているものの見当はつかないが、決してそれは野辺送りの中に組み込まれている何かではなさそうだった。例えば笛や太鼓や鉦《かね》といったものが葬列と一緒に移動しながら、ずっと音を発しているわけではなく、その物音を出す何かは、恐らく村の全ての家にあるに違いない。そして葬列が自分の家の前に通り掛かるのを待ち構えて、各戸毎にそれを一斉に打ち鳴らしているのだろう。だから葬列が通り過ぎた家は静かになり、これから通る家は準備をして待ったうえで音を発することになる。それが恰《あたか》も例の物音そのものが移動しているように聞こえた原因ではないか。波の如くうねって……と感じたのは、ある意味では正しかったことになる。

北磊《ほくらい》の集落に人っ子ひとりいないと思ったのは間違いで、野辺送りに参加している村人以外は、全員が家に籠《こも》っているのかもしれない。そして葬列が自分の家の前に差し掛かるのを只管《ひたすら》凝っと待っていて、ここぞという時に音を出そうと構えているのではないか。

この奇妙な物音も、間違いなく魔除けだろう。ある地方の民俗調査で、野辺送りの先頭には鉄砲を持った人がいて、葬列が曲がり角や辻《つじ》などに差し掛かる度に、空に向けて空砲を撃つという事例を採集したことがある。別の地方では、それを花嫁行列で行なうと知り驚いたものだ。葬儀と婚儀という対照的な儀礼ながら、どちらも空砲の音で魔物を祓っているのは同じだった。侶磊《ともらい》村ではその音を、何か特殊な——といっても各戸が所有している決して珍しくない——あるもので出しているのだろう。

そんな風に考えながら、山道を少し登った地点から真磊の往来を見下ろしていると、そのうち野辺送りの先頭が現れた。地方によって違いはあるが、大抵は寺旗か提灯《ちょうちん》持ちが最初に来る。しかし私の目に映ったのは、竹箒《たけぼうき》を逆さに持った中年の男性の姿だった。ただ捧《ささ》げ持っているだけでなく、箒を左右に振りながら歩いている。

あれも魔除けか。

民俗学上、まず箒と聞いて思い浮かぶのは、出産に立ち合う箒神だろう。箒で妊婦の腹を撫《な》でたり、足元に立て掛けるなどして、箒神を招いて安産を祈る儀礼だ。だが一方で箒は葬儀でも重要な役割を果たすことがある。出棺したあとの部屋を掃くという、正に箒ならではの使い方である。勿論《もちろん》これは掃除をするわけではなく、死の穢《けが》れを文字通り掃き出すという意味を持つ。その証拠に外へと掃く仕草を見せたあとは、掃き出した悪いものが戻って来ないように、大急ぎで戸を閉めてしまう。

婚儀と葬儀で使用する鉄砲といい、出産と出棺で使う箒といい、本来は対極に見える祝いと弔いの間には、実は非常に近しい何かがあるのかもしれない。

そんな場違いな考察に耽《ふけ》っていたのも、ほんの一瞬だった。他の地方では聞いたこともない箒持ちの次に僧侶《そうりょ》が来て、次いで寺旗と提灯持ち、そして死花と団子飯と位牌《いはい》を抱いた親族らしき人々が姿を現した。この時点で既に違和感を覚えていたのだが、そのあとに続く野辺送りの人々を目にして、私は仰天してしまった。

全員が黒装束だったのだ。

婚礼の衣装と葬式の喪服に黒が使われ出したのは、明治に入ってからである。西洋から伝わった正装の影響かもしれないが、衣服の歴史に詳しくない私にはよく分からない。

ただ我が国の殆《ほとん》どの地方では、まだまだ白が主流だろう。

大抵の場合、血縁者の男性が白袴《しろばかま》、女性が白無垢《しろむく》で、共に白い布でできた三角巾《さんかくきん》を頭に巻いており、一般の参列者は普通の和服である。白い喪服が廃れて黒に変わりつつある地方でも、遺族は白いものを何か身につけていたりする。血縁者が纏《まと》うこの白とは、死者が着る経帷子《きようかたびら》と同じ色である。つまりあの世へと送り出す仏と同じ白を共有することにより、血縁者たちは死者に寄り添っている。仏だけが独りぼっちで死出の旅に向かうわけではない。我々も一緒だという印なのだ。少なくとも私は子供の頃に、そう祖父母から教わった。

ところが、鞘落家の野辺送りでは、僧侶を除く参列者の全員が悉《ことごと》く黒装束を纏っている。村人たちは問題ないとしても、血縁者らしき人々が誰一人として白いものを全く身につけていない――三角巾さえ見えない――のは、一体どういうことなのか。

次から次へ真っ黒な葬列が通り過ぎて行く光景を眺めながら、私は腹の底が深々と冷えていくような気分を味わった。目にしてはいけないものを覗《のぞ》いている。そう思えてならなかった。

そんな呪縛《じゆばく》から解放されたのは、野辺送りの最後の人の姿が消えて、例の物音が北磊の方へと遠ざかってからである。だが、そこで私は遅蒔《おそま》きながら、ある重要な事実に気づいて首を捻《ひね》った。

どうして心願寺に向かわないのか。

仮に先頭の箒持ちが間違えたにしても、そのあとは僧侶なのだから、すぐに修正はできた筈《はず》だ。そうしなかったのは、予定通りの行動だったことになる。では南磊《なんらい》の鞘落家を出た葬列は、北磊の何処へ行こうとしているのか。

まさか砥館《とだて》家に……。

と考えたが、まず有り得ない。何の理由も見出《みいだ》せないうえに、仮に野辺送りを迎えるのであれば、それ相応の準備がなされていた筈だ。しかし長屋門から覗いた限り、そういった気配は少しもなかった。あとを尾《つ》けて確かめようかと思ったが、とてもその勇気が湧いてこない。これからどうしたものかと思案していて、葬列の後ろについて歩いているそれが目に入《い》った。

子供だった。野辺送りのあとを追い掛けるように、子供が歩いている。九歳か十歳くらいだろうか。男の子か女の子かは分からない。髪の毛はお河童《かっぱ》のようだったが、どちらにも見える。野辺送りから少し離れるようにして、葬列と同じ方向に歩いている。あとを尾けているのか。南磊からついて来た集落の子なのか。だから黒装束ではなく普通の着物姿なのか。

でも……。

何か変だと私は感じた。その子を目にしたのは一瞬で、すぐに真磊の民家の陰に隠れてしまったのだが、それでも妙だと思った。ただ、その理由が分からない。

疾《と》っくに野辺送りは通り過ぎたのに、私がまだ小山の藪に身を潜ませていたのは、その子供を見てしまった所為かもしれない。

何とも妙だったから……。

そう思った途端、言い様のない不安を覚えた。全く訳も分からないまま、私は何とも言えない厭《いや》な気分に陥っていた。

ただの村の子じゃないか。

そう自分に言い聞かすのだが、どうにも気持ちが悪い。好奇心から野辺送りを追い掛けている子供であることは、まず間違いないだろう。にも拘《かかわ》らず違うように感じてしまうのは、一体何故なのか。

藪蚊《やぶか》に悩まされながらも、この薄気味の悪い違和感に囚《とら》われた私は、相変わらず小山の中腹に身を潜ませたままだった。

どれほどの時間が過ぎた頃だったか。北磊の方へと遠ざかっていった例の物音が、再びこちらへ戻って来ていることに私は気づいた。ただし先程とは違う聞こえ方だったので、どうやら同じ往来ではなく別の道を辿《たど》って、真磊の集落へと引き返して来ているらしい。

やっぱり最後は心願寺に向かうのか。

もしそうなら野辺送りは南磊から真磊へ、更に真磊から北磊へ、そして再び真磊へと戻ることにより、侶磊村全体を練り歩いたと言える。きっとこれも魔除《まよ》けのためなのだ。本来なら忌んで避けるべき葬列を逆に迎え入れ、各戸の玄関に施した呪《まじな》いと例の物音により、しっかりと魔を祓《はら》う。ある意味この無謀とも思える葬送儀礼は、毒を以《もっ》て毒を制すという考えに近いのかもしれない。

問題は、そこまで鞘落家の葬儀が忌まれている……という事実にある。

恐らく侶磊村の普通の野辺送りは、喪主の家から出棺して心願寺までの最短距離を進み、そこで納棺となるのではないか。ある程度の回り道はあるだろうが、このように全村を巡ることはきっとないだろう。

私が自分なりの解釈を下していると、相変わらず竹箒を左右に振っている葬列の先頭が、心願寺の石段の下近くに姿を現した。戻る道が違ったのはこのためだったのだ、と合点したのも束の間、箒持ちは石段を登らずに、何故か逆方向へと進み始めた。

……えっ、南磊まで戻るのか。

完全に侶磊村を一周するのかと驚いていると、そのまま真っ直ぐ私が潜んでいる小山へ向かって来たので、本当に度肝を抜かれた。頭が混乱して、もう訳が分からない。

逃げなければ……。

咄嗟《とっさ》に浮かんだのは、子供の頃に寝物語で祖母に聞いた昔話である。

ある旅人が田舎道を歩いていると、向こうから野辺送りが遣って来るのが見えた。一本道だったので、このままでは行き合ってしまう。嫌だなぁ……と彼は思った。できれば避《よ》けたいが、脇道は一切ない。ただ、すぐ側に大きくて高い樹がある。その上に身を隠せば、葬列を遣り過ごすことができる。そう考えた彼は樹の半ばくらいまで登ると太い枝に座り、葬列が通り過ぎるのを待つことにした。

ところが、その樹の真下を野辺送りが通っている最中に、ぴたっと急に葬列が止まった。樹の根元には丁度《ちょうど》棺桶《かんおけ》が差し掛かっている。縁起でもない……と思わず旅人が顔を顰《しか》めていると、何と棺担《ひつ》ぎの人たちが、その場に棺桶を下ろすではないか。しかも樹の根元に棺桶だけを放置して、参列をしていた者たちが全員、さっさと来た道を戻ってしまった。

旅人が驚いたのは言うまでもないが、同時に気味悪くて仕方がない。樹から下りようとすると、どうしても棺桶に近づく必要がある。樹の幹を伝い下りている最中に、もし下手に滑りでもすれば、あの上に落ちてしまう。高い樹の真ん中辺りで下りるに下りられず、彼は棺桶を見下ろしながら途方に暮れていた。

すると信じられないことに、ゆっくりと棺桶の蓋《ふた》が開き始めた。まず枯れたような細い右手が出て、次いで現れた左手と共に棺桶の縁《へり》を摑《つか》むと、白装束を纏った老婆の遺体がそろそろと這《は》い出して来た。

ひぃ……という声にならない悲鳴が、旅人の口から漏れた。その途端、樹の上を見上げた老婆の遺体と目が合った。しかも彼を認めた彼女は、そのまま太い幹を四つん這いで登り出した。

慄《おのの》き恐れた旅人は、慌てて上へと逃げ始めた。登りながら下を見ると、老婆は旅人を見上げつつ、まるで巨大な昆虫のような格好で這い進んで来る。あっという間に先程まで彼が座っていた枝を過ぎて、老人の屍体《したい》とは思えない速さで、樹木を上へと這い登って来ている。

　更に旅人が登る。死者が這い登って来る。もっと旅人が登る。死者が這い登って来る。より旅人が登る。死者が這い登って来る……という繰り返しの果てに、到頭これ以上は登れないというところまで、旅人は追い詰められてしまった。

　だが、老婆の屍体は相変わらず這い登って来る。旅人を見上げながら、彼を目指して、ただただ四つん這いの姿で這い登って来る。

　そして遂に、旅人の目の前にそれが来て……。

　この話にどういう結末がついたのか、私は全く覚えていない。樹の根元に置かれた棺桶から這い出した老婆の屍体が、樹の上にいる旅人を目指して只管《ひたすら》四つん這いで登って来るという光景が、兎《と》に角衝撃的だったからだろう。旅人が野辺送りを目にする前の話もあったと思うが、そちらも記憶にない。発端と結末が見事に抜けている。

　そんな厭な昔話を十数年振りに思い出した私は、慌てて鞄《かばん》を藪《やぶ》の中に隠すと、急いで山道を登り出した。野辺送りに追いつかれるとは思わなかったが、見つからないように身を屈《かが》めて進む必要があり、どうしても足取りが遅くなる。この先がどうなっているか分からないのだから、少しでも距離を開けておきたい。逃げ場のない樹の上で、不条理にも死者に憑《つ》かれた旅人が味わった戦慄《せんりつ》よりは増しだったかもしれないが、それに近い恐怖をこのとき私は覚えていた。

この山道は何処に通じているのか。この小山には何の役目があるのか。どうして葬列は心願寺ではなく、こっちへ遣《や》って来るのか。

不自然な中腰の状態で、緩やかに上っている山道を小走りで進みながら、私は矢継ぎ早に自問していた。

　もしかすると鞘落家の墓所があるのかもしれない。

　小山が真磊の集落を挟んで心願寺の向かいにあるという立地も、鞘落家墓所説を裏づけてはいまいか。寺の敷地内にではなく別の場所に専用の墓所があるのは、同家が侶磊村で砥館家に次ぐ旧家だからではなく、きっと忌まれている所為《せい》だろう。筆頭地主である砥館家にさえ、北磊と真磊の集落を見る限り、そういった墓所は認められなかった。

この事実に鑑《かんが》みても、この推理は当たっている気がする。いや、そもそも実際に野辺送りが、この奇妙な小山を目指しているのだから、それが何よりの証拠ではないか。

九十九折《つづら》りの山道を辿りながら、私は自分の考えに興奮していた。誠に不謹慎ながらも、まだ見ぬ鞘落家の墓所に対する怪奇な想像を、勝手に膨らませていたのである。

　でも、墓石らしいものは何も見えなかった。

　真磊の集落から小山を見上げたとき、目に入ったのは全山を覆う茂った草木と、くねくねと上っている細い山道だけだった。本当に鞘落家専用の墓所があるなら、それなりの構えが望めたのではないか。それとも飽くまでも目立たないように、ひっそりと何基かの墓石が存在しているだけなのだろうか。

そんな私の疑問に答えるかのように、頂上まで続くとばかり思っていた山道が、途中から急に小山の裏側へと回り始めた。

侶磊村からは絶対に見えない、この山の後ろにあるんだ。

漸《ようや》く納得のいった私は、小山の裏へ回り込むと同時に中腰から身を起こすと、あとは走り出した。棺桶を埋葬する墓穴が眺められて、参列者には決して見つからない場所を急いで捜し、そこに隠れるためである。このとき私は民俗学的な見地からも、鞘落家の葬儀を最後まで見届けるつもりでいた。

だが、いざ小山の裏へ回ってみて驚いた。そこに墓所などなかったからだ。墓石どころか卒塔婆《そとうば》の一本さえ見当たらない。山道の先に現れたのは、不自然に均《なら》された奇妙な平地だった。その周囲は生い茂った草木に囲まれており、この不可解な場所が山道の終着地であることは、まず間違いなさそうである。

何だここは……。

しかも平地の真ん中には丸い穴が掘られ、その側面が幾つもの石で固められている。見た目は井戸に近いかもしれない。しかし覗《のぞ》いてみても穴の深さは大してなく、底の土が普通に見えた。

この穴に埋葬するのか……。

確かに座棺を入れて隙間を土で埋めるには、丁度《ちょうど》良い大きさだった。ただ、こんなところに埋める意味が分からない。墓穴の内側に石垣を組むのが鞘落家の仕来たりだとしても、この奇妙な平地が同家の墓所である筈《はず》がない。それとも穴の底の土の下には、代々の鞘落家の人々が埋まっているとでもいうのか。

まさか……。

自分の想像を笑いたかったが、私の顔は強張《こわば》っていた。目の前の場所が、途轍《とてつ》もなく忌まわしく思えてきたからだ。

ここにいてはいけない……。

そう感じて逃げようとしたところで、後ろの方から物音が聞こえた。

野辺送りだ。

いつの間にか鞘落家の葬列が、山道の終点へと近づいていた。最早《もはや》この道は戻れない。周囲の藪の何処かに隠れるしかない。改めて辿《たど》って来た真後ろを除く三方に目をやると、正面の草木が少し乱れているように見えた。誰かが――それとも動物だろうか――そこへ足を踏み入れたかのようである。

あの先に、まだ道が……。

迷っている暇は少しもなかった。後ろの野辺送りの気配は益々《ますます》近づいている。このままでは見つかってしまう。

私は穴を避けて回り込むと、その乱れた藪の中にそっと進入した。物音を立てないように注意しただけでなく、それ以上は草木を乱さないように心掛けた。目敏《めざと》い参列者に見咎《みとが》められでもしたら事だからだ。

藪に入った途端、ぐにゃっとした気持ちの悪いものを踏み、思わず悲鳴を上げ掛けた。見下ろすと、襤褸《ぼろ》襤褸の大きな筵《むしろ》が落ちている。草木が乱れていたのは、誰かがこれを放り投げた所為らしい。勿論《もちろん》その意味も、それの用途も、そもそも筵が何故ここにあるのかも、全く見当もつかない。ただ更に気味の悪さが増しただけである。

取《あ》り敢えず筵を踏み越えて、その先の藪の中へ身を潜めたときだった。野辺送りの先頭の箒《ほうき》持ちが、奇妙な穴のある平地へと姿を現したのは。

危なかった……。

安堵《あんど》したものの、すぐに私は参列者たちの異様な顔に目が釘《くぎ》づけになった。小山の下で見たときは、距離があって気づかなかったらしい。

男たちは僧侶《そうりょ》を除く全員が左右の眉毛《まゆげ》の上に、女たちは両方の頬に、紅で「×」が描かれていた。これも魔除《まよ》けに違いない。しかも赤い色と「×」の印の組み合わせに、何が何でも魔を祓《はら》おうという意思の強さが感じられる。

そのとき大人たちの背後から、ひょいっと十歳くらいの子供が顔を出した。余りの可愛らしさに、最初は女の子かと思った。だが、よくよく観察すると、どうやら男の子らしい。野辺送りが何処に着いたのか、その終着地点に、きっと好奇心を刺激されたのだろう。その少年は大人たちと同じく黒装束姿だったが、私の目を引いたのは矢張り額だった。そこには紅で大きく「犬」という字が描かれていた。

生まれたばかりの赤ん坊に対して、「犬の子、犬の子」や「犬子、猫子」と唱えたり、

「犬の子になれ」と口にしたりする呪文《じゅもん》がある。また初めて外に連れ出すときに、額に「犬」と消し炭で描いたり、「×」の印をつけたりする地方がある。これは幼い子供ほど魔物に狙われ易いので、「ここにいるのは人間の子供ではありません」と主張して、何とか災いを回避しようとする手段である。紅で描かれた「犬」の字も、正にそういった効果を狙っているのだろう。

私が少年を観察しているうちに、箒持ちが穴の石縁の上を竹箒《たけぼうき》で一通り掃き清めた。次いで僧侶が葬列の後ろに合図を送ると、五、六人の若い男衆がそれぞれ手に何かを持って、ぐるっと穴の周囲に集まった。平地は狭いため、あとの野辺送りの一行は列のまま山道で止まっている。

男衆たちは各々が、とても奇妙なものを持っていた。一つずつ確かめると、大きな槌《つち》、数本の長い杭《くい》、数挺《ちょう》の鎌、数束の薪《まき》と枝木と藁《わら》、そして一枚の大きな筵である。

一体ここで何をするつもりなのか。

息を殺しながら藪越しに男衆たちを覗いていると、まず彼らは穴の底に薪を敷き始めた。穴の中は見えなかったが、彼らの動作を見る限り間違いないだろう。次いで薪の上に藁が載せられるのを目にして、何が行なわれようとしているのか、迂闊《うかつ》にも私は漸《ようや》く悟ることができた。

ここで火葬にするつもりなのだ。

六

大変な場に臨《のぞ》む羽目になってしまったと、私は大いに焦った。しかし惣一《そういち》は、侶磊村《ともらい》は土葬だと言っていなかったか。だから私も、ここまで色々な手掛かりが揃いながら、火葬という発想が浮かばなかったのだ。

あっ、もしかしたら――。

でも一旦《いったん》そうだと察しがつくと、態々《わざわざ》こんな小山の裏にまで野辺送りをして、何とも奇妙な場所で火葬にする理由を予想することは、とても簡単だった。

仏が鞘落《さやおとし》家の人間だから……。

葬儀の形態が独特だったのも、同じ理由からだろう。村の葬式に関しても、惣一は他と大して変わらないと言っていた。ただし、鞘落家だけは別である。

そのとき私の脳裏に、親友が口にした自嘲《じちょう》的な言葉が蘇《よみがえ》った。

「異人《まれびと》殺しの伝説を囁《ささや》かれる家が、そこから憑《つ》き物筋の家系へと変遷していく……その過程が正に見られるのが、鞘落家というわけだ」

それ故に村八分にされ、野辺送りも村の全戸が魔除けを施した中で行なわれ、土葬の風習があるにも拘《かかわ》らず火葬にされてしまう。

こんな差別が罷《まか》り通って良いものか。

私が義憤に駆られていると、棺担《ひつ》ぎの人たちが平地まで出て来て、座棺を穴の中へと下ろした。その足取りが何処か覚束なく見えたので、仏は体格の良い男性かと考えたが、他の理由も当然有り得た。鞘落家の死者に対する恐れという別の訳が……。

棺桶《かんおけ》が穴に据えられると、棺の周囲を取り巻くように枝木が寄せられ、その周りに更に藁が立て掛けられた。枝木は柿の木だったかもしれない。柿の木は決して普通の薪にはしないという地方は多い。子供が風呂《ふろ》を沸かすとき、何の考えもなしに柿の木を燃やそうとして、大人に叱られたという話を採集したことがある。なぜなら火葬に使う木だからだが、その理由までは調査できなかった。

充分な枝木と藁で棺桶が包まれると、最後は大きな筵に桶の水を満遍なく浴びせて、それを棺桶の上に広げるように載せて、どうやら準備は済んだらしい。

えっ、筵……。

と思った私は、そこで瞬時に身体が固まった。自分が踏み越えた筵が、目の前の藪《やぶ》には放置されている。

まさか……そんな……。

この筵もひょっとすると、誰かの火葬に使われたものではないのか。いや、誰かなどと決してあやふやではなく、まず間違いなく惣一だろう。惣一と今回の仏の間に、鞘落家の誰かが亡くなっていれば別だが、可能性としては極めて低い。精々四ヵ月ほどの間に、同じ家から三人もの死者が出るとは到底考えられない。

それとも鞘落家では、充分に有り得ることなのか……。

ぶるっと自然に身体が震えた。新たな死者を想像してしまったからか、火葬に使われた筵を踏んでしまったためか、よく自分でも分からなかった。

慌てて私が筵に合掌していると、男衆たちが穴の四方に槌《つち》で杭を打ち始めた。まだ全ての準備が済んだわけではないらしい。

杭打ちが終わると、それぞれの杭の頭から頭へ、柊《ひいらぎ》や杉葉や唐辛子が結びつけられた縄《なわ》が張られる。その縄の中央には、鋭いまでに刃を砥《と》がれた鎌が吊《つ》り下げられた。丸い穴の火葬場の周りに、四角い結界が張り巡らされたのである。

これに近い風習は何処の地方にも見られるが、その多くは土葬だ。埋葬のために掘った墓穴の周囲に、こういった魔除けを施す。ぽっかりと開いた何も入っていない穴は、それだけで悪いものを引き寄せてしまう。棺桶を埋める前にそんな事態にでもなれば、死者にどんな影響が出るかもしれない。だから埋葬が無事に済むまで、墓穴を守る必要がある。

でも、火葬なのに……。

同じような魔除けを準備するところは、まず滅多にないだろう。そもそも土葬でも、これほど大仰な呪《まじな》いを行なう地方はない筈《はず》だ。

いつの間にか男衆たちが、結界の一辺に集まって並んでいた。そこへ三人の女が岡持のような桶を、それぞれ一つずつ届けている。どうやらこれで全ての用意が整ったのか、参列者たち全員が回れ右をして来た道を戻り出した。どの後ろ姿も一様に、如何《いか》にもほっとしているように映ったのは気の所為《せい》か。

正反対だったのが、残った男衆である。二十代の後半が一人、半ばが二人、二十歳前後が一人、十五歳くらいが一人——と五人いたが、誰も火葬場を見ようとはしない。それどころか行き成り三つの桶の蓋《ふた》を取ると、その中の酒や食い物に手をつけ出した。

「おい、シゲ。火の点《つ》け方は分かってるやろな」

男たちの間で一通り酒が回ると、最年長と思われる男が、シゲという最年少の少年に声を掛けた。

「……は、はい」

その何処か頼りない返事を聞いて、二十代半ばの二人組が、

「おいおい大丈夫か」

「ショウスケさんに教わった遣《や》り方を、まさか忘れたんやないやろな」

「いえ、ちゃんと覚えてます」

「ほんなら言うてみろ」

恐らく最年長者がショウスケで、五人とも侶磊村の青年団なのだろう。シゲは見た目の年齢から考えても、まだ団に入ったばかりなのかもしれない。

先輩に促されて火葬の手順を説明するシゲに、ショウスケの叱咤《しった》と二人組の野次が重

なって、何とも場違いなざわめきが辺りに響いた。だが、それも火葬の手順の復習が終わった途端、ぴたっと唐突に止んで、あとは不自然なほどの静寂が代わりに訪れた。

「……そろそろ行きますか」

薄気味の悪い静けさを嫌うように、二人組の一人がショウスケに声を掛けた。

「酒もなくなりそうやし、そうするか」

最後に残った酒をショウスケは呷《あお》ると、

「ええか、シゲ。あとは任せたからな。気ぃ抜かんようにやれよ」

半ば脅すような口調でシゲを睨《にら》みつけた。

「……はい」

弱々しく返事をする彼を覗《のぞ》き見ながら、私は驚くと同時に呆《あき》れていた。男たちは最年少の——しかも、この役目が初めてらしい——シゲ独りに、死者の火葬という難儀な務めを押しつけるつもりなのだ。

「火を絶やさんのは当たり前として、火の回りをあんじょうせんと、仏は焼け残る」

そんな失敗をすればただでは済まさんぞ、という顔をショウスケがしたのを受けて、透かさず二人組が交互に口を開いた。

「特に内臓はな、焼け残り易いんや」

「焼け残った内臓は、そりゃ鼻がひん曲がるくらい臭うて堪《たま》らんぞ」

「遺族にも恨まれることになるしな」

「しかも今回は、その遺族いうんがあの鞘落家やからなぁ。どんな怖い目に遭うか」

「考えただけでも恐ろしい」

「しょんべんちびりそうになるわ」

「そのくらいにしとけ」

ショウスケが止めなければ、二人組は際限なく脅し続けていたかもしれない。

「済んだら知らせに来い」

そう言うとショウスケは二人組を促して、火葬場には一瞥《いちべつ》もくれずに、さっさとその場を立ち去ってしまった。ただ、二人組に対する小言が、微《かす》かに私には聞こえた。

「阿呆《あほう》、あんまり脅して、シゲが逃げ出したらどうするつもりや」

頻《しき》りに謝る二人組とショウスケの声が、すぐに小さくなり遠ざかっていった。

「シゲちゃん、独りでできるか」

三人の姿が見えなくなるのを待っていたのか、それまで一言も喋《しゃべ》らなかった二十歳前後の男が、初めて口を開いた。

「サブロウさん、お、俺……」

「兎《と》に角な、蒸し焼きにするんや。外に火を出したらあかん。そうなったら薪と棺桶だけが燃えて、ご遺体は残ることになるからな」

サブロウと呼ばれた男は、ショウスケたちが言わなかった注意を事細かに、しかし早口でシゲに伝え出した。

「火が外に飛び出さんように、棺桶の周りを枝木と藁《わら》で取り巻き、その上に濡《ぬ》れ筵《むしろ》を載せて密封してあるけど、ここは注意が必要やぞ」

「……うん」

「確かに内臓は焼け残る心配があるけど、ご遺体のお腹の辺りには藁や小枝が詰めてある筈《はず》やから、そない心配せんでもええ」

「うん、分かった」

ショウスケたちを相手にしていたときより、シゲの顔も真剣である。

「一番厄介なんはな、藁から出た灰汁《あく》がご遺体につくことや。ご遺体の表面に灰汁がついてしもうたら、もう少々のことではその部分は絶対に焼けん。仕方がないんで熾《おき》を集めて、その上で残った部分を焼き直す羽目になる」

「…………」

具体的に想像してめげたのか、シゲが無言で俯《うつむ》いているが、私も同じ気持ちだった。

「ええか、風の吹く方向に気をつけて――」

更にサブロウが炎の扱い方について教え始めたが、

「サブゥウ！　何しとるんや！　早《はよ》う来んかい！」

そこへ山道を戻って行ったショウスケの呼び声が聞こえてきた。

「ああ、もう行かんとあかんわ」

そう呟《つぶや》くと、あとは要点だけを早口で伝えてから、

「手伝《てつど》うてやりたいのは山々やけど、俺も独りでやらされたからな。これも青年団の一員になるための儀式や思うて、しっかり務めてくれ」

そう言ってシゲを励まし、先に帰った三人に追いつくために、急いで火葬場から駆け出して、すぐに姿が見えなくなってしまった。

あとに残ったのは穴の側で呆然《ぼうぜん》としているシゲと、藪の中に蹲《しゃが》んで隠れている私と、棺桶《かんおけ》の中に納められた死者……だけだった。いやいや、態々《わざわざ》屍体《したい》を数える必要などない。シゲと私の二人だけである。

そのとき気づいたのだが、薄暗いながらもまだ明るかった夏の日が、正に暮れようとしていた。これから始まる火葬にまるで合わせたかのように、逢魔《おうま》ヶ刻《とき》が訪れようとしている。

冗談ではない。

図らずも火葬に臨む格好になった私は慌てた。普通でもご免蒙《こうむ》りたいのに、これから始まるのは曰《いわ》く因縁のある鞘落家の火葬なのだ。それこそ何が起こるか分からない。如何《いか》に結界が張られているとはいえ、とても安心できたものではない。

逃げよう。

そう決めて、磕《はた》と困った。ここから逃げ出すためには、辿《たど》って来た山道を戻るしかない。それには非常に怯《おび》えている様子のシゲに、私の姿を見せる必要がある。おどおどしながら周囲に目をやり、びくびくしながら穴の周りを回っている彼の前へ、のこのこと藪《やぶ》から出て行かなければならないのだ。

最初に私が物音を立てても、または声を掛けても、或《あ》るいは姿を見せても、何《いず》れにしろシゲは驚くだろう。慄《おのの》くと表現した方が良いか。その結果、ここから一目散に逃げ出すかもしれない。そうなると残されるのは私と死者だけになる。勿論《もちろん》その場合は私も脱兎《だっと》の如く逃げるつもりだ。だが、仏は火葬されずに放っておかれ、きっとシゲはショウスケたちに大目玉を食らうことになる。できればそんな状態は避けたい。シゲに対する同情もあったが、鞘落家の死者を短時間とはいえ放置しておく危険を、もしかすると私は本能的に悟っていたのかもしれない。

どうしよう……。

動くに動けぬまま、徒《いたずら》に周囲の藪に目を遣るばかりだった。何処かに突破口はないかと、何度も辺りを見回し続けた。無駄だと思いながらも、そうするしかなかった。が、そこで私はある信じられないことに気づいて、思わず肝が冷えた。

火葬場にいるのは、決して自分とシゲの二人だけではなかったのだ。

私が隠れている場所から棺桶を挟んだ向こう側には、山道が見えている。その左手の藪の奥から、ぬっと顔が覗いていた。子供のように見える。もしかすると野辺送りから少し離れて歩いていた、あの薄気味の悪い奇妙な子供かもしれない。夕間暮れの明かりしかないため、はっきりとは見えない。確かなのは、それが子供らしいということだけである。

あの子は一体……。

と、その正体を考え掛けたところで、ぶるぶるっと背筋が震えた。だが、それ以上の戦慄《せんりつ》に、忽《たちま》ち私は襲われる羽目になる。

いつまで経ってもシゲが、その子供に気づかないのだ。

彼の視線は無論、筵に覆われた棺桶に殆《ほとん》ど向けられている。しかし、その周りをぐるぐると回る彼の視界に、あの子供が入らないわけがない。火葬を前にして、私と同様に彼も怯えているように見えた。そんな状態であの子を見れば、悲鳴の一つも上げて当然だろう。なのに彼には、そんな素振りが一切ないのだ。

まさか、知り合いなのか。

そう考えたが、それなら声を掛けるだろう。相手が子供とはいえ、今のシゲにとっては心強い存在ではないか。火葬を一緒に見守ってくれと、むしろ手招くに違いない。逆に青年団の一員としての自覚が彼にあるなら、疾《と》っくに怒って追い返している筈《はず》だ。しかしシゲは、何もしていないどころか何の反応も示していない。

つまり彼には、あの子が見えていない……。

信じられない結論に、私が愕然《がくぜん》としていると、シゲが有りっ丈の勇気を振り絞ったのか、遂に棺桶の藁に火を点《つ》け始めた。

最初は薄暗い夕暮れの中、ちろちろと炎が揺れているだけだった。小山に遮られているとはいえ、その背後から射し込む赤茶けた血のような残照の方が、まだ遥《はる》かに明るい。

それが暫《しばら》くして突然、ぼうっと一気に炎が燃え上がったので、驚いた私は不覚にも物音を立ててしまった。

その瞬間、こちらに背中を見せていたシゲが、がばっと物凄《ものすご》い勢いで振り返った。

「………」

藪に身を潜めて必死で息を殺す私と、その藪を凝視しながら荒い息を吐くシゲとが、お互い目を合わせない状態で睨むような格好になった。

私には気づいたのに、何故あの子供の気配は感じないのか。やっぱり彼には見えていないのか。しかし、どうして……。

「だ、誰かいるのか」

シゲの怯えた声は、私が潜む場所から少し外れた方向に向けられていた。何処で物音がしたのか、彼も正確には分かっていないらしい。

「ショウスケさん……」

躊躇《ためら》いがちな口調で、シゲが藪に声を掛けた。

「せ、せやろ。ショウスケさんたちやろ」

その表情には、ある種の期待が感じられた。今にもショウスケたちが「わあっ！」と藪の中から躍り出て、自分の臆病《おくびょう》を笑いものにする。きっとそんな展開を思い描いているに違いない。

だが、藪どころか小山全体がしーん……としていた。聞こえるのは時折ぱちっと薪《まき》が爆《は》ぜる音と、ぼうっと燃え盛る炎の気配だけである。

山道を帰って行ったショウスケたちが、その反対側の藪に隠れることが無理なのは、恐らくシゲも頭では理解しているのだろう。しかし、青年団の先輩たちが自分を脅そうとしているとでも考えなければ、もう怖くて仕方ないのかもしれない。尤《もっと》もその先輩たちが藪になど潜んでいないと再確認した瞬間、更に恐ろしくなるだけなのだが……。

私が考えた通りのことを、どうやらシゲも感じたらしい。鶏のように落ち着きなく首を動かして、藪全体を見渡している。そのまま彼が回れ右をして、今にも逃げ出すのではないかと思っていると、急に予想外の行動に出た。残っていた薪を摑《つか》んで、次々と藪に向かって無茶苦茶に投げ出したのだ。

「うわぁっ！」

薪を投げる度《たび》に叫んでいる。恐怖の余りだとは分かるが、薪が当たれば只《ただ》では済まない。私も大声を上げながら藪から飛び出すしかないか、と覚悟を決めたときだった。棺桶から黄色く見える無気味な煙が、もくもくと上がり始めた。まるでシゲを背後から襲おうとする魔物のように、私にはその煙が見えた。

危ない！

思わず叫びそうになった。でも私は、咄嗟《とっさ》に片手で鼻と口を覆っていた。途轍《とてつ》も無い臭いに突如、嗅覚《きゅうかく》を襲われたからだ。

シゲも慌てて薪を投げ捨てると、手拭《てぬぐ》いで鼻と口を塞《ふさ》ぎながら、何とも忌まわしそうに煙を上げる棺桶を見詰めている。

その鼻が曲がりそうなほど酷《ひど》い臭さは、遺体が焼ける臭いだった。人肉そのものと髪の毛、更に炎に焙《あぶ》られた屍体から滴り出た脂とが混ざり合って焼ける、凄《すさ》まじいばかりの臭いが火葬場に漂い出した。

幸い風は北から南へ吹いているようで、私もシゲも直接の被害は受けていない。だが小山に吹きつけた恐るべき臭いは、山肌にぶつかって戻って来るのか、火葬場の平地に溜《た》まってゆくような厭《いや》な気がした。シゲは棺桶《かんおけ》の周りを回りながら、少しでも臭いの増しな場所を見つけようとしている。しかし私は、この場を動くわけにはいかない。片手で鼻を摘《つま》みながら、口で小さく息をするばかりである。

そんな状態が一体どれほど続いただろうか。

疾っくに日は暮れていたが、曇り空が広がるだけで闇夜ではない薄暗がりの中、ぼうぼうと勢いよく燃え立つ炎の橙色《だいだいいろ》が猛々《たけだけ》しく輝いている。これで気味の悪い黄色い煙と人肉が焼ける胸の悪くなる酷い臭いさえなければ、かなり幻想的な眺めだったかもしれない。実際に風向きの加減でふっと臭いが途切れたとき、暫《しばら》く私は死者を彼岸へと送る炎の舞いに見惚《みと》れてしまったほどだ。はっと我に返ったのは、絶対に慣れることのない凄まじい臭いによってである。

もうこれ以上は我慢できない。凝《じ》っとしているのも、息を殺しているのも、不自由な呼吸を強いられるのも……。

私は次第に辛抱できなくなってきた。考えてみれば早朝に東京を出て、漸《ようや》く到着した総名井村《そうないむら》ではマツ婆さんの蕎麦《そば》屋の石臼《いしうす》で一休みしただけで、あとは侶磊村を目指して只管《ひたすら》歩き続けて、やっと着いたと思ったら、今度は野辺送りに追われる格好でこの山の裏まで逃げて、藪の中に身を潜めながら、否応《いやおう》なく火葬に付き合わされているのだ。しかも、気味の悪い謎の子供まで出現する始末である。自分で感じている以上に、恐らく私は疲れていたに違いない。

シゲを脅かすのは気の毒だが、藪《やぶ》伝いに火葬場を回り込んで、彼に姿を見られないように山道へ出て、兎《と》に角この山を下りてしまおう。そう決心して、いざ行動に移そうとしたときだった。

ばんっという物音が突然、棺桶の方から轟《とどろ》いた。反射的に目をやると、炎の中で棺桶が動いている。それだけではない。ばんっという凄《すご》い音が再びして、上に載せた筵《むしろ》を押し退《の》けながら、棺桶から焼け爛《ただ》れた屍体《したい》が飛び起きてきた。

「うわっ！」

「ひいぃぃ！」

私の叫び声とシゲの悲鳴が、ほぼ同時に重なった。しかし、彼がこちらの悲鳴に気づく前に、ばんっという物音が三たびして、今度は屍体の足が棺桶を蹴破《けやぶ》った。二つの破れた穴からは煙突のように、気味の悪い黄色い煙がもくもくと上がり、ごうごうと紅蓮《ぐれん》の炎が聳《そび》え立っている。

屍体が棺桶から出ようとしていた……。

七

一目散に逃げて行くシゲの後ろ姿を目にした途端、私も隠れていた藪から脱兎の如く飛び出していた。

棺桶にはできる限り近づかないように、右手に茂る藪の側ぎりぎりを回り込み、山道を目指して走った。燃え上がりながらも動いている屍体と、山道の左手奥の藪から覗《のぞ》く子供の顔を視界に捉《とら》えつつも、必死にそれらから目を逸《そ》らして夢中で駆けた。

そんな私を、藪の奥の顔が凝っと見詰めている。走って逃げる私を、それはずっと目で追い続けている。

私が山道に駆け込んだのと、前方を逃げるシゲが振り向いたのが、殆《ほとん》ど同じだった。

「うあぁぁぁっ！」

即座に彼の凄まじい悲鳴が上がり、あっという間に姿を消してしまった。きっと火葬場の炎を背にして浮かび上がった私の影が、棺桶をぶち破って外に出た、魔物に憑《つ》かれた屍体そのものに映ったのだろう。そいつが自分を追い掛けて来るように、恐らく彼には見えたに違いない。

しかし、無論そんなことは有り得ない。私も一時は我を忘れて逃げ出したが、あれは自然現象に過ぎない。棺桶は座棺だった。つまり遺体は両腕で膝《ひざ》を抱えた状態にされ、かなり窮屈な姿勢で棺桶に入れられていた筈《はず》だ。所謂《いわゆる》屈葬の格好である。こうした遺体が高温の炎に晒《さら》されると、曲げられていた腕や脚の筋肉の収縮に異変が生じて、屢《しばしば》急に伸びる現象が起こる。その所為《せい》で棺桶が動いたり、時には燃えて脆《もろ》くなった棺《ひつぎ》を破って、遺体が外へ飛び出すこともあるという。

生々しい火葬場から離れられたお蔭《かげ》で、私も少し冷静な思考ができるようになっていた。そもそも慣れない夜の山道を、ただただ恐怖に駆られて勢いよく走って下るなど、全く自殺行為に等しい。小山とはいえ足を踏み外せば、麓《ふもと》まで転落するかもしれない。途中の藪で止まっても、何らかの怪我は避けられない。

だから私は飽くまでも速足で、だが足元に十二分の注意を払いながら、慎重に山道を辿《たど》った。シゲとの距離は開くばかりだったが、それで良かった。これ以上は、もう彼を脅したくない。青年団のショウスケたちが駆けつける前に、この小山から出ることができれば充分だった。そう考えたのだが……。

後ろから何かが跟《つ》いて来ていた。

した、した、したっ……という足音が、耳を澄ますと確かに聞こえる。

火葬場の藪の中にいたあの子供に、どうも追われている気がしてならない。その正体が何なのか全く見当もつかないが、後ろからあれが迫っていることだけは、どうやら間違いなかった。

野辺送りのあとを追い掛けていたあの子供は、葬列が山の火葬場に着いたところで、その場に残ったのだろうか。ひょっとすると棺桶から屍体が起き上がったのは自然現象などではなく、やっぱり怪異だったのではないか。

そう思い直した途端、がばっと炎の中で起き上がった屍体の格好が、とても歪《いびつ》だったという恐るべき事実に、遅蒔《おそま》きながら私は気づいた。棺桶を覆った筵から飛び出した上半身と、その下部を蹴破って出た足とが、どうにも合わないのだ。明らかに離れ過ぎていた。幾ら火葬にされたとはいえ、そう簡単に遺体が半分に分かれるわけがない。

あれはまるで……。

最初から遺体がお腹の辺りで捩《ね》じれ、そのまま伸びていたかのようだった。或《あ》いは腹部で真っ二つに斬られている感じだろうか。だとしたらバラバラ殺人ということになる。鞘落《さやおとし》家の仏は殺されたのか。しかし一体、誰が……、何故《なぜ》……、何者によって……。

そう考え掛けたところで、私は引っ掛かりを覚えた。

お腹の辺りで捩じれて伸びている……。

何故かその表現に心が乱された。そこに忌まわしい何かが潜んでいるような気がしてならなかった。

ということは、あの異様な屍体そのものが怪異だったのか。あそこにいた得体の知れない子供によって引き起こされた、信じられない現象だったのだろうか。

と再び思い直したところで、私の脳裏に一つの言葉が浮かんだ。

のぞきめ……。

男の子か女の子か判断できなかったが、あれは少女だったのではないか。

野辺送りのあとについて歩く子供を目にして、「変だ、妙だ」と感じたのは、あの子が余りにも無防備だった所為《せい》だと、漸《ようや》く私は合点がいった。本人に禁忌が理解できなくても、親や周囲の大人たちが放っておく筈《はず》がない。普通の葬儀でもそうなのに、今回は鞘落家の弔いなのだ。いつも以上に呪《まじな》いと魔除《まよ》けを施すのが当たり前ではないか。況《ま》して子供に対しては、余計に神経を遣うのが本当だろう。

しかし、あの子は違っていた……。

そこまで考えたところで、ぞわぞわぞわっと全身に鳥肌が立った。山道の背後が堪《たま》らなく怖い。一刻も早くここから逃げたい。

した、した、したっ……。

だが後ろの足音は、先程よりもはっきりと聞こえている。確実に近づいて来ている。子供だと侮っていたら、そのうち追いつかれてしまう。

いや、ただの子供じゃない……。

思わず首を振って否定した私は、そこから形振《なりふ》り構わず走り出した。山道を踏み外して転げ落ちる怖さよりも、後ろから来る得体の知れないものに捕まる恐ろしさの方が、数十倍も強烈だった。

結果的に、この走りが幸いした。何とか無事に山道を下り切り、真磊《まらい》の集落に戻ったところで、誰かがこちらへ遣《や》って来たからだ。咄嗟《とっさ》に民家の陰に隠れると、すぐ側をショウスケたち数人が駆け抜けて行った。殿《しんがり》にはシゲの姿もあったので、かなりの速度で彼は山道を下ったことになる。もしまだ私が愚図々々していたら、青年団たちと山道の途中で出会《でくわ》していたに違いない。

助かった……。

と思うと同時に、ショウスケたちがあの子供と遭遇するのではと心配になった私は、暫《しばら》く小山を眺めていた。だが、山の方からは特に悲鳴も聞こえてこない。彼らの点《とも》す洋燈《ランプ》の明かりが、ちらちらと瞬いているだけである。

大丈夫らしいと確かめたところで、私は旅行鞄《かばん》を忘れていることに気づいた。山道を引き返すのは厭《いや》だったが、鞄を捨てるわけにもいかない。小走りに見覚えのある藪まで戻ると、鞄を両手に抱えて山道を駆け下りた。

そこからは真磊の集落を南へと、南磊《なんらい》を目指して歩き出した。ただし、人っ子ひとり歩いておらず、しーん……と静まり返っているのは夕方と同じである。異なるのは各戸の窓に灯が点っており、村人たちが家の中にいるのが分かることだった。もしかすると鞘落家の葬儀の納骨が済むまでは、この状態が続くのかもしれない。

真磊の外れまで来ると民家が疎《まば》らになり、そのうち一軒も見掛けなくなった。平地が窄《すぼ》まって山容が迫る中に、蛇行した暗い道が延びている。北磊《ほくらい》と真磊を結ぶ道は短かったが、どうやら真磊と南磊を繋《つな》ぐ道は、かなり長いらしい。遠くの方の小山と小山の狭《はざ》間《ま》に、南磊の集落の明かりらしき輝きが、ぽつん、ぽつんと疎《まば》らに望めた。これは侶磊《ともらい》村の入植が六僧《むそう》峠側から北磊、そして真磊へと進んだのに対して、南磊だけは六武峠側から始まった影響だろうか。

私は全く明かりのない夜道を歩きながら、北磊と真磊の地理的な近さと、その二つの集落と南磊の離れ具合を、身を以《もっ》て体感していた。相変わらず空は曇っていたが、薄暗がり程度である。そのため夜道を辿るにも、大して苦労はしない。とはいえあんな体験をしたあとだけに、どうしてもびくついてしまう。

後ろからあれが跟《つ》いて来ていないか……。

それが気になって仕方ない。何度も振り向いて確かめるのだが、一向に安心できない。背中を見せた途端、すうっと真後ろに現れるような気がする。だから振り返ってみずにはいられない。この繰り返しだった。

そうやって何度も背後を確認しながら、夜道を歩いていたときである。

「そこにおるのは誰かぁ！」

行き成り誰何《すいか》され、丁度《ちょうど》後ろを向いていた私は、仰天して前に向き直った。

「村の者やないな」

すると前方から、提灯《ちょうちん》を持った人物が近づいて来た。目を凝らすと、どうやら野辺送りにいた僧侶《そうりょ》らしい。

「東京から来た学生です」

相手の正体が分かって一先《ひとま》ず安堵《あんど》した私は、正直に応《こた》えた。

「何で東京の学生が……」

訝《いぶか》る僧侶が「まさか、あんた」と声を上げたのと、私に二つのある見当が浮かんだのが、ほぼ同時だった。

「失礼ですが、心願寺《しんがんじ》の雑林《ぞうりん》御住職ですね」

「そんな大層なものやのうて、儂《わし》はただの坊主やけどな。まぁどうでも宜《よろ》しい。そういうあんたは、ひょっとして鞘落のとこの惣一《そういち》のご学友やないか」

「はい。惣一君から御住職のことは、よく伺っておりました」

無論はったりだったが、私は自分の二つの見当に自信があった。その一つは、石臼《いしうす》の蕎麦《そば》屋の老婆マツが言っていた雑林住職こそ、目の前の人物ではないかということ。そしてもう一つは、惣一が口にしていた「ある人」こそ、その心願寺の住職だったのではないかという推測である。

「やっぱりそうか」

「四十澤想一《あいざわそういち》と申します」

私は自己紹介をしながら、鞘落惣一との付き合いを簡単に説明したあと、

「もっと早くに彼のお墓参りをしたかったのですが、なかなか時間が取れないうちに、ずるずると延びてしまいまして。それで今回はお盆の帰省に合わせて、こちらを訪ねよ

うと思った次第です」

「それはよう見えられた」

住職は私を労《ねぎら》いつつも、次の言葉に困っているような様子だったので、

「……鞘落家の事情についてですが、少しは存じているつもりです」

躊躇《ためら》いがちにそう伝えると、大きな溜息《ためいき》を吐いてから、

「儂のことを惣一から聞いとるんやから、あの家の問題についても教えてもろとると考えるんが、まぁ当たり前か」

それに気づかなかった自分を反省するように、雑林住職は己の剃髪《ていはつ》した頭を一つ叩《たた》いた。

「しかしまぁ、何でこんな遅うに来たんや」

「はぁ、実は――」

総名井《そうない》村で鞘落家の葬儀を耳にして、今なら惣一の墓参もし易いと考えたことを、包み隠さずに話した。ただし侶磊村を訪れてからの体験は、まだ黙っておいた。

「成程な。それはよう考えたもんや」

誉められているのか、皮肉を言われているのか、どちらか分からなかったが、住職は私を促して南磊の方へ歩き出した。

「何処かへ行かれる途中ではありませんでしたか」

「そうやが、まぁ何とかなるやろう」

雑林住職にすれば来た方へと戻ることになる。それを心配して尋ねたのだが、その返答にどきっとした。もしかすると住職は、火葬場の様子を見に行くつもりだったのではないか。もしそうなら邪魔をしない方が良い。しかし、あそこでの体験を話すには、まだ躊躇いを覚える。惣一の話に出てきた「ある人」の印象から、決して悪い人物ではないと感じるのだが、そう判断するのは幾ら何でも早計かもしれない。

私はかなり慎重になっていたと思う。

「それにしても惣一は、可哀想なことをした」

雑林住職は提灯で夜道を照らしつつ、勿論《もちろん》そんな私の思いなど知らずに、残念そうな口調で唐突に呟《つぶや》いた。

「民俗学の調査と研究に、漸《よう》く本格的に打ち込み始めたところでしたからね」

「その動機の大本が何処にあったんか、惣一から鞘落家の話を聞かれておるのなら、大凡《おおよそ》は分かるわな」

「……はい」

「村で大学まで進んだのは、砥館《とだて》家の者と惣一だけやった」

「田舎特有の迷信を、学問の力で払拭《ふっしょく》したいと考えたからでしょうか」

この侶磊村の鞘落家に関しては、迷信で済む問題ではないだろう……と既に身を以て体感していたが、住職には常識的な物言いをした。

「いや、単にここから出て行きたかったんやろう」

しかし雑林住職も、敢《あ》えて外したような答えを返してきた。そこで私も遠慮なく、こう尋ねた。

「それが民俗学に興味を持ち、しかも異人《まれびと》殺しや憑《つ》き物信仰など、怪異的な題材ばかりに注目したのは、どうしてですか。そもそも御住職は、彼が大学で専攻した史学科の日本史ではなく、そういう方面に熱心だったのをご存じでしたか」

後半の問い掛けに、まず雑林住職は首を振ってから、

「民俗学の怪異的な部分を学ぼうとしたんは、幾ら古里を捨てようとしたところで、やっぱり生家の呪縛《じゅばく》から逃れられんかったからやないかな」

「……矢張りそうですか」

「あとは惣一自身も興味があったからやろ」

「と仰《おっしゃ》いますと」

「青年団に入る歳になった頃から惣一は、うちの寺に来ると侶磊村の歴史や因習について、儂にあれこれと訊《き》くようになってな」

村八分にされた鞘落家の者だから、当然その村の組織である青年団には入れない。思春期の惣一は何を考えて、心願寺の住職を訪ねたのか。その当時の彼の気持ちを忖度《そんたく》して、私はどうにも胸が痛んだ。

「御住職は郷土史家としての知識を、彼にお与えになったわけですね」

「そんな大層なものやない」

否定しながらも雑林住職は、満更でもない様子である。

「ご専門の範囲は、梳裂山地《すくざ》一帯ですか」

「そうなるかなぁ。無論この侶磊村が中心やけどな」

住職と話しているうちに、南磊の集落に入っていた。暗くて全体の把握は難しかったが、北磊よりは小さいように映った。

「ほれ、あそこで篝火《かがりび》が焚《た》かれとるやろ」

雑林住職が指差した右斜め前方には、高い山か崖《がけ》のような影が、薄暗がりの中に微《かす》かに浮かび上がっている。その中腹の辺りに幾つもの炎が、まるで狐火のようにゆらゆらと揺らめいて燃えていた。

「あれが鞘落家や」

遂に来てしまった……と、今更ながらに私は緊張した。それが伝わったのか、住職はのんびりとした調子で、

「在学中に惣一から来た手紙で、あんたのことを儂はよう知っとるんやと、鞘落家には紹介しよう思うとる」

「……あ、ありがとうございます」

私は一礼してから、そう言えばまだ肝心なことを尋ねていなかったと、遅蒔《おそま》きながら気づいて慌てた。

「ところで、亡くなられたのは何方《どなた》なんですか」

「あっ、そうか。ご存じなかったんやな」

住職は自分の禿頭《とくとう》をぺしゃっと叩くと、

「仏は小能枝刀自《このえとじ》ですわ。惣一の父方の祖母に当たるお人でな」

「ご病気でしたか」

「そうなんやが……」

バラバラ殺人の被害者という信じられない可能性も考慮していた私は、逡巡《しゅんじゅん》するような雑林住職の返答に、もしや……と緊張した。だが、やっぱり考え過ぎだったらしい。

「臥《ふ》せたんは、惣一死亡の知らせが届いたその日やった」

「……ご心痛の余りでしょうか」

「とても仲のええ、祖母と孫でしたからな」

自分の莫迦《ばか》げた推測が、本当に恥ずかしくなった。そう感じるや否や、惣一に対する想いが胸の奥から込み上げてきた。

「無理もありません。私も暫《しばら》くは何もする気が起こらなくて……。お墓参りが遅れたのは、その所為《せい》もあると思います」

実際はもっと複雑な精神状態だったが、それを住職に説明しても意味がない。第一どう話して良いのかも分からない。

「どうやら惣一は大学生活での学友に、とても恵まれていたようですな」

そのため住職に、そんな風に感情を込めて言われ、私は大いに戸惑った。

「ど、どうでしょうか。仲が良かったのは事実ですが……」

「つまり友達だったわけや」

「はい。私も彼も人見知りをする方でしたので、お互い数少ない友達の一人——いえ、唯一の親友だったと思います」

「なら考えてご覧なさい。ここで生まれ育った惣一にとって、そういう友を持てたことが、どれほど嬉《うれ》しかったかを」

「……そうですね」

「しかも亡くなったあとまで、その付き合いを続けようとなさっとる」

それが惣一との友情のためだけでなく、鞘落家に対する興味にも因《よ》っていることを、雉林住職には見抜かれているのではないか。ふと、そんな気がした。

「惣一君の菩提《ぼだい》を弔いたいという気持ちに、勿論嘘はありません」

だから私は先手を打っておいた。

「ただ、彼から聞いた鞘落家の怪異伝説に惹《ひ》かれて、この村を訪れたいと思ったのもまた事実です」

「ほうっ、正直なお人やな」

住職は頻《しき》りに感心したが、こちらの思惑など疾《と》っくにお見通しなのかもしれない。だが、それならそれで都合が良い。私としても話がし易くなる。そう考えていると、意外にも先に同じような台詞《せりふ》を吐かれて驚いた。

「いや、あんたにその気があるなら、こりゃ話が早い。実はな、惣一が死んだときの状況を知っとったら、詳しゅう教えて欲しいんや」

「えっ」

「大学から鞘落家に説明はあったんやが、民俗調査地での事故いうだけで、それ以外は大したことが分からん。惣一が落ちた崖の状況や、彼が何を調べとったのか、そういう情報は確かにあった。せやけどな、儂《わし》はもっと突っ込んだ話が聞きたいんや」

「そのとき惣一に、何か異変が起こっていなかったか……」

「正にそういうことや」

雑林住職が立ち止まったのは、鞘落家へと続く坂道の下だった。見上げると小山の中腹に石垣が組まれ、その上に長屋門を中心に白壁の塀が左右に延びており、塀の向こうに大きな屋敷が顔を覗《のぞ》かせている。全体の造りこそ違え、砥館家の構えと似ている気がしたのは、矢張り村一番と二番の旧家だからだろうか。

「着いてしもたな」

私が感慨深げに鞘落家を眺めている横で、住職の残念そうな声がした。

「こんなとこで立ち話するわけにもいかん。四十澤さんと仰ったな。あんた、明日《あした》の午後からでも寺を訪ねて下さらんか」

「はい。喜んでお邪魔させて頂きます」

「ほな、そういうことで――」

さっさと雑林住職が先に立って歩き出したので、私も慌ててあとに続いた。ただ、その背中を見詰めながら、どうにも腑《ふ》に落ちない感覚に囚《とら》われていた。

住職からは、私を惣一の学友として、大いに歓迎したいという気持ちを強く感じた。それは間違いなかった。しかしその一方で、全く逆の感情――本当はすぐにも追い返したいと思っている――が、ちらっと垣間《かいま》見えた気がしたのだ。具体的な言動があったわけではない。飽くまでも私が、そう感じただけに過ぎない。だから私の勘違いということもある。だが、どうにもそれが引っ掛かった。

鞘落家の坂道は一度「く」の字に折れ曲がって、更にもう一度「く」の字とは逆方向に折れる九十九《つづら》折りだった。二度目の角を曲がってそのまま上がると、両脇の篝火に照らされた長屋門の前に着く。三本脚で立つ篝火の真下には両方とも鎌が吊《つ》り下げられ、門の両側には砥館家と同様の大きな鮭の切り身が、矢張り赤旗のように据えられている。

長屋門を潜って敷石伝いに玄関まで進むと、黒の喪服を着込んだ三十前後くらいの美しい女性が、すっと奥から姿を現した。

「これは御住職様、遠い道程《みちのり》をありがとうございました」

そう言って丁寧に頭を下げる彼女に、

「それがな、ちょっと珍しい客人と会《お》うたもので、まだ様子を見に行っとらんのや」

雑林住職が禿頭をぺたぺたと叩《たた》きながら返答したので、矢張り火葬場に行くつもりだったのだろうと私は思った。

だが女性は、そのことよりも「客」という言葉に反応したようで、

「お客様、でございますか」

頭を上げると小首を傾げた姿で、真っ直ぐにこちらを見詰めた。その様が黒の喪服にも拘《かかわ》らず、もしくはそれ故にか何とも色っぽく映り、私はどぎまぎしてしまった。

「こちらはな、四十澤想一さんいうて、惣一のご学友やったお人や」

「えっ……」

女性は心底驚いたらしい。だが、その驚きの表情の中に喜びや悲しさなど様々な感情が、すぐに交ざり出したように映った。

「惣一からの手紙でな、儂も四十澤想一いう友達がおることは知っとったけど、会うのは初めてでな。お盆の帰省の途中で、惣一の墓参りに寄って下さったんや」

「態々《わざわざ》ありがとうございます」

女性が深々と頭を下げると、住職が紹介してくれた。

「この人は惣一の兄、いうても腹違いやけど、その兄の勘一《かんいち》の奥さんで、季子《ときこ》さんや」

腹違いという言葉に、鞘落家の複雑な人間関係が垣間見える――それと住職の性格と村での地位が分かる――気はしたが、勿論《もちろん》それは噯《おくび》にも出さずに、

「大変お取り込み中のところ、このように突然お邪魔して申し訳ありません」

私は惣一の義姉の季子に、鯱《しゃちほこ》張った挨拶《あいさつ》をした。

「東京からお手紙をお出ししたとはいえ、矢張り事前にご都合を伺うべきでした」

「いいえ、とんでもございません」

そう返した季子の様子に、ちょっと私は引っ掛かった。言葉とは裏腹に彼女は手紙のことを知らないのではないか、と感じたからだ。惣一の両親宛てに出したため別に不思議ではない。ただこの手紙の件で、季子が動揺したように映ったのは何故なのか。

「どうぞお上がり下さい」

声を掛けられ、はっと我に返った。彼女を見詰めながら、ちょっと考え込んでしまっていたようだ。

「は、はい。失礼します」

私は慌てて返事をしながら靴を脱いだ。季子が荷物を持とうとしたので遠慮したのだが、すっと私の手から取ってしまった。

彼女の案内で廊下を奥に進んでいると、半歩ほど前を行く雑林住職が、片手で口を隠して振り返りながら囁《ささや》いた。

「こんな田舎の旧家には勿体《もったい》ない、綺麗《きれい》な人やろ」

どうやら玄関での私の態度を誤解したらしい。

「村の人ではないようですね」

しかし言い訳はせずに、そう囁き返したのだが、住職は無言で頷《うなず》いただけだった。

「こちらで少しお待ち頂けますか」

季子が客間らしき部屋に私を通すと、雑林住職が徐《おもむろ》に、

「まずは小能枝刀自のお弔いをして、それから仏壇の惣一に参るのがええやろ。墓参りは明日いうことでどうや」

「はい。それで結構です」

一旦《いったん》その部屋で私は独りになったが、すぐに季子が迎えに来た。

「お待たせしました。どうぞこちらへ」

先に立って歩く彼女のあとに続くと、大きな広間に連れて行かれた。元は二部屋か三部屋だったところを、境の襖《ふすま》を外して大広間にしたのだろう。

その広間の奥には祭壇が据えられ、小能枝と思われる老婦人の写真が正面に見える。祭壇の左右には黒い喪服を着た人たちが、ずらっと廊下の側まで列になって座っており、その間を手伝いの女性たちが酒の徳利《とっくり》や料理の小鉢を盆に載せて、忙しそうに立ち働いていた。規模の違いこそあれ、田舎では珍しくない葬儀の眺めである。

そんな光景が一度に目に入ってきたのだが、次の瞬間、私はその場にいる十数人全員に、一斉に見詰められていた。ある者は杯を口に運び、ある者は箸《はし》で料理を摘《つま》み、ある者は隣の人に徳利を傾け、という状態で固まったまま、只管《ひたすら》こちらを凝視している。

異様だったのはそれだけではない。私が姿を見せた途端、全員の身動きが止まったのは本当だが、その前から全く話し声がしていなかった。幾ら葬儀がしめやかなものでも、これだけの人数が一堂に会していれば、ひそひそ声くらいは漏れる。そういう気配は廊

下にいても必ず伝わってくる。しかし、私の耳には一切届かなかった。つまり全員が一言も喋《しゃべ》らずに、ただただ飲食していただけだったことになる。

　そういった不自然な無言の会食に、今度は少しも身動きしないという要素が加わった所為で、大広間には何とも言えない異様な雰囲気が漂い始めた。その歪《いびつ》な空気を一身に浴びた私は、正に針の筵《むしろ》に座ったような気分だった。怖いほどの静寂の中で、額と背中に思わず厭《いや》な汗を流したほどである。

「おぉい、こっちや」

　恐るべき静かさを無頓着《むとんちゃく》に破ったのは、雑林住職の声だった。見ると、祭壇の左手すぐに住職の姿がある。その隣に無人の膳《ぜん》が設けられており、どうやらそこに座れということらしく、頻《しき》りに手招きしている。

「いえ、そんな上座は……」

　自分には相応《ふさわ》しくありません、と言おうとした。第一あそこでは目立ち過ぎる。この尋常ではない雰囲気の中、あんなところに座る勇気などとても持ち合わせていない。

　だが、こちらの逡巡《しゅんじゅん》を逸早《いちはや》く察したらしい季子に、

「そんなことはありません。惣一さんの大切なご学友なのですから。さぁ、ご遠慮なさらずにどうぞ」

　そう言われて促されては、流石《さすが》に断わり切れない。

　仕方なく私は左列の後ろを回って奥へと進んだ。その間もずっと全員の視線を浴びて

いたお蔭《かげ》で、大した距離ではないのに物凄《ものすご》く長く感じられた。唯一の救いは、目指す先に住職の姿があったことだろうか。

「失礼します」

一礼して雑林住職の隣に腰を下ろした途端、安堵《あんど》の溜息《ためいき》が出たほどだ。

「こちらが、儂《わし》が先程お話しした学生さんで、惣一のご学友やった四十澤想一さんや」

しかし、すぐに住職の紹介が始まり、再び私は緊張した。

「正面に座ってはるのが彼のご両親で、義一《ぎいち》さんと訓子《のりこ》さんや」

父親の義一は背がない分、横に恰幅《かっぷく》が良くてがっしりとしており、ひょろっとした惣一とは少しも似ていない。良く言えば林業で財を成した旧家の当主としての貫禄《かんろく》が、悪く言えば先祖の家業を継いだだけの世間知らずの横柄さが、全身から感じられた。私に対して少しは興味を持ったようだが、決して歓迎している雰囲気ではない。

母親の訓子は、もっと若い頃は美人だったろうと思わせる容姿をしていた。ただし、その美しさが季子とは違い、とても冷たそうに映る。整った顔立ちにも拘らず何処か険があるのだ。私を見詰める眼差しは、まるで値踏みでもしているようだった。死んだ息子に線香を上げに来た学友に対するものでは、到底ない。

そんな私の気持ちを察したかのように、

「尤《もっと》も訓子さんは、惣一にとっては義母になるけどな」

雑林住職があっけらかんとした口調で、そう教えてくれた。耳打ちではなく普通の声音だったのが、如何《いか》にもこの住職らしい。

「ご、ご不幸中にも拘らず――」

取り敢《あ》えず私は常識的な挨拶と、お悔やみの言葉を述べることにした。如何に知らなかったとはいえ――本当は分かっていたわけだが――葬儀中の取り込んでいるところに、死んだ息子の友達というだけで、いきなり訪ねて来たのだ。こちらの非礼を詫《わ》びるのが、この場合は矢張り筋だろう。

ただし、しどろもどろになりながら口にした私の挨拶に、義一は軽く頷いただけであり、訓子は全くの無反応だった。

ここに来る途中で雑林住職に出会えたのは、つくづく僥倖《ぎょうこう》だったな。

二人の態度を目にして、私は改めてそう感じた。もし私が独りで鞘落家を訪ねていれば、門前払いを食っていたのではないか。そんな事態が起きないようにと、葬儀が終わる前に訪問しようと考えたわけだが、義一と訓子を見る限り、私の計画など通用しなかったに違いない。住職の口利きがあったればこそ、鞘落家に上げて貰《もら》えたのだ。

「訓子さんの隣が、惣一の兄の勘一さんや」

体格は父親の義一から、性格は母親の訓子から受け継いでいるに違いないと、何故か一目で分かった。私に向けた一瞥《いちべつ》は、完全に招かれざる他所者《よそもの》を睨《ね》めつけるものである。

「勘一さんの隣の子が――」

両親と兄の冷たい視線に、私は憂鬱《ゆううつ》な気分になっていたが、勘一の隣に座る子供を目にした途端、思わず顔が綻《ほころ》んだ。なぜなら火葬場で葬列の後ろから顔を覗《のぞ》かせ、最初は女の子と間違いそうになった、あの可愛らしい男の子だったからだ。

「勘一さんと季子さんの子ぉで、昭一《しょういち》君や。惣一には甥《おい》っ子になるな」

昭一は好奇心一杯の眼差《まなざ》しで、凝《じ》っと私を見詰めている。きっと村外の人といっても、総名井村の者しか見たことがないのかもしれない。

「こちらの惣一君とは、随分親しくされていたのかな」

右横から突然、声を掛けられた。顔を向けると、勘一のように体格の良い五十代の男性が座っていた。表情は険しかったが、温かみを感じさせる眼差しである。

「そちらのお方は、砥館家当主の寉蔵《かくぞう》さんや」

透かさず雑林住職に紹介されたので、私は挨拶《あいさつ》をすると共に、惣一とは専攻が同じで仲が良かったことを話した。

「つまり惣一君はあなたという友達もできて、有意義な大学生活を送れたわけや」

「私の存在がそれに、どれほど貢献したかは分かりませんが……」

「いやいや、あんたのような学友を持てて、きっと彼も嬉《うれ》しかった筈《はず》や」

「……ありがとうございます。惣一君は学問に励み、また学生生活を楽しんでいました。兎《と》に角それだけは確かです」

「そうですか」

微笑むまではしなかったが、明らかに喜んでいる寉蔵の顔を見て、私は隣にいる人物こそが惣一の父親のような気がした。

その後も専《もっぱ》ら喋るのは雑林住職独りで、あとは寉蔵が大学での惣一の様子をぽつりぽつりと、私に尋ねるくらいだった。葬式のように暗い、または静かな……という表現があるが、鞘落家の野辺送りのあとの膳の雰囲気は、正に文字通りの有り様だった。

理由は明らかだろう。相互扶助の精神から野辺送りに参列し、こうして葬儀後の膳にもついたものの、普段から村八分をしている手前、どうにも会話が弾まない。かといって鞘落家の者を全く無視して、自分たちだけで喋るのも気が引ける。恐らく初七日が済んだ精進落としの席も、こんな具合になるのだろう。それとも集落の人たちが関わるのは、通夜と葬儀だけなのか。

もしかすると集落の女性たちが手伝いに入っている勝手の方が、活気に溢《あふ》れて賑《にぎ》やかなのかもしれない。

何とも居心地の悪い思いをしながら、私がそう考えていると、

「どれ、ちょっと様子を見て来るか」

よっこらしょとばかりに雑林住職が、横で急に立ち上がった。

「ああ、見送らんでええ」

透かさず席を立ち掛けた季子を、住職は片手を振りながら断わると、

「四十澤君に送って貰うから大丈夫や」

と言いつつ私の肩に手を置いた。結構聞こし召しているようで、どうも足元が覚束な

い。こんな状態であの小山を登れるのかと案じたが、急《せ》かされたので一緒に廊下へ出た。

「今夜はもう戻らんからな」

とはいえ喋りは意外にしっかりしている。

「皆も疲れが出んうちに、ほどほどでお開きにしたらええ」

廊下から大広間の全員に声を掛けると、私を促して玄関へと向かった。

「ちゃんと食べたか」

「……はい。お喋りをする雰囲気ではありませんでしたので」

「せやから誰もが只管《ひたすら》、飲んで食うとったわけや」

「鞘落家の葬儀だったから、ですか」

「まぁそういうことや」

お互い囁《ささや》き声で会話をしながら玄関に着くと、今度は門の外まで送れと言われた。

まさか……。

火葬場まで同行させる気ではないだろうな、と私は警戒した。しかし、この住職に逆らうわけにもいかない。

戦々恐々の面持ちで長屋門を出ると、雑林住職が更に声を落としてこう囁いた。

「ええか。この家で何を見ても、聞いても、感じても、絶対に知らん振りをすることや。分かったな」

八

　私が大広間に戻って幾らもしないうちに、次第にざわつきが起こり始めた。行き成り皆が喋《しゃべ》り出したわけではない。相変わらず口を開く者はいなかったのだが、誰もが落ち着きをなくしたように、そわそわとしている。それが次第に集まってまとまり、まるで無音の囁きとでもいうべき気配と化したような感じだった。

「どうでしょうな」

　すると砥館《とだて》家の寉蔵《かくぞう》が、鞘落《さやおとし》家の義一《ぎいち》に声を掛けた。

「御住職が言われたように、皆さんもお疲れでしょうから、今夜はこの辺りでお開きということにされては」

「ああ、そうですな」

　義一が感情の籠《こも》らない口調で返した途端、大広間は一気に声にならない安堵《あんど》の溜息《ためいき》に満たされた。

　誰もが一刻も早く帰りたがっている。

　その場の奇妙な空気の意味を悟った私は、思わず鞘落家の人たちに同情した。だが、義一も訓子《のりこ》も勘一《かんいち》も何とも感じていないのか、極めて平然としている。季子《ときこ》だけが素早く席を離れたのは、参列者たちを見送るためだろうか。

雀蔵が帰り仕度を始めるのを待っていたように、村人たちも次々と席を立ち出した。大広間がほぼ空っぽになるのは、あっという間だった。ほぼというのは、私と昭一《しょういち》少年の二人が残っていたからだ。

しかし、子供相手に何を言えば良いのか分からずに困った私は、

「お祖母《ばあ》さんは残念だったね」

取り敢えず無難な台詞《せりふ》を口にした。

「惣一《そういち》兄ちゃんの方が悲しかった」

ところが、思いもよらぬ反応があって驚いた。昭一にとっては叔父《おじ》だが、そんな風に呼んでいたということは仲が良かったのかもしれない。

「よく遊んで貰ってたのかな」

「うん。面白いお話も一杯してくれたし、怖い本も沢山貸してくれた」

史学科の日本史を専攻した癖に、惣一は通俗小説に興味を持っていた。そんな趣味も私と同じだった——と懐かしく思い出したところで、惣一がこの少年くらいの子供を目にしたときに見せた、あの何とも言えぬ彼の眼差しが、ふっと脳裏に蘇《よみがえ》った。もしかすると惣一は外出先で擦れ違う少年少女たちの中に、この可愛がっていた甥《おい》の面影を捜していたのかもしれない。

「そうか。だったら惣一兄ちゃんが亡くなって、昭一君も淋《さび》しいよな」

少年は一旦《いったん》こっくりと頷《うなず》きながらも、何故か次第に弱々しく首を振り始めた。

「えっ、違うのかい」

「ううん、とても悲しくて淋しかった……」

「そうだろうね」

「でも、今は……」

思い詰めたように俯《うつむ》いてしまった昭一を見て、不甲斐《ふがい》なく私がおろおろしていると、

「……怖い」

全く思いもしなかった言葉が、少年の口から零《こぼ》れた。

「惣一兄ちゃんが？　死んだ彼が怖いっていうの」

再びこっくりと昭一が頷く。

「どうして」

膳《ぜん》の前に身を乗り出した私に、昭一はひそひそ声で、

「大お祖母ちゃんを引っ張ったから……」

「…………」

余りにも意外な返答に、私は言葉が出なかった。弔いの対象である筈《はず》の惣一が、一気に怪異の側へと変化してしまった。まるで歌舞伎の早変わりを見せられた気分である。

ちなみに昭一にとって小能枝《このえ》は大お祖母ちゃんであり、訓子がお祖母ちゃんなのだろう。

「そんなこと、誰が言ったの」

漸《ようや》くそう訊《き》くと、少し困った表情で昭一が、

「皆が噂しとる。この家の中でも、南磊《なんらい》でも、侶磊村《ともらい》でも……」

「けど、惣一兄ちゃんが大お祖母ちゃんを引っ張る理由なんて、何もないんじゃないか」

「どういうことですか」

いきなり昭一の口調が丁寧になったので、場違いにも私は微笑みそうになった。

「大お祖母ちゃんにとって惣一兄ちゃんは、可愛い孫だったわけだ。だから惣一兄ちゃんが死んで、大お祖母ちゃんは悲しさの余り寝込んでしまった。それほど惣一兄ちゃんのことを想っていたんだな」

「はい、そうやと僕も思います」

「つまり、そんな大お祖母ちゃんが先に死んでしまい、それで惣一兄ちゃんを引っ張ったというのなら話は分かる。けど、その逆はどうだろう。むしろ孫に先立たれた所為《せい》で、生きる気力をなくした大お祖母ちゃんが、死期を早めてしまった。寿命を縮めてしまった。そう考える方が自然じゃないか」

「……何とのうですが、分かる気はします」

惣一の甥だけあって、少年は聡明《そうめい》そうだった。

「でも、惣一兄ちゃんは小さい頃から、ずっと大お祖母ちゃん子やったって聞きました。せやから死んでしもうた惣一兄ちゃんが、淋しいからいうんで、やっぱり大お祖母ちゃんを呼んだんやないですか」

私が何も答えられないでいると、年配の女性が昭一を呼びに来た。鞘落家の女中というより、少年への接し方から彼の乳母なのかもしれない。

こちらには一瞥《いちべつ》をくれただけで、さっさと昭一を大広間から連れ出そうとした。だが、次の間へ入ったところで、その女性は急に振り返ると、

「あっ、もう暫《しばら》くお待ち下さいと、若奥様が言《ゆ》うとられました」

若奥様というのは季子で、恐らく今は参列者たちの見送りの最中なのだろう。数時間前に会ったばかりなのに、普段から鞘落家と村人たちの間に立って苦労しているのではないか、と既に私は同情にも似た気持ちを彼女に抱いていた。

「分かり……」

ましたと言う前に、次の間に続く襖《ふすま》がぴしゃっと閉まった。こちらに振り向き掛けた昭一の横顔が、ちらっと見えただけだった。

独りになった途端、大広間の静けさが気になり出した。村人たちが大勢いたときも話し声は殆《ほとん》どなかったので、静寂という意味では同じ筈《はず》なのに、実際は全く違う。幾ら喋らなくても矢張り人の存在は大きい。仮にそれが子供一人だったとしても。

行き成り自分だけ取り残されたような――本当にそうだったわけだが――心細い気分で座っていると、微《かす》かに物音が聞こえた。

みしっ……。

家鳴りである。別に珍しくはないが、流石《さすが》にどきっとした。

みしっ……。

また聞こえた。これほどの旧家で、これほどの規模があるのだからと思うのだが、余り良い気持ちはしない。

みしっ……。

況《ま》してその家鳴りが、まるで移動しているかのように聞こえては、尚更だろう。いや、実際に廊下を歩いているのではないか。それも大広間へと近づいている気がする。

みしっ……。

私は反射的に物音がした方に顔を向けた。そこは大広間の下座の隅だった。廊下と部屋を隔てる柱と、次の間の襖が見えているだけで何もない。廊下は薄暗かったが、誰かが遣《や》って来る気配は感じられない。

やっぱり家鳴りか……。

と思っていると柱の陰から、ゆらぁっと揺れるように顔が覗《のぞ》いた。子供だった。半分は隠れるようにして、片目だけでこちらを見遣ると、そのまま引っ込んだ。

何だ、昭一君か……。

と思ったのも束の間、すぐに違うと分かった。その子の頭がお河童《かっぱ》だったからだ。

昭一君のお姉さん……。

と考えたところで、私の顔が強張《こわば》った。

鞘落家には女児が生まれなくなってしまった……。

惣一との会話の中で耳にした、彼の台詞が忽《たちま》ち脳裏に響く。巫女《みこ》体質の娘たちを家に入れているうちに、女の子に恵まれなくなったと、確かに彼は言っていた。

では、あの薄暗い柱の陰からこちらを覗いた女の子は、一体何処の子なのか。南磊の集落の子供か。しかし、親は疾《と》っくに帰っている。そもそも我が子を葬儀に連れて来るわけがない。ひょっとするとあれは断髪の男の子で、昭一の兄弟なのだろうか。

ゆらぁっと揺れながら、またその子の顔が覗いた。矢張り顔半分だけの片目で私を見やると、すぐ柱の陰に隠れる。

遊んでるのか。

そう思った私が立ち上がって、その子のところへ行こうとしたときだった。どたどたどたっと廊下から足音がして、五、六人の女性が大広間に入って来ると、膳を片づけ始めた。鞘落家の女中たちか、集落から手伝いに来た奥さんたちだろう。いずれにしろ誰も私など眼中にないらしく、黙々と膳の上に膳を重ねている。

彼女たちの勢いに、私はたじたじとなったが、

「あ、あの……」

近くまで膳を片づけに来た一人に、思い切って声を掛けた。

「今、廊下にいたのは昭一君ですか」

女性は手を休めずに、ちらっと私に目をやると、

「坊っちゃんは、フサさんのとこや」

恐らくフサというのは、先程の乳母のような女性だろう。矢張りあの子は昭一ではなかったのだ。そう私が思っていると、女性がとんでもないことを言い出した。

「せやから廊下には、誰もおらんかったけどな」

「えっ……」

最早《もはや》こちらには見向きもしない女性に、

「で、でも、子供が……」

「この家の子供は、坊っちゃんだけや」

私に後ろ姿を見せたまま、何段にも重ねた膳を器用に持って、女性はさっさと大広間を出て行ってしまった。あとに残った女たちもすぐにいなくなり、またしても私だけが取り残された。

あの女性には見えなかった……。

問題の柱を見詰めながら、そう考えた私は愕然《がくぜん》とした。

いや、きっと女性たち全員が、子供なんて目にしていないのだ。

なぜならシゲも、火葬場にいたあの子供が見えなかったではないか。

つまりあの無気味な子が、私に跟《つ》いて来てしまったということなのか。

しかし、どうしてシゲや女性たちには見えないのか。鞘落家の人間ではないからか。南磊の集落から来た手伝いや、青年団の一員に過ぎないからか。だが、それなら私も関係ない筈《はず》ではないか。鞘落家の女中や集落の奥さんたちやシゲと同様、この家とは何の関わりもない者だ。あんなものを見てしまう謂《いわ》れは一切ないのだ。

そのとき私は、ふいに雑林《ぞうりん》住職の忠告を思い出した。

この家で何を見ても、聞いても、感じても、絶対に知らん振りをすることや。

どうして住職は、私があれを見るかもしれないと考えたのだろう。何故あれと関わるかもしれないと思ったのだろう。

大広間に独りで座っているのが、次第に怖くなってきた。とはいえ勝手にうろつき回るわけにもいかない。どうしたものかと中腰になっていると、また足音が聞こえてきた。

みしっ、みしっ、みしっ……。

既に視線は例の柱へと向けられていた。見たくないのに釘《くぎ》づけになっている。

みしっ、みしっ……。

柱の陰から季子が現れた。

「すみません。惣一さんの大事なお友達を、こんな風に長いこと放ったらかしにしてしまいまして」

私は気づかれないように、安堵《あんど》の息を大きく吐き出した。無意識に余計な力が身体に入っていたらしい。

「遠いところをお疲れになったでしょう。どうぞお風呂《ふろ》にお入り下さい。お荷物は離れに置いてありますので、まずお部屋に行ってから、お風呂までご案内します」

「きょ、恐縮です」

何とも堅苦しい挨拶《あいさつ》を口にして、私は彼女のあとに続いた。

鞘落家は静まり返っていた。東京と違って田舎の夜が静かなのは当たり前だが、この家の静寂は兎《と》に角無気味だった。葬儀の夜だからかと思ったが、いつも同じなのかもしれない。こういう環境が惣一の内向的な性格を育《はぐく》んだのだろうか。少なくともその一因には違いない。

離れは母屋の東の端にあった。季子に尋ねると、六武《ろくぶ》峠に通じる山道は案外近いらしい。ただし、このまま鞘落家の敷地伝いに行くのは難儀なので、一旦《いったん》門から出て南磊の集落を抜ける必要があるという。

「尤《もっと》もこちら側から峠を越える者は、そう滅多におりません。そもそも峠に行く用事がないこともありますが、あそこに近づくのは、村の誰もが嫌がりますからね」

「どうしてですか」

「……道が極端に悪い所為でしょうか」

私の問い掛けに、季子は態《わざ》とはぐらかすような返答をしたが、

「ですから四十澤《あいざわ》さんも、どうか独りでは行かれませんように、お気をつけ下さい」

すぐに注意を促したのは、矢張り何かあるからだろうか。突っ込んで尋ねたかったが、取り敢《あ》えず素直に「分かりました」と返事をすると、彼女は安心したように話を続けた。

「無涯《むがい》や名不知《なしらず》の滝方面から村に入るのは、専《もっぱ》ら旅の方ばかりです」

「今でも六武峠を越えて来るのは、矢張り宗教者が多いのですか」

「そうですね。行商関係の人は、殆《ほとん》ど六僧《むそう》峠から来られますね」

「宗教者の中に、巡礼の母娘《おやこ》は……」

「……おられます。ただ、六武峠を越えられる人自体が、昔に比べると減ってますので、それほど多くはありません」

その言い淀《よど》むような口調から、季子が鞘落家の負の歴史について知っているらしいと、私は当たりをつけた。こうして嫁入りしている以上、何の知識もないなど有り得ないことかもしれないが、そうと分かり正直ほっとした。

「最近ではどうですか。巡礼の母娘は来ませんでしたか」

「……さぁ。数年前に一組あったくらいでしょうか」

この話を彼女は明らかに嫌がっているようだった。悪いとは思いつつも、私は気づかない振りをして続けた。

「どんな母娘でした」

「……四国から来られたということで、お母さんは体調が優れないようなのに、六、七歳くらいの娘さんを連れていましてね。どんな事情があったのか分かりませんが、とても大変そうでした」

惣一が語っていた、正に最初の因縁ある母娘とそっくりな組み合わせである。

「こちらでお世話されたのですか」

依代《よりしろ》の鎮女《しずめ》にしたのか訊《き》きたかったが、流石にそこまでは突っ込めない。

「ええ。できる限りのことは……」

という季子の様子から、暫《しばら》くして母親は亡くなり、矢張り娘は狂い女《め》になってしまったのだろう、と私は悟った。

それを当たり障りのない言葉で尋ねようとしたが、どうにも無理だった。どんな訊き方をしても、彼女は傷つくに違いない。惣一が慕っていたかもしれない——いつしか私は何となくそう感じていた——義姉に、余り辛い思いはさせたくない。

「ところで、惣一君とは仲良くされていたとか」

勿論《もちろん》はったりである。彼から義姉の話など一度も聞いたことがない。しかし彼は、本当は話したかったのではないか。でも恥ずかしくて口にできなかった。私との付き合いがあのまま続いていれば、いずれ季子のことも教えてくれたような気がする。だから私は、彼女にそう言ってみた。

「まぁ」

途端に季子の顔が綻《ほころ》んだ。そして少しはにかみながら、

「惣一さんが、私のことをお話しされたのでしょうか」

「詳しくじゃありません。ほら、彼は恥ずかしがりやでしたからね」

「はい、照れ屋さんで……」

「ただ、あなたのことを口にしたとき、そんな風に感じるものがありました」

「……そうですか」

感慨深そうな季子の表情を目にして、私は良心が痛んだ。二人の大切な思い出の中に、ずかずかと勝手に入り込んでいる気がした。

「ああっ、すみません」

そのとき突然、季子が頭を下げた。

「肝心の惣一さんのお参りが、まだでしたよね」

「あっ……」

正直、私も完全に失念していた。お互い恥じるように顔を見合わせるばかりで、二人とも全く言葉が出てこない。

「こちらです」

一先《ひとま》ず彼女に促されて母屋へ戻ると、そのまま仏間に案内された。

仏間は母屋の南側にあって、部屋に入った正面の奥に仏壇が安置され、長押《なげし》の上には物故した先祖の遺影がずらっと並んでいる。遺影は肖像画が多かったが、かなり古い写真も見受けられたのは、当時の鞘落家の当主たちが新しもの好きだった証拠だろうか。惣一の遺影は一番端にあった。小能枝のものが見当たらないのは、納骨を済ませてから掲げるためかもしれない。

仏壇は田舎の旧家に相応《ふさわ》しく、何とも大きくて立派だった。仏様を祀《まつ》る宮殿の須弥《しゅみ》壇《だん》、仏壇上部の欄間の彫りもの、下部の蒔絵《まきえ》、木地に塗られた漆や錺《かざり》金具など、何処を見ても贅《ぜい》が凝らされている。

季子は燭台《しょくだい》に蠟燭《ろうそく》を立てて灯《とも》を点すと、仏壇の前に座布団を敷いてから、私に一礼して後ろに下がった。

「どうぞ参って上げて下さい」

「はい、失礼します」

火をつけて消した線香を香炉に立てた私は、座布団を遠慮して仏壇の前に座ると、合掌したまま頭《こうべ》を垂れた。

惣一……。

心の中で彼に話し掛けようとしたが、少しも言葉が浮かんでこない。

彼はここにいないから……。

ふとそんな風に思い、自分でも驚いた。これまでに似た体験は皆無である。それなのに、どうして惣一がここにいないと感じたのか。もし本当なら、彼は一体何処にいるのか。墓の中か。それとも……と考えて、何故か怖くなった。

私が形ばかりの焼香を済ませると、季子が再び一礼した。

「ありがとうございました」

「いえ、こちらこそ……」

自分が感じたことを悟られる筈《はず》もないのに、私は妙にどぎまぎしていた。

「私がこの家に嫁いだとき、惣一さんは十歳でした」

惣一の遺影を見上げながら、季子が感慨深げに話し出した。

「この家に入ってから、それはもう色々なことがありました。でも、その度《たび》に彼には救って貰《もら》ったと思っています」

恐らく全く見知らぬ土地の、しかも鞘落家という曰《いわ》くのある旧家に嫁入りしたのだから、きっと想像を絶する苦労があったに違いない。そういうときに慰められたのが、義弟である惣一少年の存在だったのだろう。

惣一との思い出を訥々《とつとつ》と語る季子を眺めながら、私はそう思った。

一方の惣一にしてみれば、何かと重苦しい雰囲気の家に綺麗《きれい》で優しい義姉が来たのだから、飛び上がらんばかりに嬉《うれ》しかったに違いない。ただし人見知りする彼のこと。季子と打ち解けるまでには、それなりの時間が掛かったかもしれない。でも二人はお互いの中に潜む、孤独という共通点を見つけた。だから陰で支え合ってきたのではないだろうか。

彼女の思い出話が一段落つくのを待って、私は微笑みながら問い掛けてみた。

「十歳の惣一君は、さぞ可愛かったんでしょうね」

「それはもう」

即座に季子は満面の笑みを浮かべると、

「こんな言い方をしては本人に怒られてしまいますが、女の子のような可憐《かれん》さと優しさがありました」

「私のその頃は、ただの憎たらしい悪餓鬼でした」

「まぁ。それはそれで男の子らしくて良いと思いますよ」

「いえいえ、汚らしい悪餓鬼では、とても当時の惣一君のように、季子さんのお役には立てなかった筈《はず》です」

「惣一さんには、本当に感謝しています」

「彼も同じ気持ちだったのではないでしょうか」

という私の言葉に重なるように、彼女の呟《つぶや》きが聞こえた。

「それで、どうしても重なってしまって……」

「………」

咄嗟《とっさ》に訊き返せず季子を見ると、その顔が曇っている。

十歳の可愛かった惣一と重なると言えば、どう考えても昭一しかいない。しかし、一体彼の何が問題だというのか。あの少女のような容姿は、明らかに季子譲りである。性格も良さそうな子だ。彼にとって祖父母の義一と訓子から、少なくとも何かを受け継いだようには見えない。それを言えば父親である勘一からも、ということになるか。

「昭一君が――」

どうかしましたか、と差し出がましくも尋ね掛けたところで、

「惣一さんが東京の大学に入られ、この家を完全に出られたとき、心の底からほっとしました」

いきなり季子が、当時の心境を吐露し始めた。

「あとは無事に大学を卒業され、向こうで就職されること。そして良いお嫁さんを貰って家庭を築かれ、この家のことなど少しも思い出さない幸せな人生を送られること。それだけを願っておりました」

「きっと彼にも、お義姉《ねえ》さんのお気持ちは通じていたと思います」

そう私が言うと、はっと季子は我に返ったようになって、

「あら、惣一さんのお友達に、一体まぁ私は何を……」

それから急に仏間を出ると、あとは風呂《ふろ》場まで私を案内して、彼女は早々と就寝の挨《あい》拶《さつ》を済ませて引き取ってしまった。

惣一の友達ということで、つい心を許して要らぬ話までしてしまったと、もしかすると後悔したのかもしれない。だとしたら悪いことをしたと、私は素直に反省した。彼女の好意につけ込んだのは事実だったからだ。

風呂は総檜《ひのき》造りの立派なもので、私の下宿の部屋よりも広かった。屋敷の大きさを考えれば何の不思議もないが、それでも溜息《ためいき》が出る。ただ、負け惜しみではなく私の下宿は襤褸《ぼろ》いながらも温かさが感じられるのに、この家は何処に行っても冷え冷えとした気配しか漂っていない。それが風呂場でも同じだという事実が、私には信じられなかった。

とはいえ湯船に浸《つ》かっていると、次第に身体が解《ほぐ》れてくる。大変だった一日も、信じられない体験も、遠い過去のように思えてしまう。矢張り湯の効用というのは素晴らし

い。そうやって気持ちに余裕ができた所為《せい》か、つい余計なことを考えてしまった。

やっぱりあれはのぞきめだったのか……。

野辺送りのあとに跟《つ》いて歩いていたのも、火葬場の藪《やぶ》の中に潜んでいたのも、柱の陰からこちらを窺《うかが》っていたのも、どれも覗《のぞ》き目であり、覗き女だったのだろうか。

数年前に六武峠を越えて来たという巡礼の娘が、嘗《かつ》てのように今も鞘落家で鎮女を務めていれば、あれらは無論のぞきめでは有り得ない。依代《よりしろ》役の鎮女がいるのだから、のぞきめが現れるわけがない。それは惣一の話からも確かである。

では、あれらは何者だったのか。巡礼の旅をする母親と一緒に六武峠を越えて来た娘で、それ以来ずっと鞘落家で鎮女を務めている少女だったのか。

——いや、違う。

そこで私は、別の重要な事実を思い出した。その娘が今でも鎮女だったとすれば、当然今回の葬儀を仕切っていた筈ではないか。巡礼の娘が生き神様となったときも、巫女《みこ》体質の村娘が依代にされたときも、どちらも冠婚葬祭になくてはならない存在になったという。なぜならお目出度《めでた》い儀礼も忌むべき儀式も、共に魔物に魅入られ易いからだ。のぞきめの災いを祓《はら》うという当初の役目が、次第に拡大していった結果だと推察できる。民俗学的に見ても、これは充分に有り得る推移と言えた。

だが、小能枝の葬儀に鎮女の姿はなかった。野辺送りの後ろや大広間の隅で、まさか冠婚葬祭を仕切っていたとも思えない。あの様子はどう見ても、密《ひそ》かに葬列のあとを尾《つ》けていた、隠れて大広間を覗いていた、という感じだった。

そうだ。季子さんの嫁入りのときは……。

どうだったのだろうか、と私は考えた。彼女が鞘落家に嫁いだ当時、もし鎮女が存在していたとすれば、必ず婚礼に関わったに違いない。それとなく彼女に尋ねてみれば、そのときから今日に至るまでの鎮女の話を、上手《うま》く聞き出せるのではないか。

でも……。

私は湯船の中で首を振った。態々《わざわざ》季子に厭《いや》な思いをさせなくても、雑林住職に訊《き》けば良いのだ。現在の鎮女の存否も、あの住職なら知っている筈だ。明日の午後にでも寺を訪ねるようにと言われている。そのときに質問すれば済む。

しかし本当は、もう私には答えが分かっていたのかもしれない。

三度も目撃した謎の子供、鎮女について風呂場で行なった考察、シゲにも手伝いの女たちの誰にもあの子が見えていなかったという事実、雑林住職が口にした意味有りげな忠告——といった諸々《もろもろ》の要素に鑑《かんが》みると、自《おの》ずと答えは出るのではないか。

のぞきめ……。

いや、しかし、本当にそんなものがいるのか。妙な言い方になるが、私はある程度の理詰めでそれの存在を肯定したことになる。その実在自体が極めて不条理なものを、選《よ》りに選って理屈でいるという結論を出してしまった。しかもその異形の論理を支えているのが、祟《たた》りや障《さわ》りや祓《はら》いという前近代的な俗習なのだ。

私は一体どんな世界に入り込んでしまったのか……。

地理の問題では無論ない。梳裂《すくざ》山地も侶磊村も南磊の集落も、異界というわけではないのだから。では鞘落家だけが歪《いびつ》かというと、そこまでの断言はできない。異様であるのは事実だが、この家だけに責めを負わせる気にはならない。確かに同家の歴史を振り返ると、嘉栄門時代の巡礼の母娘《おやこ》を巡る事件が、全ての怪異の元凶だと分かる。だが、その後の村人たちの対応に如何《いか》なる不備もなかったと言えるのか。鞘落家をここまでの存在にしたのは、侶磊村の人々にも責任があったのではないか。

――そうじゃない。そんなことではないのだ。

私は再び、しかし今度は激しく湯船の中で首を振っていた。

どうやら自分は怪異に囚《とら》われているらしい……という有り得ない状態に、気がつけば我が身が嵌《は》まっている。しかも、それが本物かどうかを判断するために、怪異現象そのものを推理の材料として使わざるを得ない……という余りにも常軌を逸した状況に、矢張り気がつけば陥っている。だから私の頭は混乱して……いや、混沌《こんとん》として訳が分からなくなってしまったのだ。

私が迷い込んだのは一体全体どんな世界なのか……。

そう自問せざるを得ないのに、幾ら問うても決して答えは出ず、だから尚更どうしても自問してしまう……という繰り返しの悪夢がここにはある。

ここは何処か……。

またしても答えの出ない自問をしたときだった。外で物音が聞こえた気がした。

　こんな夜に……。

　空耳かと思ったが、暫《しばら》く耳を澄ませていると、
　ざっ……、ざっ……、ざっ……。

という足音らしきものが聞こえてきた。それも私が入っている風呂場へと、明らかに少しずつ近づいて来ている。一瞬ぞっとしたが、すぐに自分の臆病《おくびょう》さが可笑《おか》しくなった。

　風呂番の人かもしれない。

　湯船から見える裏の格子窓の下に、きっと焚《た》き口があるのだろう。風呂を沸かせてから時間が経っているので、恐らく季子が気を利かせたに違いない。その証拠に足音は、格子窓の側まで来て止まったではないか。

「学生さん、お湯加減は如何《いかが》ですか」

　今にもそんな声が外から掛かるに違いないと、私は待っていた。が、しーん……としたまま何も聞こえない。いや、微《かす》かに物音がしている。

　がりっ……、がりりっ……。

　風呂場のすぐ外の板壁に、まるで爪を立てて引っ掻《か》いているような嫌らしい音が、僅《わず》かに響いている。

　まさか……。

　板壁を這《は》い上がる何かを想像しながら、私は恐る恐る格子窓を見上げた。本当は目を

逸《そ》らしたかったが、どうしてもできない。湯船から逃げ出したかったが、そもそも身体が動かない。第一もう間に合いそうにもない。

格子窓の向こうに、ぬうっ……と真っ黒な何かが覗いたのは、それからすぐだった。

九

私は湯船から飛び出すと、脱衣所で碌《ろく》に身体も拭《ふ》かずに下着だけつけ、季子《ときこ》が用意してくれた浴衣《ゆかた》を抱えたまま、離れまで小走りで逃げた。途中、誰にも出会わなかったのは幸いだったと思う。殆《ほとん》ど半裸の格好で、憑《つ》かれたように廊下を駆けて来る他所者《よそもの》を目にしたら、大抵の者は悲鳴を上げただろう。

風呂場の格子窓から覗いたもの……。

あれは何だったのか。外は真っ暗だった。風呂場の明かりも弱々しく、特に湯船の辺りは薄暗かった。そのため格子窓の向こうに見えたものも、ただ黒い影のような何か……としか映らなかった。

黒くて丸っこいもの……。

子供の頭のようなもの……。

やっぱりあれはのぞきめだったのか。侶磊村《ともらいむら》を訪れたばかりだというのに、既に四度も目撃してしまったのか。

と考えたところで、私はぞくっとした。

　野辺送りと火葬場の場合は、葬列の後ろと小山の藪の中にいたあれに、偶々《たまたま》私が気づいたに過ぎない。つまりあれの興味は、飽くまでも小能枝《このえ》の葬儀にあったことになる。しかし、大広間の隅の柱と風呂場の格子窓に現れたのは、態々《わざわざ》あれが私に近寄って来たと見做《みな》すべきではないのか。

　最初の二回は私があれを目撃した。

　次の二回はあれが私を覗《のぞ》きに来た。

　明るい離れにいるにも拘《かかわ》らず、私は背筋に寒気を覚えた。背後が気になって、思わず何度も振り返る。そのうち開け放った襖《ふすま》から見える渡り廊下、その襖の陰、障子の組子、欄間の隙間などが恐ろしくなってくる。今にもあれの足音が聞こえるのではないか、あの顔が覗くのではないか、その影が映るのではないか……と徒《いたずら》に怯《おび》えてしまう。

　鞄《かばん》から神保町《じんぼうちょう》の古道具屋で購入した英国製のポケットフラスコを取り出すと、私はウイスキーを呷《あお》った。喉《のど》が焼けるような感覚のあと、じんわりとお腹の底が温かくなってくる。もう一口、更にもう一口と飲んだところで、漸《ようや》く落ち着いてきた。すると突然、ある疑問が頭を擡《もた》げた。

　どうして私にあれが見えるのか。

　なぜあれは私に付き纏《まと》うのか。

鞘落《さやおとし》家と私は何の関係もない。惣一《そういち》の友達というだけである。確かに鞘落家に纏《まつ》わる怪異を彼から聞きはしたが、だからといってあれを目にしてしまうのか。あれに纏い憑かれてしまうのか。

のぞきめは伝染する……。

そんな莫迦《ばか》げた考えが、ふと浮かんだ。それなら村の人たちも……と思ったが、鞘落家が村八分になっている状態では難しいのかもしれない。そのため何十年、何百年にも亘《わた》ってこの家の中だけにあれは存在していた。

ところが、惣一が私に話してしまった。だからあれは彼の前に現れた。その結果、彼は崖《がけ》から転落して死んだ。

全ては想像に過ぎない。妄想と言えるかもしれない。だが今の私にできるのは、こうやって考えることだけだ。そう思った私を、すぐに別の私が否定した。頭の中で考えるだけでなく、行動するべきだと主張している。私は酔っているのか。

それに君は時折、怖いもの知らずになることがある。

唐突に惣一の言葉が、わんわんと脳裏に響いた。鞘落家に関する奇怪な打ち明け話をしてくれたときに、彼が発した一言だ。

私は改めて身体を拭くと浴衣を着て、鞄から懐中電灯を取り出すと、離れの縁側の沓《くつ》脱《ぬぎ》石にあった草履を履いて、母屋の裏へと向かった。風呂場の格子窓の下を調べるためである。あれが本当に板壁を這い上がったのなら、何らかの痕跡《こんせき》が残っているに違いない。他にも発見があるかもしれない。それを確かめるつもりだった。

怖くなかったわけでは無論ない。しかし、一方的に向こうから迫られて恐れているだけでは、何の解決にもならない。こちらも行動を起こすべきではないか。ウイスキーの酔いで大胆になっただけでなく、惣一の言葉に背中を押された感じだった。

いや、本当に酒や惣一の所為《せい》だろうか。態々この村のこの家をこうして訪ねている事実が、全てを物語ってはいないか。そこに惣一への想いがあったのは確かだろう。ただ、それと同じくらいの割合で、私の中には怪異への飽くなき好奇心が間違いなく潜んでいた。民俗学を学びたいと思ったのも、そういうものに対する興味からだった筈《はず》だ。好奇心は時に恐怖心を凌駕《りょうが》してしまう。

風呂場は母屋の南側の、ほぼ中央に設けられていて、格子窓は小山を削った山肌沿いに面していた。風呂場と崖の間に小屋があったので覗くと、大量に積まれた薪《まき》が目に入った。小能枝を火葬にした薪も、きっとこの小屋から持ち出されたのだろう。

風呂場まで戻って外壁沿いに蹲《しゃが》むと、私は懐中電灯の明かりを隅々まで当ててみた。しかし、それらしい引っ掻き傷が少しも見つからない。板壁全体は黒く汚れているうえに、決して綺麗《きれい》ではない。だから引っ掻き傷の一つや二つは簡単に埋もれるかもしれない。とはいえ壁が黒いので、真新しい傷があれば目立つ筈だ。私は確かに、がりがりっ……という物音を耳にした。にも拘《かかわ》らず何の痕跡もない。これは一体どういうことなのか。

念のためにと爪で傷をつけてみて、がっかりした。爪痕《つめあと》は残るが黒いままなので、それが新しいのか古いのか、全く見分けがつかないのだ。

私は立ち上がると、その周囲に懐中電灯の明かりを這わせた。だが、不審なものは何もない。そうこうするうちに、誰かが風呂場に入って来た気配がした。これが終《しま》い湯ならば、鞘落家の嫁である季子かもしれない。こんなところを見つかれば、不名誉な覗き魔の烙印《らくいん》を押されてしまい兼ねない。

私は慌てて離れへ戻ろうとして、急に反対の方角が気になった。離れは母屋の東側に建っており、風呂場は南側のほぼ中央に設けられている。離れから風呂場まで母屋の裏を通って来たが、特に目につくものはなかった。つまり惣一から聞いた例の建物は、風呂場から西側にあることになる。

巡鈴堂《じゅんれいどう》……。

その名が浮かんだところで、一体のぞきめは何処から現れるのだろうという疑問が、咄嗟《とっさ》に芽生えた。そもそも鞘落家に憑いているものなので、特に潜んでいる場所はないのかもしれない。東北地方の座敷童《わらし》のように、特定の部屋に出るとも聞いていない。ただ、もしそんな場所があるとすれば、矢張り巡鈴堂ではないか。

迷ったのは一瞬だった。懐中電灯の明かりを頼りに、私は忍び足で終《しま》い屋敷の西側へと歩き出した。

雑林《ぞうりん》住職と鞘落家の門を潜ったとき、屋敷の右手の背後に墓所らしきものが覗くのを、辛うじて私は屋根越しに認めていた。あれが惣一の話にも出てきた鞘落家の墓所だろう。崖を削って均《なら》した土地に造られているに違いない。屋敷裏の崖と言えば、巡礼の母娘《おやこ》を閉じ込めた納屋があったところである。巡鈴堂がそこにある可能性はかなり高い。

逸《はや》る心を抑えつつ、慎重に歩を進める。左手の崖の上からは時折、文字では表記できない叫び声のようなものが聞こえてくる。敢《あ》えて書けば、「ぎぇっ」や「ぐぇっ」となるか。山に棲《す》む獣だと思うが、どうにも気味が悪い。ざわざわと風で揺れる樹木のざわめきでさえ、薄気味悪く感じてしまう。

離れを飛び出したときの高揚は、疾《と》っくに治まっていた。風呂場の外壁を調べてやろうと決意した気負いも、最早《もはや》ないに等しい。

それに君は時折、怖いもの知らずになることがある。

惣一の指摘は正しかったが、実は半分しか言い当てていない。問題は怖いもの知らずになったあとにある。つまりいつまでもそれが続くわけではないのだ。時間が経つにつれ、またはちょっとしたことが切っ掛けで、素に戻ってしまう。いや、元に戻るのなら良い。むしろ逆に怖がりになってしまうのだ。

このときの私は何とも微妙だった。怖いもの知らずの状態から醒《さ》めていたのは間違いないが、まだ怖がりにはなっていない。素に近かったと思う。だからこそ巡鈴堂を求めて屋敷の西へ向かっている最中に、獣の鳴き声と樹木の葉擦れの音に交じって何かが聞こえたとき、思わず立ち止まってしまった。好奇心と恐怖心を同時に覚えたからだ。

懐中電灯を消して、私は前方の暗闇に目を凝らした。すると小さな建物らしきものの輪郭を、ぼうっと暗がりに見取ることができた。

あれが巡鈴堂……。

再び足を踏み出し掛けて、また何かが聞こえた。しかし今度は、それが人の声らしいと分かり、思わずびくっとした。

その場に立ち尽くしたまま、凝《じ》っと耳を澄ませる。巡鈴堂の方向にだけ耳を傾け、只管《ひたすら》聞き耳を立てた。全ての雑音を払い、前方の暗闇にのみ集中していると、また弱々しい声が微《かす》かに聞こえてきた。

お母さん……。

その声音が耳に届いた瞬間、ぞわぞわっと項《うなじ》が粟立《あわだ》った。更にそれが女の子の声ではないかと思った途端、ぞくっとする悪寒が背筋を伝い下りた。

生き埋めにされた巡礼の母親を、のぞきめと化した娘が呼んでいる……。

巡礼だった母親を、生き神様を演じ半殺しの目に遭った娘が呼んでいる……。

鎮女を務めた所為で狂い女となった娘が、古里の母親を懐しんで呼んでいる……。

それが何十人もの少女たちの声だと悟った私は、すぐにその場で回れ右をして、一目散に逃げ出していた。ただし、物音は立てないように注意した。勿論《もちろん》こちらの存在に気づかれたくなかったからだ。もう大丈夫という地点まで戻ると、あとは一気に走った。

風呂《ふろ》場の裏を通るときもお構いなしだった。一刻も早く離れに逃げ込みたい。このとき頭を占めていたのは、ただそれだけだった。

離れの部屋に駆け込むと、私は全ての襖と障子を閉めた。全身にびっしょりと汗を掻《か》いていたので、本当は開けっ放しにしたかったが、怖くて到底できない。

浴衣《ゆかた》を脱いで手拭《てぬぐ》いで汗を拭《ふ》きながら、ウイスキーを呷《あお》る。喉が焼ける感覚で、漸《ようや》く生気を取り戻した気分になる。すぐに腹の底が温かくなり、次第に動悸《どうき》が治まってゆく。何のことはない、これでは風呂場から逃げて来たときと同じだと思い出した頃には、かなり落ち着いていた。

とはいえ恐怖が完全に去ったわけではなかった。蒸し暑い夜だったにも拘らず、私は襖《ふすま》と障子を閉めたまま、蒲団《ふとん》を頭から被《かぶ》って寝たのだから……。そのため余り寝られなかった。殆《ほとん》どと言うべきか。

翌朝は離れに射し込む朝日と野鳥の鳴き声で目覚めたが、頭は物凄《ものすご》く重たい感じで、両目は半ば塞《ふさ》がっている有り様だった。何度も顔を洗って、何とか格好をつけた。

朝食は鞘落家の人々と一緒だったが、誰も口を利かない。まるでお通夜のように寂としている。季子が少しは話し掛けてくれたが、義一《ぎいち》と訓子《のりこ》への遠慮からかおずおずとしたもので、逆に申し訳なく思えたほどだ。その点、昭一《しょういち》は屈託がなかったものの、私と喋《しゃべ》っていると勘一《かんいち》に怒られた。

「飯のときに、男がごちゃごちゃ喋るんやない」

そこに私への当てつけも込められていたと思うのは、矢張り穿《うが》った見方だろうか。だが、義一と訓子と勘一の三人に全く歓迎されていないのは、絶対に間違いない。尤《もっと》もそれを言うなら季子と昭一の二人を除いた、鞘落家全体に私は疎《うと》まれていたかもしれない。使用人たちも同じだ。話し掛ければ流石《さすが》に返事はするが、それ以外は無視に等しい。当主夫婦と跡取りが見せる私への対応が、そのまま反映されていたからだろう。

朝食が済むと義一たちは揃《そろ》って出掛けた。小能枝の骨上げをするために例の小山へ向かったのだ。それが済めば戻って来て納骨となる。同家の墓所は心願寺《しんがんじ》にではなく、屋敷の西南に当たる崖《がけ》の斜面を段々に均したところにあると、念のため今朝のうちに季子に確認してあった。

皆を送り出して離れに戻った私は、ふと思いついてこの大学ノートを書き始めた。元々こういった記録はつけるつもりでいた。ただ、飽くまでも民俗調査に於《お》ける報告書に近い記述になる筈だった。それが、このような怪異譚《たん》を綴《つづ》る羽目になろうとは……。しかも知らぬ間に、小説風に綴っているではないか。愛読する通俗的な恐怖小説に、これは影響されたのかもしれない。

自分でも気づかぬうちに根を詰めていたようで、手を休めて確かめると相当な枚数を書いている。お蔭《かげ》で腕と肩が少し痛い。何より気分転換がしたい。散歩に出ようかと考えて、そこで肝心なことを思い出した。

まだ惣一の墓参りをしていない。

鞘落家の人たちが骨上げから戻って来る前に、私は済ませておくことにした。本当は季子と一緒にしたかったが、今日は無理だろうと諦《あきら》めた。

一旦《いったん》母屋の仏間に行って線香と燐寸《マッチ》を借りると、私は玄関から外へ出た。好奇心に駆られて長屋門から南磊《なんらい》の集落を見渡してみたが、昨日と同じで歩いている人影が何処にもない。納骨が無事に済むまではと、誰もが外出を控えているのだろうか。まるで悍《おぞ》ましい伝染病の猛威が過ぎ去るのを、只管《ひたすら》凝っと待っているかのようである。

終い屋敷の右手に広がる庭をぐるっと回り込むと、崖の斜面に並ぶ墓石の群れが見えてきた。どうやら段々の上に行くほど現代に近づくらしく、次第に墓が新しくなっているように見える。普通は「何々家代々の墓」という墓石一つで足りるのだろうが、鞘落家ほどの旧家になると流石に違う。各々の時代に応じた形の祖先の墓石が、ずらっと並んでいる。恐らく惣一はあの最上段で眠っているのだろう。

鞘落家の墓所を見上げながら、終い屋敷の西端を回り切ったときだった。目の前に小さな平屋の家くらいはある奇妙な建物が現れた。

何だこれ……。

と首を傾げた直後、その正体を察した私は、思わず悲鳴を上げそうになった。

……巡鈴堂だ。

昨夜《ゆうべ》は逆方向から来たのと、暗闇に浮かんだ輪郭を目にしただけだったので、咄嗟《とっさ》に分からなかったらしい。

だが、目の前の建物を巡鈴堂だと認めた途端、

お母さん……。

忽《たちま》ち昨夜の女の子の声が脳裏に蘇《よみがえ》り、二の腕に鳥肌が立った。

あれはこの中から聞こえていたのか……。

繁々《しげしげ》と御堂を眺めているうちに、私は急に胃が凭《もた》れるような何とも言えぬ厭《いや》な気分を味わった。これまでに六僧峠《むそう》や創《はじ》め屋敷の砥館《とだて》家、北磊《ほくらい》と真磊《まらい》と南磊の集落、そして終い屋敷の鞘落家と、惣一の話に出てきたものと実際に対峙《たいじ》してきた。しかし、これほどずっしりと重たい感じを受けたのは、この巡鈴堂が初めてだった。

こんな小さいのに……。

ただしその存在感は、創め屋敷と終い屋敷を遥《はる》かに上回っていた。特に鞘落家は屋敷の大きさに反比例するように、家内の空虚さが非常に目立った。勿論《もちろん》そこに住む人数の問題もあっただろう。しかし、それだけが理由では決してない何かが、この家には感じられた。仮に全ての雨戸を閉め切ったとしても、屋内に絶えず冷たく悪い風が吹いている。そんな気がしてならない。

それに対して巡鈴堂は、ぎっしりと詰まっている。飽くまでも印象だから、それらが何かは分からない。ただ狭い空間の中に、目に見えないものが犇《ひし》めいている。無数の何かが蠢《うごめ》いている。そのように感じられてならなかった。

この謎めいて薄気味が悪い巡鈴堂以上に不思議なものが、実はすぐ側に存在していた。

昨夜は全く気づかなかったが、御堂の横に祀《まつ》られた祠《ほこら》である。暗闇の中で巡鈴堂と同化して、あのときは見えなかったのだろう。

巡鈴堂が小さな平屋の一軒家なら、その祠は方丈庵《あん》を縮小したような小屋だった。前者は巡礼の母娘の供養のために建てられたわけだが、では後者は何のためか。そもそも御堂があるのに、どうして更に祠まで必要なのか。

別の供養のため……。

ふと、そんな忌まわしい考えが浮かんだ。歴代の巡礼者の母娘と巫女《みこ》体質の村娘たちではない、別の宗教者を祀っているのかもしれない。

ただ、巡鈴堂は全体に随分と古びていたが、ちゃんと手入れがなされている所為《せい》か、極めて状態が良かった。しかし、一方の祠は御堂に比べるとかなり新しく映るのに、既に朽ちた雰囲気が漂っている。まるで最初から質素に造られたかのようである。誰かの供養のために祀られたとは、とても思えない有り様なのだ。この違いは一体どういうことなのか。

御堂と祠を見比べているうちに、次第に恐ろしくなってきた。

私は慌ててその場を離れると、巡鈴堂の裏へと回り込んだ。その途端、ぱあっと目の前に鞘落家の墓所が広がった。正確には伸び上がったと表現すべきか。山肌を削って更に段々畑のように均した棚状の土地に、何基もの墓石が並んでいる。そのほぼ中央に急《きゅう》勾配《こうばい》の石段が通っており、段の何処にでも行ける造りだった。

墓所の門を入り掛けたところで、私は右手の端にある奇妙な空間に気づいた。そこは墓石が並んだ段の一番下よりも更に下、つまり地面の上だった。その辺りの一画が石柱で囲われていて、中には大小の石碑が幾つか見える。かといって墓所の一部ではないらしい。むしろ区別しているように感じられる。西洋の教会の墓地では、自殺者を敷地の外に埋める風習があるらしいが、それを思い出した。

あの中の碑の一つが、きっと巡礼の母娘のものなんだ。

それは恐らく間違いない。惣一の話とも合致している。しかし、では他の碑は一体何なのか。と続けて考えたところで、私は思い当たった。

もしかすると他の碑は、狂い女たちを祀ったものなのかもしれない……。

鞘落家のために生き神様や依代《よりしろ》を務め、その所為で頭がおかしくなって死んでいった娘たちがいた。にも拘《かかわ》らず鞘落家の者ではないため、同家の墓所には埋葬できない。だから外れた隅の場所を囲って、ああして別の墓所を用意した。きっとそうだ。

鞘落家の墓所とあの囲われた場所の関係は、侶磊村と鞘落家そのものなのではないのか……と私は思った。村人全員から村八分という差別を受け続けている鞘落家が、亡くなった他所者《よそもの》の娘たちを同家の墓所には決して入れずに区別して埋葬している。

「何とも皮肉だな」

思わず私は口に出していた。

侶磊村で鞘落家が受けている仕打ちは言語道断だが、似たようなことを同家は、本来は恩義を感じるべき娘たちにした。両者の違いは、それを生者の此岸《しがん》で行なっているか、死者の彼岸で為しているかだけではないか。

その囲われた場所を見ているのが辛《つら》くなって、私が視線を逸《そ》らそうとしたときだった。一番大きな碑の陰から、ひょいと子供の顔が覗《のぞ》いた。

十

さあっと顔から血の気が引いて、もう少しで悲鳴を上げながら、私は脱兎《だっと》の如く逃げ出すところだった。辛うじて踏み止《とど》まれたのは、本当に偶々《たまたま》である。

「……昭一《しょういち》君」

だから、すぐに引っ込んだその顔に呼び掛けたものの、全く自信はなかった。彼であってくれと願う気持ちの方が、実際は強かったかもしれない。

少しの間があって、碑の裏から恥ずかしげに姿を現したのは、幸いにも昭一だった。

「やっぱり君か」

と口に出してみたものの、私は心の底からほっとしていた。

「大お祖母《ばあ》さんの骨上げに行ったんじゃないのか」

終わって戻って来たのなら、玄関の方で気配がする筈《はず》である。しかし、相変わらず終《しま》い屋敷は怖いほど静かだった。

「骨拾いは済んだんや」

囲いの石柱を跨《また》ぐと、昭一はこちらに近づいて来た。

「お祖父《じい》さんやお祖母さん、お父さんやお母さんはどうしたの」

「まだ向こうにいる。お祖母さんの託《ことづ》けをセイさんに伝えるために、僕だけ先に帰って来たんや」

セイというのは鞘落《さやおとし》家の女中で、訓子《のりこ》の託けとは納骨のあとの食事に関することだった。恐らく昨夜と同様、侶磊《ともらい》村の有力者たちが席に着くのだろう。それについて何か肝心な指示を、どうやら訓子は失念していたらしい。

「惣一《そういち》兄ちゃんのお墓に参るの」

「ああ、一緒に行くか」

誘うと昭一は嬉《うれ》しそうに微笑んだ。

「彼のお墓はどれかな」

墓所を見上げて尋ねると、予想通り最上段の石段の右側を指差してから、

「ちょっと待ってて」

そう言って何処かへ行ってしまったが、すぐに庭で摘んだらしい花と、水を汲《く》んだ小さな手桶《ておけ》を持って戻って来た。

「おっ、気が利くな。きっと惣一も喜ぶぞ」

そう言って私が手桶を受け取ると、

「足元に気をつけんと危ないで」

昭一は照れを隠すような突慳貪《つっけんどん》な物言いをして、さっさと墓所の門を入り、急な石段を私の先に立って上がり始めた。

子供に注意されては世話がないと思ったが、確かにその石段は危険だった。勾配《こうばい》がきついだけでなく幅も狭いので、うっかり足を踏み外すと大変なことになる。重心の低い子供よりも、これは大人の方が要注意だと分かった。おまけに私は、小さいながらも手桶を下げている。自然と足取りが慎重になり、最上段に着いたときには、それこそ全身に汗をびっしょり掻《か》いていた。

しかし、墓所の天辺《てっぺん》から眺める景色は素晴らしかった。長屋門よりも視界が広がった所為で、南磊《なんらい》の集落のほぼ全域が見渡せる。その隠れ里のような佇《たたず》まいは何処か幻想的で、私を魅了した。と同時に、そこに田舎特有の閉鎖性を感じたのも事実だった。

集落の全体を見渡したが、相変わらず誰も歩いていない。鞘落家の人たちの姿も見えないので、まだ火葬場にいるか、こちらに戻っている途中なのだろう。

「こっち、こっち」

声を掛けられて昭一の方を見ると、既に惣一の墓石の前にいて、花立ての古い花を新しいものと取り換えていた。

「いつも君が、花を供えてるのかい」

「僕とお母さん」

その返答に少し引っ掛かりを覚えた私は、何気なく尋ねた。

「他の人は」

「誰も参らん」

あっけらかんとした物言いに、つい私も苦笑した。

鞘落家にとって惣一は、その程度の存在だったということか。跡取りには勘一《かんいち》がいる。季子《ときこ》という嫁を貰《もら》って、昭一という跡継ぎも育っている。東京の大学に行った内向的な次男など、父親の仕事を継いだ長男さえ健在であるなら、別にいてもいなくても同じということなのか。

惣一を想っていたのは、義姉と甥《おい》の二人だけか……。

それでも淋《さび》しさや哀しみより、温かさを私は感じた。二人の惣一に対する気持ちが、本物だと分かったからだろう。

墓は下台石と中台石と上台石に竿石《さおいし》を重ねた立派なもので、背後には卒塔婆《そとうば》立て、前部には前石と拝み石もあり、棚状の段の幅が狭いにも拘らず流石《さすが》に整っている。鞘落家には必要のない者と見做《みな》されながら、亡くなれば厳かな墓だけは建てて貰える。これも田舎特有の見栄《みえ》だろうか。

惣一の墓石の横にも真新しい墓があった。間違いなく小能枝《このえ》のものだろう。つまり鞘落家では、一人に一基ずつ墓を建てる風習があるわけだ。それは鞘落家が侶磊村の旧家だからか。それとも別に理由があるのか。一人ずつ埋葬しなければならないほどの、曰《いわ》くに満ちた忌まわしい何らかの訳が……。

「どうしたの」

昭一に声を掛けられ、我に返った。いつまでも墓石を見詰めている私を、どうやら不審がったらしい。

「いや、何でもないんだ」

私は手桶の水を柄杓《ひしゃく》で水鉢に注ぎ、火をつけて消した線香を香炉に置いてから、再び墓石を見詰めた。そして目を瞑《つぶ》ると共に合掌をし、静かに頭《こうべ》を垂れた。

惣一、久し振りだな。

心の中で彼に呼び掛ける。本当に話している気分で、彼に声を掛ける。だが、すぐに私は戸惑いを覚えた。昨夜、仏壇に参ったときと同様、ここにも彼がいないような気がしたからだ。

そんな莫迦《ばか》な……。

自分のこの感覚が絶対に正しいとまで、無論私も主張するつもりはない。とはいえ仏壇と墓石に参ったときに覚えた、この空虚な気持ちは唯事《ただごと》でない気がした。

惣一、お前はここにもいないのか。

だったら一体、お前は何処にいるんだ。

心の中で叫んでから目を開けると、昭一が興味深そうにこちらを眺めていて、どきっとした。それを悟られないように、私は態《わざ》と睨《にら》む仕草をした。

「ちゃんとお参りしたのか」

「うん。毎日しとるから」

「そうか、偉いな。これからも宜《よろ》しく頼む」

咄嗟《とっさ》に私が頭を下げると、ぴょこんと彼もお辞儀をして、

「惣一兄ちゃんに、何てお参りした」

「まず、久し振りだなって挨拶《あいさつ》した。それから、お前の甥っ子の昭一君はとても良い子だなって、彼に報告しておいた」

「変なの。全然お墓参りやないみたい」

そう言いながらも昭一は、明らかに含羞《はにか》んでいた。その様子からも叔父のことが大好きだったのだと分かり、とても微笑ましい気持ちになる。仮に惣一がこの墓所に埋葬されていなかったとしても、この少年の気持ちは亡き友に届きそうに思えた。

「行こうか。そろそろ皆が帰って来る頃だろう」

彼を促して石段まで戻ったところで、眼下の巡鈴堂《じゅんれいどう》と祠《ほこら》が目に入った。すると墓参する前に、それらから受けた気味の悪い感覚が一気に蘇《よみがえ》った。

昭一君は何か知っているのだろうか。

あっという間に石段の半分を下りてしまった少年の後ろ姿を眺めながら、この子に尋ねるべきかどうか、私は迷いに迷っていた。

「何や、まだ下りてへんの――」

私が逡巡《しゅんじゅん》している暇に、疾《と》っくに墓所の門から出た彼が、振り返って呆《あき》れている。

「早《はよ》う下りて来んと、皆が帰って来るで。けど危ないから、ゆっくり下りた方がええ。惣一兄ちゃんも、よう落ちそうになってたもの」

最後の台詞《せりふ》から惣一の死の状況を思い出した私は、一瞬その場で立眩《たちくら》みを覚えた。惣一が崖《がけ》から転落する間際の恐怖を、まざまざと疑似体験した気分だった。いや、咄嗟に蹲《しゃが》まずにそのまま立ち尽くしていたら、本当に私は石段の上から落ちていたかもしれない。

「大丈夫」

気がつくと、いつの間にか昭一が側にいた。

「ああ、ちょっと眩暈《めまい》がしただけだ。昨夜は余り眠れなかったからかな」

彼を安心させるためもあったが、風呂《ふろ》場での体験の所為《せい》で、殆《ほとん》ど安眠できなかったのも事実だった。

「一緒に下りよう」

昭一は手桶を持つと、私の手を取りながら石段をゆっくり下り始めた。まるで孫に手を引かれている老人だったが、彼の支えが非常に有り難かったのは間違いない。

「お蔭《かげ》で助かったよ」

無事に門から出たところで、私は石段を振り仰ぎながら感謝の言葉を口にした。

「お母さんも偶《たま》に僕を頼りにするから、別にどうってことないや」

ぶっきらぼうな口調だったが、矢張り照れているらしい。そんな優しい少年に対して酷だとは思いながらも、私は心を鬼にして尋ねた。

「これ、巡鈴堂っていうんだな。何のための御堂だろう」

途端に昭一の顔が強張《こわば》った。御堂を見詰める眼差《まなざ》しも、何処か不安そうである。とはいえ私の問い掛けには、ちゃんと答えてくれた。

「うちを守って下さる特別な神様を、ここにお祀《まつ》りしてるって、大お祖母ちゃんが言うてた」

嘗《かつ》て終い屋敷の裏の崖の下に、生き埋めにして殺した巡礼の母娘《おやこ》――鞘落家に災いを齎《もたら》す死霊のような存在――を、祟《たた》り神として祀ったわけだから、小能枝の説明は確かに間違ってはいない。物は言い様である。

「けど、とっても恐ろしい神様やから、子供はここに独りで近づいたらあかんて、いっも煩《うるさ》いくらい言われた。せやから惣一兄ちゃんのお墓に参るときは、この御堂を見んようにしてるんや」

如何《いか》に男の子とはいえ、巡鈴堂に鞘落家の子供が関わるのは矢張り禁忌なのだろう。小能枝が孫を心配するのも当然である。

「その神様に朝と夕のご飯をお供えするのが、大お祖母ちゃんの毎日の仕事やった」

神様のご飯とは神饌《しんせん》のことだと、私は察しがついた。御饌または御贄《みにえ》ともいって、食材を生のまま供える生饌と、調理して供える熟饌がある。

「大お祖母ちゃんが亡くなったあとは」

「お母さんの仕事になった」

「お祖母ちゃんではなくて」

「うん」

訓子を飛ばして季子に受け継がれたのは、一体どうしてなのか。

「でも……」

と続けながらも昭一が言い淀《よど》んだので、これは何かあるのかもしれないと、私は慎重に言葉を選びつつ問い掛けた。

「何か問題が起きたのかな。良かったら教えてくれないか」

この役目を鞘落家では代々、女の家長が担ってきたのだとすると、訓子ではなく季子が神饌を供えたために、何か障りが出たのかもしれない。

「君から聞いたとは、絶対に誰にも言わないから」

「……そんなこと、別にええけど」

尚《なお》も昭一は口籠《くちごも》っていたが、再びちらっと巡鈴堂に目をやると、

「怖い……って」

「お母さんが」

「……うん。とっても辛《つら》いんやて」

「神様にご飯をお供えするのが、怖くて辛いって言ったのか」

「……うん。ぽろっと口から出たように呟《つぶや》いて、溜息《ためいき》を吐《つ》いてた」

どういう意味なのか……。

巡鈴堂の曰く因縁は、恐らく季子も知っている筈《はず》だ。だから怖いと感じるのは頷《うなず》ける。もしかすると彼女にも、あの女の子の声が聞こえたのかもしれない。しかし、辛いという感情はどうだろう。しかも小能枝のあとを継いでから、まだ二日程度である。辛いなどという言葉が、自然に口から零《こぼ》れるだろうか。

そもそも何故《なぜ》この役目を訓子は受け継がなかったのか。本人が拒否したのか。そんなことが許されるのか。それとも誰でも良いのか。だとしたらその程度の仕事ということにならないか。にも拘《かかわ》らず季子は怖がり、辛いとまで感じている。どうしてか。

まさか、神饌を供えているだけではないとか……。

私は咄嗟に厭《いや》な想像をしそうになった。ただし、どんなことを思い描こうとしたのか、自分でも分からない。季子と昭一の母子にとって、決して良くない想像のような気がするだけに、何とも居た堪《たま》れない気持ちになった。

それでも昭一への問い掛けを止めなかったのは、何故なのか。この母子の力になりたいと思ったからか。単なる民俗学上の好奇心か。惣一に対する想い故か。

一度に色々と考えた所為で、私は少し頭が痛くなった。だが、巡鈴堂だけでなく祠のことも訊《き》いておきたい。

「巡鈴堂の横に祠があるけど、あれは何のためにあるのかな。君は知ってるかい」

「あの祠は――」

再び少年は顔を強張らせつつ、

「この御堂の神様のために造られたんやて。せやから祠にも絶対に近づかんようにって、大お祖母ちゃんに言われた。神様がお怒りになるからって」

巡鈴堂の神様を鎮めるための祠……。

そう心の中で呟いてみたが、これもよく意味が分からない。最初は若宮のことかと考えた。非業の死を遂げた者が齎《もたら》す恐ろしい祟りを、大きな神格の下に置くことで鎮め、それを神として祀るのが若宮である。だが、それでは昭一の説明と矛盾する。全く逆になる。相手が子供だから、小能枝が適当なことを言って脅した可能性はある。しかし、仮に祠が若宮だった場合、そこに祀られている祟り神とは何者なのか。巡鈴堂の神様より神格は下とされる、その神の正体とは何なのか。

「兎《と》に角ここには近づかない方がええよ」

すっかり考え込んでしまった私を気遣うように、昭一がそう言った。

「それからね」

更に続けて何か口にし掛けたが、そのとき屋敷の表のざわめきが、微《かす》かに裏まで伝わってきた。

「あっ、皆が帰って来た」

昭一はぺこんと頭を下げると、慌てて表の方へ駆け去ってしまった。

躊躇《ちゅうちょ》したのは一瞬だった。愚図々々していると納骨のために、鞘落家の人たちが遣《や》って来てしまう。私は巡鈴堂の前に立つと、その観音開きの扉に手を掛けようとした。季子を怖がらせ且つ辛いと思わせるものが、この中にあると思ったからだ。

ところが、扉には閂《かんぬき》錠が掛かっていた。鍵《かぎ》は季子が持っているに違いない。念のためにと御堂を一周したが、明かり取り用の格子窓が上部にあるだけで、内部を覗《のぞ》けそうな普通の窓は皆無である。未練がましく正面に戻って閂錠を触った私は、それが完全には閉まっていないことに気づき、忽《たちま》ち興奮した。

ちゃんと錠を下したと、季子が勘違いしたのか。

願ってもいない僥倖《ぎょうこう》である。私は周囲を見回して誰もいないことを確かめてから、そっと閂錠を外して扉を開けた。

堂内は薄暗かった。それでも内部の様子はすぐに見取れた。正面に観音像と地蔵の像が安置されている以外、がらんとしていて何もない。板壁の隅に古い柳行李《やなぎごうり》が四つ積み重ねてあったくらいで、あとは普通の板間である。嘗て巡礼の母娘たちが生き神様として暮らしていたのが、この場所なのだろう。観音像が生き埋めにされた巡礼の母親に、地蔵が娘を模して彫られたと惣一が言っていたことを思い出す。依代《よりしろ》の鎮女《しずめ》たちも、この堂内で暮らしたのかもしれない。そう考えると狭いようにも、また広いようにも思える不思議な空間だった。確かなのは、当たり前だが今は誰も住んでいないということだ。

靴を脱いで堂内に上がるのは、幾ら何でも躊躇《ためら》われた。仕方なく私は扉口から祭壇を繁々《しげしげ》と観察した。だが、幾ら眺めても特に気づくところがない。季子が摘んできたのか観音像の前に、白ではなく珍しい桃色の夾竹桃《きょうちくとう》の花が見えるだけである。あそこに神饌を供えるのが、怖くて辛いという彼女の気持ちが分からない。

やっぱりそれだけじゃないのか。

神饌は飽くまでも表向きの儀礼であり、本当の目的は他にあるのではないか。その内容が余りにも忌まわしいので、訓子は引き継ぎを拒否した。それで季子にお鉢が回ってきた。もしくは、訓子では力不足だが季子なら問題がなかった。訓子にはできないが、季子ならできる何かだった。

のぞきめに関すること……。

そう考えるのが妥当だろう。今の鞘落家には生き神様も依代もいない。鎮女が存在していない。つまりいつのぞきめの障りが出てもおかしくないのだ。いや、現に私が目にしているではないか。

しかし、どうしてあれが部外者である私にも見えるのか。

再びこの疑問が浮上したところで、ぞくっとする寒気を覚えた。自分が無防備に頭を突っ込んで覗いている場所こそ、のぞきめを鎮めるために祀《まつ》られた巡鈴堂であると、今更ながらに気づいたからだ。

慌てて観音扉を閉じると、閂錠をしっかりと掛けた。きっと季子は閉めた気になっているので、これで問題はない筈《はず》だ。

巡鈴堂の前から後退《あとずさ》りながらも、私の視線は祠《ほこら》に向けられていた。御堂と同じく観音開きの扉だったが、閂錠は見えない。あれなら普通に開けられる。

ふらふらっと祠の前まで行くと、巡鈴堂で懲りたにも拘らず、私は右手を伸ばして扉の取っ手を摑《つか》んだ。

この中に祀られた何かを目にすれば、全てを理解できるような気がする。

巡鈴堂を覗いたあとで祠に目をやった瞬間、そう強く感じた所為《せい》だ。それは御堂で覚えた恐怖心を超えるほどの、強烈な好奇心だった。探究心と言っても良い。だが、その探究心を遥《はる》かに凌駕《りょうが》するほどの恐怖心に、すぐ私は襲われた。

全てを理解できた刹那《せつな》、自分は狂うかもしれない……。

そこに理屈はなかった。あるのは感覚のみ。言わば本能が囁《ささや》く警告である。だからこそ圧倒的な戦慄《せんりつ》に私は見舞われた。

祠に祀られたものを見てはいけない。

なぜならそれは人知を超えているから……。

そのとき、こちらへ遣って来る人々のざわめきが聞こえてきた。骨上げから戻って来た鞘落家の人たちが、これから納骨を行なうのだ。

私は震える右手を祠の扉から離すと、皆と出会わないように屋敷の反対方向へと急いで逃げ出した。

離れに戻っても、まだ私の右手は震えていた。こんな経験は初めてだったので、物凄《ものすご》く不安になった。

このまま震えが止まらなかったら……。

掌《てのひら》を何度も握っては開いたり、左手で何回も擦《こす》ったり、右手を振り回したりと、もう必死だった。どれが効いたのかは知らないが、気がつくと治まっていたので本当にほっとした。ただし私の心は、まだまだ平静ではなかったと思う。

十一

そこで今朝から思いつくままに綴《つづ》っている、大学ノートの記述を続けることにした。何《いず》れは読み易いように整理しなければならないが、今はそこまで気が回らない。惣一《そういち》との対話、侶磊《ともらい》村への道程《みちのり》、鞘落《さやおとし》家での出来事など、時系列に関係なく大切だと感じたことは全て、今はできる限り書き残しておくしかない。

それから私は、再び根を詰めたらしい。季子《ときこ》が呼びに来るまで、一心不乱に大学ノートを文字で埋めていたからだ。

彼女と一緒に大広間へ行くと、ほぼ昨夜と同じ顔触れが既に座っていて、手伝いの女性たちが忙《せわ》しげに膳《ぜん》を運んでいる最中だった。

「四十澤《あいざわ》さん、あんたはここや」

雑林《ぞうりん》住職の手招きにより、私も昨夜と同じ席に座る。

「さて、これで揃《そろ》ったな」

住職が口にしたのが、人か膳かどちらのことだったかは分からない。ただ、その言葉を待っていたかのように義一《ぎいち》が重い口を開いた。

「無事に納骨が済みました。何もありませんが、召し上がって下さい」

尤《もっと》も全く感情の籠《こも》らない口調で、たったそれだけで終わったので、私は啞然《あぜん》とした。とても喪主とは思えない挨拶《あいさつ》である。

ところが、誰も気にしている様子がない。むしろ皆が、さっさと膳に手をつけている。まるで一刻も早く食べ終えて、ここから辞したいと言わんばかりに。

昨夜と同じだ。

そう私が感じていると、雑林住職が意味深長な台詞《せりふ》を吐いた。

「これが精進落としとなるからな。皆もそのつもりでおるように」

小能枝《このえ》の初七日に、矢張り村の人たちは集まらないのだ。参加するのは通夜から葬儀までらしい。ひょっとすると葬儀だけかもしれない。

惣一のときも……。

こんな淋《さび》しい葬儀だったのだ、と考えると居た堪れなくなった。村人たち一人ずつの顔を見ながら、どんな気持ちで彼を見送ったのか問い詰めたい憤りに駆られた。

けど、惣一自身が望んだだろうか。

むしろ侶磊村の誰の参列も喜ばなかったのではないか。家族にだけ――特に季子と昭《しょう》一《いち》の二人にさえ――冥福《めいふく》を祈って貰《もら》えれば、それで満足だったに違いない。そう思った途端、沸き上がった怒りが急激に冷めた。

誰よりも遅れて私が膳に箸《はし》をつけると、横から住職に言われた。

「夕方にでも、寺の方にお出《い》でなさい」

「はい、お邪魔させて頂きます」

頭を下げる私に、雑林住職は鷹揚《おうよう》な調子で、

「夕飯を一緒にどうや思てな。こっちには断わってあるから心配はいらん」

こっちとは鞘落家のことだろう。今朝の朝食の席を思い出した私は、勿論《もちろん》その申し出を有り難く受けた。

昨夜と同様、喋《しゃべ》っているのは住職独りで、あとは誰もが黙々と膳に向かっている陰気な会食だった。砥館《とだて》家の隺蔵《かくぞう》が時折、私に話し掛けるのも一緒である。

この人は、もしかすると惣一に目を掛けていたのではないか。

隺蔵と話すうちに、何となくそんな感じがした。頻《しき》りに惣一の大学生活を知りたがるところなど、この見立てを裏づけている気がした。尤も惣一は鞘落家の者のため、大っぴらに認めることはできなかったのだろう。それでも彼の優秀さを、この隺蔵という人物なら評価したように思えた。

惣一が大学に行けるように、義一に口添えしたのかもしれない。

砥館家の当主と話しているうちに私は、そこまで想像するようになっていた。もし惣一が砥館家の子供だったらどれほど良かったことか、という詮《せん》ない空想まで仕舞いにはする始末だった。

精進落としの会食は、昨夜より更に早く終わった。そそくさと我先に席を立つ姿も、全く同じである。

「暇があったら一度、拙宅にも寄って下さい」

寉蔵が帰り際に、それまでとは違う改まった口調でそう言った。歓迎されているかどうかは別にして、私が鞘落家の客であるため遠慮したに違いない。

「ありがとうございます」

そこで私も一礼するだけに止《とど》めておいた。少なくとも義一の目の前で、訪問を約束する度胸はなかった。完全に無視されているため、何ら気遣う必要などないとは思う。が、逗留《とうりゅう》先が鞘落家である以上、ある程度の配慮はするべきだろう。

村人たち全員が帰ってしまった鞘落家は、再び恐ろしいほどの静寂に包まれた。彼らがいても決して賑《にぎ》やかではなく、逆に静けさが増すという薄気味の悪い現象が起こるほどだが、それでも矢張り複数の人間の存在が与える影響は大きかった。そこには勝手を手伝いに来ていた女性たちの姿も加わっていたので余計である。

思えば私は普段の鞘落家を知らずに、行き成り葬儀の参列者で一杯の同家を訪れたことになる。そのため村人たちが一気に去ったあとの終《しま》い屋敷の寂寞《せきばく》さを、昨夜と同様に感じてしまったらしい。

一旦《いったん》は離れに戻ったが、大学ノートの続きを書く気になれず、外に出ることにした。念のために季子を捜して雑林住職の誘いを伝えると、ちゃんと聞いているという。

「うちは一向に構いませんし、御住職もああいう飾らないお人ですから、どうぞ遠慮なさらずにお寺をお訪ね下さい」

私が夕食に招かれたことを、とても喜んでいるようだった。

「散歩から戻らずに、そのまま心願寺《しんがんじ》に行くかもしれませんので」

そこまで時間を潰《つぶ》せるか分からなかったが、季子に見送られながら、そう言い置いて私は鞘落家の長屋門を出た。

実際、門から延びる坂道を下り始めてすぐ、何処に行こうかと私は迷った。当初は南《なん》磊《らい》の中をぶらつくつもりだったが、誰も歩いていない集落の様子が目に入ると、どうにも気乗りがしなくなってきた。

とはいえ村人たちとの交流を望んだわけではない。ただ初めて会う地元の人たちとの、他愛のない話を少し求めただけである。昨日からの異様な体験の連続に、ほとほと疲れ果てていた私は――人見知りをする性格を考えると、何ともおかしいのだが――兎《と》に角ここで平凡な旅の触れ合いを欲したらしい。

尤も南磊の何処を見ても、相変わらず人っ子ひとり歩いていない。きっと真磊《まらい》でも北《ほく》磊《らい》でも同じような状況なのだろう。恐らく侶磊村全体がこうなのだ。こんなに淋《さび》しくて静かな村の中を、不安定な精神状態のまま独りでうろつくのは、どう考えても良くない。散歩は止めるべきだと思ったが、かといって鞘落家に戻るのも気が進まない。

砥館家に寉蔵さんを訪ねようか。

先程の申し出のことが頭に浮かんだ。しかし、幾ら何でも早過ぎる。訪問するにしても明日ではないか。

途方に暮れながらも私は、南磊の曲がりくねった道を目的地も定めずに、ぶらぶらと歩き続けた。昨日は侶磊村の各戸が施す魔《ま》除《よけ》けと呪《まじな》いの凄《すさ》まじさに圧倒され、空恐ろしい思いで一杯だった。それが一夜明けて、こうして集落の中を彷徨《さまよ》っていると、物悲しい気持ちに満たされてくる。そういう意味では変な表現だが、漸《ようや》く葬儀らしい気分になったと言えるのかもしれない。

ところが、南磊での彷徨《ほうこう》が長引くうちに、私は妙な居心地の悪さを覚え始めた。

村人の誰もが家に閉じ籠り、まるで廃村のような淋しい静けさに包まれている中を、たった独りで私は歩いている。だからこそ鞘落家に漂っていた寂寞さと同じものが、この集落にも満ちていることを感じ取っていた。そのために自分も物悲しい思いに囚《とら》われてしまった。ここまでは間違いない。だが、それだけではなかった。どうにも変なのだ。

何だろう、この感覚は……。

集落が無人なわけではない。殆《ほとん》どの者が家にいる。ただ、鞘落家の障《さわ》りを恐れて籠っている。凝《じ》っと息を潜めている。だからこんなにも静かで淋しい……筈《はず》なのだが、その雰囲気がおかしいのだ。次第に、益々《ますます》、どんどん、変になってきている。

どうして……。

往来の真ん中で立ち止まり、辺りを見回すが全く分からない。特に変わったものは何も見当たらない。歩き始めたときと同じ集落の眺めが、周囲には広がっているばかりである。矢鱈《やたら》と流れる汗を拭《ふ》く以外、どうすることもできない。

変だな……。

尚《なお》も歩いているうちに、どうにも薄気味悪くなってきた。最早《もはや》ぶらぶらと散歩をしている場合ではなかった。とはいえ原因の見当もつかない状態では、どうしようもない。

ほとほと困った私が、再び周囲を眺めたときだった。

ある家の窓が目に入った瞬間、「あっ」と声を上げると同時に、私は妙な居心地の悪さの正体を瞬時に察して、思わずぞっとした。

南磊中の村人が、密《ひそ》かに私を覗《のぞ》いている……。

自分の考えが思い過ごしでないことを、もう一度ざっと周囲に視線を走らせて確かめた。すると先程の家と同様、少しだけ開いた窓の隙間、或《あ》るいは玄関戸の陰でさっと動く人影が、あちこちの家で認められた。一旦それに気づくと、あとは面白いように目についた。私が歩いて行く先にある家々で、正に待ち構えていたように、隠れながらこちらを窺《うかが》っている人影が分かるようになった。

昨日の野辺送りで魔除けの物音が家から家へと伝わっていった如く、村人たちの視線が私を追い掛けていた。

何が起きているか悟った途端、私は早足になった。それが軈《やが》て小走りになり、遂には走り出した。逃げる謂《いわ》れは何もないが、村人たちの悪意に満ちた執拗《しつよう》な視線には、とても耐えられなかった。

闇雲に走った私は、気がつくと集落の外れまで来ていた。目の前には山道が延び上がっている。ここは南磊のどの辺りだろうと見回すと、意外にも終い屋敷の甍《いらか》が見えて驚いた。どうやら時計回りに南磊を一周したらしい。

右手へ弧を描きながら上る山道を見詰めているうちに、これを辿《たど》れば鞘落家の南東の隅辺りに出るのではないか、と私は考えた。そう言えば季子が、離れから六武峠《ろくぶ》は案外近いのだと教えてくれたではないか。ただ、鞘落家の敷地伝いに行くのは難儀なので、ちゃんと門から出て南磊を抜ける必要があると説明していた。

図らずも私は、その道程《みちのり》を通って来たのかもしれない。六武峠も一度は目にしておきたい場所である。他に行く当てがなく、かといって南磊の集落には戻りたくない今こそ、丁度良《ちょうど》い機会だろう。

鬱蒼《うっそう》と茂る藪《やぶ》に両側を挟まれた山道を登りながら、私の眼差しはまだ見ぬ六武峠へと向けられていた。だが実際の意識はそんな前方よりも、完全に背中を晒《さら》している後方に集中していた。なぜなら痛いほどの視線を相変わらず感じていたからだ。

鞘落家に逗留《とうりゅう》しとる他所者《よそもの》が、六武峠に行くつもりやぞ――。

恐らく今、この山道が望める家にいる南磊の集落の殆《ほとん》どの村人が、私の後ろ姿を凝視しているに違いない。最早それは視線の暴力だった。そう感じるほどの異様な圧力を、私は背中にひしひしと覚えていた。

のぞきめとはまた違った恐ろしさが、これらの眼差しにはあった。一つは数の威力だろうか。一人ひとりの視線は、それほどでもないかもしれない。しかし人数が集まれば、それは大きな力となる。もう一つは盗み見るという行為だろう。直《じか》に見詰められた場合は、私も見詰め返すことができる。だが隠れてとなると厄介だ。視線は感じるのに、場所も人物も特定できない。ただ自分が覗かれている事実だけは分かる。この状態はかなりきつい。

相手が目の前にいる一対一の睨《にら》み合いであれば、私にも勝機は見込めるが、家の中に隠れている何十人もの村人に覗かれるという状態では、絶対に勝ち目はない。

それでも振り返って叫びたい衝動に、唐突に私は駆られた。

お前らは、そうやって惣一も見続けたのか！

視線の暴力で、感じ易い少年の心を傷つけたのか！

自分たちだけ安全な家の中に隠れて盗み見るなんて、恥ずかしいと思わないのか！

お前らのような村意識の塊が――。

と次々に侶磊村の人々を罵倒《ばとう》する言葉が脳裏を駆け巡っているうちに、気がつけば背後の視線は消えていた。

振り向くと、山道は既に山中にあった。南磊の集落も藪越しに一部が見えるだけで、それもただの田舎の風景にしか映らない。何処の地方にもある辺鄙《へんぴ》な山村の眺めが、そこには望めるだけだった。

かっかと独りで頭に血を上らせていた私は、急に拍子抜けしたようになって、その場に立ち止まってしまった。途端にどっと汗が流れる。それを拭いているうちに少しずつ落ち着いてきた。

惣一のことを想うのは良いが、飽くまでも私は他所者なのだ。だから、どんな場合にも冷静さを失わないようにする必要がある。村人たちとの諍《いさか》いは避けるべきだろう。それに彼らにとって私は、ひょっとすると鞘落家側の者という認識があるのかもしれない。だとしたら余計に騒動など禁物だ。そんな事態になれば、きっと只《ただ》では済まない。

改めてここでの自分の立場を肝に銘じていると、山道から藪の中へと逸《そ》れている獣道のような筋が目に入った。立ち止まらなければ、恐らく見落としていたに違いない。

これが鞘落家に通じる道ではないか。

そう思って喜んだのだが、物凄《ものすご》い勢いで草木が繁茂して獣道を塞《ふさ》いでいる。ここに入るのかと考えると、ちょっと恐れをなしてしまった。だが、このまま見捨てるのは惜しい。私は意を決して藪に突入した。両手で行く手の草木を掻《か》き分けながら進んでいると、目の前の藪が突然ぱっと消えて、終い屋敷の裏の崖《がけ》の上に出ていた。眼下には離れが見えたので、そこが読み通り鞘落家の東南の隅だと分かった。崖から身を乗り出すと、西側の墓所や屋敷裏の巡鈴堂《じゅんれいどう》も望むことができる。南磊だけでなく真磊の集落の一部も垣《かい》間《ま》見える。

そのとき下から、ふわっと風が吹き上がった。とても涼しくて爽快《そうかい》だった。集落の中と山道で掻いた汗が、すうっと引いてゆく心地良さがある。

再び眼下を見下ろした私は、肝心なことが気になった。

ここから果たして下りられるのか。

崖沿いに移動しつつ下を覗き込むうちに、急勾配《きゅうこうばい》の道らしき筋のようなものを認めた。崖の端から離れの裏まで、丁度《ちょうど》それは通っていた。ただし攀《よ》じ登るのならまだしも、それを下るとなると大変そうである。怪我を負う危険を冒してまで試したくはない。

諦《あきら》めた私は元の山道まで戻ると、六武峠に続くと思われる方角へ歩き出した。

少し進むと、すぐに急な下りになった。しかも樹木の根っ子が地面から盛り上がる、何とも足場の悪い坂である。苦労して下り、左手に曲がった道を辿ると、今度はきつい上りになっている。この下りと上りの繰り返しが、その先も続いた。足場の悪さも根っ子から岩石、岩場から藪へと変化に富んでいる。純粋に山歩きを楽しむには絶好の地形だが、装備どころか心の準備も満足にしていなかった私にとって、この道程は大変だった。

休みながらも起伏の激しい山道を辿り続けて、一体何度目の上りだったろうか。まるで梯子《はしご》を登るような急勾配の坂を上がったところで、堪《たま》らず目についた平たい岩の上に私は腰を下ろした。

もう一歩たりとも前進できない。何より喉《のど》が渇いて仕方がない。帰りのことも考えると、これは結構危険な状態かもしれない。大した考えもなしに六武峠を目指した浅墓さを、私は心の底から悔やんだ。

そのとき、ちょろちょろちょろ……という水の流れる音が、微《かす》かに聞こえた気がした。慌てて耳を澄ますと、確かに何処かで細い水流の音がしている。

六武峠の近くには、これまた意味深長な〈甲脱の泉〉と呼ばれる湧水《わきみず》があるけど――。惣一の言葉を思い出した私は、そんな元気が残っていたのかと自分でも驚くほど素早く立ち上がって、その辺り一帯を捜し始めた。

甲脱の泉は、幸いすぐに見つかった。山道を少し進むと、右手に下がった山肌の途中に、小さな石積みの塔が目につく。その側の二つの岩の間から、こんこんと水が湧き出しているのが、山道の上からでも認められた。

滑り落ちないように注意しながら、私は石積みの塔まで下りた。両手を差し出して洗ってから、山水を口に含む。充分に喉を潤してから、顔と首筋に水を掛ける。その得も言われぬ美味《おい》しさと冷たさに、どれほど救われたことか。

元気になって山道に戻った私は、そこからあと一つだけ急な坂を登ったところで、もう六武峠に着いていた。六僧《むそう》峠のこんもりと盛り上がった土山とは違い、そこにはまるで展望台のような大きくて四角い岩が鎮座していた。

こちらの山道が発達しなかったのも、これでは無理ないな。

峠に着いて一番に感じたのは、まず六僧峠との歴然とした差だった。勿論《もちろん》あちらが拓《ひら》けた総名井《そうない》村と通じているのに比べ、こちらは霊場と言われる無涯《むがい》と名不知《なしらず》の滝に出るだけである。様々な交易を考えても、総名井村↓六僧峠↓北磊の道程が栄えるのは必然だろう。とはいえ少なくない数の宗教者たちが、この道を辿って南磊に入っていた歴史を振り返ると、矢張り上り下りが激しいうえに足場の悪い難所の多さが、こちらの発展を妨げたのだという気がする。

ちなみに峠の何処にも、六僧峠に見られた石碑と同じものは見当たらなかった。その代わりに「六武峠」と墨蹤《ぼくしょう》された高札のような板が、大岩の側に立てられていた。

その豆腐のような四角い岩には、上手《うま》い具合に手足を掛ける小さな穴が開いていたので、攀《よ》じ登るのは簡単だった。上に立って南を眺めると、樹木の間に白い筋が見える。あれが名不知の滝なのだろうか。北に目を向けると、遠くに集落の一部が望めた。南磊かと思ったが、距離的に考えて真磊かもしれない。鞘落家裏の崖の上からの風景と何処か似ていたので、恐らく真磊に違いない。

再び南の滝を見詰めながら、あそこから南磊へと六武峠を越えて遣《や》って来た幾人もの巡礼の母娘《おやこ》たちに、自然と私は想いを馳《は》せていた。

どんな気持ちで母娘はこの山道を辿ったのか。南磊の鞘落家で世話になりながら、どういう未来を彼女たちは想像したのか。生き神様や依代《よりしろ》という鎮女《しずめ》になった少女たちは、実際どれほど酷《ひど》い目に遭ったのか。

頭がおかしくなり狂い女と化したため、密《ひそ》かに始末されてしまったのさ。

惣一ならそう答えるに違いない。だがたった一人でも、この峠まで戻って逃げられた娘はいなかったのか。または母親と一緒にもう一度、巡礼の旅へと再出発できた娘は、一人も存在しなかったのだろうか。

いなかったの……。

そのとき、何十人もの少女たちの声が聞こえた。

鞘落家と六武峠の間の山道を彷徨《さまよ》う彼女たちの魂が見えた。

ここまでは来られるのに、どうしても峠は越えられない。そんな少女たちの無念の思いが、六武峠には籠《こも》っている。彼女たちの怨《うら》みが積もっている。悔しさが溜《た》まっている。狂気が満ち満ちている。

ふいに一人の少女の姿が視《み》えた。巫女《みこ》のような格好をして、山道を必死に大岩まで走って来る。この峠を越えようとしているらしい。だが、その背後には追手が迫る。右手に鎌、左手に荒縄を持った屈強な男が、大岩の前で娘に追いつく。振り解《ほど》いて逃げようとする少女と、鎌で脅しながら荒縄で縛り上げようとする男が揉《も》み合う。次の瞬間、真っ白な娘の装束が鮮血で染まり、六武峠に彼女の絶叫が轟《とどろ》いて……。

私は急いで大岩から下りると、必死に来た道を戻り出した。走るわけにはいかないが、自然に早足となった。六武峠まで逃げた娘たちの魂が、そこから戻って来るような気がしたからだ。そんなものに追い掛けられては堪らない。

　自分が妄想に囚《とら》われているとは少しも思わなかった。総名井村から六僧峠を目指したときも、確かに同じような恐怖に見舞われた。だが、あれには具体性がなかった。所詮《しょせん》は見知らぬ山中で覚えた臆病風《おくびょうかぜ》の為《な》せる業だった。その証拠に周りの環境が少し変われば、もう平気になっていた。しかし、こっちは違う。少女たちの声が聞こえたのだ。逃げようとして殺された娘の姿を視たのだ。いや、仮令《たとえ》あれが幻聴や幻視だったにしても、六武峠に蟠《わだかま》る厭《いや》な空気は本物だった。しかもその峠から幾ら離れても、ずっと変わらない気がする。あそこで感じた異様な雰囲気がそっくり憑いて来ているようで、とても恐ろしい。

　のぞきめだけでも怖いのに……。

　そのうえ生き神様や依代になった鎮女たちと関わるなど、絶対にご免だ。私は安易に六武峠を目指したことを、心の底から後悔していた。

　あそこに近づくのは、村の誰もが嫌がりますからね。

　季子の警告めいた言葉を思い出しても、もう遅い。矢張りあれは暗に戒《いまし》めていたのだ。実際この台詞《せりふ》のあと、独りでは行くなと言われたではないか。

　たっぷり過ぎるほど時間があると思っていたのに、知らぬ間に山中には逢魔《おうま》ヶ刻《とき》が近づいていた。集落にいればまだ明るいのかもしれないが、鬱蒼《うっそう》と茂った樹木に頭上を覆われている山奥では、夏の夕暮れと雖《いえど》も早々と日が翳《かげ》ってしまう。そして太陽の光が弱まれば弱まるだけ、魔物たちは逆に跋扈《ばっこ》する。そんなものに出会《でくわ》す前に、何としても南磊まで戻りたい。その一心で私は山道を突き進んだ。

心臓のどきどきと両膝《りょうひざ》のがくがくが、もう限界だと観念し掛けたとき、辺りを照らす夕焼けの朱色が急に明度を増した気がした。前方に目を凝らすと、何となく見覚えがある。更に進んで確かめると、藪《やぶ》越しに集落が望めた。

助かった……。

そこは鞘落家裏の崖《がけ》に通じている、例の獣道の近くだった。あそこを過ぎれば、もう少しで南磊を見下ろせる坂の上に出られる。村人たちの視線を一身に浴びた、あの坂を下ることができると分かった。

よろよろになりながらも私は残りの山道を走った。今にも倒れそうだったが、兎《と》に角ここから一刻も早く逃げ出したい。そのことしか頭になかった。でも、それが良かったのだ。幸いしたのである。

なぜなら獣道の横を通り過ぎるとき、藪の中に佇《たたず》んでこちらを凝《じ》っと覗《のぞ》いている、真っ赤な夕陽に照らされたあれの影が、ちらっと視界に入ったのだから……。

十二

真磊《まらい》の心願寺《しんがんじ》までは本当に遠かった。普通に歩けば大した距離ではない。近いとは言えないが、訪ねるのが嫌になるほど離れてはいない。だが私は南磊《なんらい》の集落を歩き回ったうえに、六武《ろくぶ》峠まで往復してから心願寺まで行ったのだから、もう大変だった。

しかも私は、例の獣道の地点から持てる力の全てを出し切って走っている。南磊が見える坂の上に着いても止まらず、そのまま集落まで駆け下りている。勿論《もちろん》あれから逃れるためにだ。火事場の馬鹿力とよく言うが、咄嗟《とっさ》に出る人間の瞬発力の凄《すご》さに、このときほど感じ入ったことはない。

きっと南磊と真磊の集落では、ふらふらの状態で往来を歩く他所者《よそもの》に対して、これまで以上に奇異の目が向けられたに違いない。だが、そんな視線を察する余裕が私には全くなかった。目の前に延びる道を辿《たど》って寺を目指すこと。それしか意識できなかった。外界の刺激に一切反応しなくなっていたのかもしれない。

漸《ようや》く人間らしい感情が表れたのは、寺の石段の下に着いたときだろうか。最後にこんな難所があったかと嘆いたのが、恐らく山道から下りて来て以降、初めて示した人間的な反応だったと思う。

苦労して石段を上がり、大きな門を潜って心願寺の玄関に辿り着いた私は、表札に記された住職の姓名を認めて思わず苦笑した。読みは幾つか考えられるが、そのうちの一つが如何《いか》にも寺の坊主に相応《ふさわ》しく感じられた所為《せい》だ。

少しだけ元気になった私が玄関先で訪問を告げると、雑林《ぞうりん》住職本人が奥から出て来たのでちょっと驚いたが、こちら以上に仰天したのは向こうだった。

「息も絶え絶えに見えるが、一体どうされたんや」

「こちらへ伺う前に時間があったので、六武峠に行ったのですが……」

住職は目を剝《む》くと、何も言わずに私を風呂《ふろ》場まで案内した。

「浴衣《ゆかた》を出しておくから、兎に角ゆっくり何も考えずに、心を空っぽにして湯に浸《つ》かることや」

「……すみません」

その厚意を有り難く受け、住職に言われた通り湯船に浸かった。お蔭《かげ》で六武峠への往復で掻《か》いた汗も味わった恐怖も、殆《ほとん》ど洗い流すことができた。

獣道で私を待ち伏せていたのぞきめも……。

やっぱりあれは私のことを待ち受けていたのだろうか。六武峠まで追って来なかったので助かったが、あの藪を走って通り過ぎていなければ、どうなっていたか分からない。

そう考えて恐ろしくなった私は、慌てて住職の言葉通りに、只管《ひたすら》心の中を空っぽにして湯を浴び、湯に浸かった。入浴という行為そのものが一種の祓《はら》いの儀礼なのだと、このとき私は身を以《もっ》て体験したような気がする。

脱衣場の籠《かご》に入れてあった浴衣を着て廊下に出た。すると見計らったように小僧さんが現れ、奥の座敷まで案内してくれた。

「おっ、どうやら生き返ったようやな」

こちらの顔を見た途端、雑林住職が笑った。

「玄関であんたを見たときは、ちょっと魂消《たまげ》ましたで」

「物凄《ものすご》く疲れてましたから……」

勧められた座布団に私が座るのを待って、

「そっちの疲れもあったかもしれんけど、ありゃ何かに憑《つ》かれてたようにも、ちょっと見えましたからなぁ」

住職は何とも気になる台詞を吐いた。ただ、咄嗟《とっさ》に私が不安そうな表情をした所為か、すぐに再び笑いながら、

「いやいや、もう大丈夫や。うちの聖なるお湯のお蔭で、そんなものは全部綺麗《きれい》に流れてしもうとりますわ」

「こちらのお風呂には、そういう霊験があるのですか」

「そんなもん、ありますかいな」

あっさり住職が首を振ったので、思わず全身の力が抜けそうになる。

「そないな凄い効用があったら、疾《と》っくに霊験の湯とか呼んで、ついでに宿坊も建てて、仰山《ぎょうさん》の湯治客を集めて大儲《おおもう》けしとります」

強《あな》ち冗談ではなさそうなのが、この雑林住職の恐ろしいところである。

「まぁ何もないけど、ゆっくりしてって下さい」

この挨拶《あいさつ》が合図だったかのように、女中が膳《ぜん》を運んで来た。何もないと言う割には、なかなか豪勢な料理が並んでいる。

「若い学生さんが、精進料理だけでは気の毒やからな」

「恐れ入ります」

素直に私は頭を下げつつ、でも待てよ、と思った。ひょっとすると普段から、この寺では精進料理など出していないのかもしれない。この如何《いか》にも生臭坊主然とした住職のことだから、それは充分に有り得る。

「では、遠慮なく頂きます」

尤《もっと》も私には何の関係もないので、ここは有り難く食べることにした。

「まぁ一献」

酒も勧められ、そこからは注《さ》しつ注されつの状態で、非常に楽しく食事が進んだ。話題は梳裂《すくざ》山地に於《お》ける怪異な民間伝承から、雑林住職が研究している中国の唐と隋《ずい》の呪術《じゅじゅつ》についてまでと、なかなか専門的だった。だが、私も住職もそれだけで終わるわけがなかった。二人とも密かに機会を窺《うかが》っていたのは間違いない。

「ところで――」

最初に切り出したのは私だった。

「惣一《そういち》君が死亡した知らせの届いた日に、小能枝刀自《このえとじ》は臥《ふ》せられたということですが、それから一度も快復されずに身罷《みまか》られたのでしょうか」

「ああ、そうでしたな」

小能枝を見舞ったときの様子でも思い出したのか、住職がしみじみとした口調で、

「あの家で惣一を最も可愛がってたのが、小能枝さんでしたからな。季子《ときこ》さんもそうやったが、嫁の立場では難しいところもある。せやけど小能枝さんなら、義一《ぎいち》さんや訓子《のりこ》さん、勘一《かんいち》君にも意見ができる」

「彼が大学に進んだのも、小能枝刀自のお蔭ですか」

「その彼女を後押ししたんが、砥館《とだて》家の寉蔵《かくぞう》さんですわ」

やっぱり、と私が納得していると、住職が意外なことを言い出した。

「小能枝さんは前の当主の揆一《きいち》さんに――惣一君のお祖父《じい》さんですな――見初められて鞘落《さやおとし》家に入るまでは、旅芸人の一座におりましたんや」

「そうなんですか」

「その一座が総名井《そうない》村で興行したとき、芝居を見に行ってた揆一さんが、舞台の上の小能枝さんに一目惚《ひとめぼ》れしてしもうた。如何に曰《いわ》くのある鞘落家とはいえ、旅芸人風情を正妻に入れるなど以ての外と、随分と揉《も》めたらしいが……。結局、揆一さんが我を押し通した。ただ小能枝さんにしてみたら、芸事には一切の関心も知識もない田舎の旧家に嫁いだわけやから、そら並大抵やない苦労があったようですわ」

「確かに大変そうですね」

「夫の揆一も、決して芝居に理解があったわけやない。偶々《たまたま》見に行った舞台で、小能枝さんを見初めただけやった。息子の義一も、孫の勘一も、その点は揆一さんと一緒やった」

そこで雑林住職は急に身を乗り出すと、

「ところが、もう一人の孫の惣一だけは違《ちご》うとった。幼い頃から小能枝さんの芸の話に興味を示したんやな」

「彼にそんな面があるとは、少しも知りませんでした」

びっくりする私に、いやいやと住職は片手を振りながら、

「別に惣一が三味線を弾いたり、唄《うた》いや踊りをしたわけやない。ただ、そういうものを面白がったのと、何より小能枝さんが語る芝居の筋に関心を見せた。よく二人で様々な芝居の脚本を朗読したといいます。いや、単に読んだだけやのうて、演じたんですな」

「お芝居を……」

「どんなに歳を召されても小能枝さんは、若い町娘から老獪《ろうかい》な盗賊の親分まで色々な声音を使い分けられたんで、そりゃ惣一だけでのう儂《わし》も楽しかった」

「御住職も参加されたのですか」

再びびっくりした私に、

「参加いうても、儂の場合は端役でしたがな」

と照れながらも、満更でもない顔をしているのが可笑《おか》しい。

「尤も惣一は大きくなるにつれ、芝居よりも小説に関心を抱くようになってな。そこから歴史書へと興味が広がっていった。そもそも鞘落家で本を読もういう奴なんぞ、それまで誰もおらんかったことを考えると、ほんまに惣一は特別でした」

「生まれ持った彼の資質もあったのでしょうが、小能枝刀自に可愛がられたお蔭とも言えますよね」

雑林住職はゆっくり頷《うなず》くと、

「せやから彼の死んだいう知らせは、そらもう小能枝さんを打ちのめした。臥してから、あっという間に痩《や》せ細ってしまわれたほどや。がりがりになられた様は、もう痛々しかった。村の心ない連中は、孫が祖母を引っ張ったんや言《ゆ》うとるけど、むしろ彼女の方から惣一のところへ行ったんやないかと、儂は疑《うたご》うとるくらいや」

仮にどちらであっても大して変わらないじゃないか、と私は思った。一番大きな違いは、村人たちが鞘落家に対する恐れからそんな噂をしたのに比べ、住職は小能枝と惣一に対する哀惜からそういう想像をしたということだろうか。

「その小能枝刀自の野辺送りなんですが……」

愈々《いよいよ》疑問に感じていたことを尋ねるときがきた。

「彼女は火葬にされたのでしょうか」

「ほうっ、何でそう思いなさる」

「えっ……」

まさか葬列のあとを尾《つ》けていたとも言えず、私は焦った。

「……それは、一足早く帰って来た昭一《しよういち》君に、骨上げのことを教えて貰《もら》ったからなんです」

「ああ、せやったな」

幸い住職は納得したらしい。ただし、こちらに向けた視線が妙に鋭い。

「で、火葬がどうかしましたか」

「いえ、この辺りは土葬の風習が強いと、前に惣一君から聞いていたもので」

「確かに梳裂山地一帯はそうですな」

「にも拘《かかわ》らず、どうして小能枝刀自は火葬だったのですか。もしかすると惣一君も、同じだったのでしょうか」

雑林住職は溜息《ためいき》を吐きつつ頷くと、

「仰《おつしや》る通り惣一も火葬でした。土葬ではのうて火葬にする場合、この辺りでは通常その理由が二つありましてな。一つは仏が伝染病に罹《かか》っておったとき。もう一つは――」

と一旦《いつたん》言葉を切って私を見詰めてから、

「仏が憑《つ》き物に憑かれたまま亡くなったときですわ」

「憑依《ひようい》状態で死んだとき……」

「そのまま埋葬すると、万に一つも甦《よみがえ》ってしまう恐れがある。せやから遺体は焼いて灰にして、要らぬ禍根は残さんようにする」

「で、でも惣一君は……」

「憑き物に憑かれとったわけやない」

私が言いたいことを、住職は先回りして口にすると、

「ただなぁ、この侶磊村《ともらい》には三つ目の理由がありましてな」

「……鞘落家から仏が出たとき、ですか」

「そうです」

予想できたとはいえ、何とも言えない気持ちになった。

「鞘落家の者だけは、昔から土葬を許されておらんかった。代々の墓を寺に祀《まつ》ることも禁じられとった」

「でも、終《しま》い屋敷の敷地内に墓所があって、そこに埋葬するのなら、別に土葬でも問題ないじゃありませんか」

咄嗟《とっさ》に私は反論していた。死ねば土葬でも火葬でも一緒だと思っている。だが、土葬の風習の残る土地で、偶々その家に生まれたという理由だけで惣一が火葬にされたと考えると、黙っていられなくなった。

「その通りや。鞘落家が我がとこの土地に仏を祀るんやったら、それが土葬でも火葬でも風葬でも、別に何でも構わん筈《はず》やからな」

「だったら――」

「せやけど村人たちは、土葬した遺体に鞘落家の魔物が憑いて、それが集落へ下りて来ることを恐れましたんや」

「のぞきめ……ですか」

雑林住職が首を縦に振った。

「あれは屍体《したい》に憑くのですか」

驚いた私が尋ねると、今度は首を横に振りつつ、

「そんな例を儂は聞いたことがない。ただ、のぞきめの元になった娘の巡礼の話がありましたやろ」

「伝染病に罹ったのではないかという母親と一緒に、生き埋めにされたという伝承ですね」

「あの話では、娘が埋められた場所から起き上がったとされとる。言わば甦った屍体や。村人たちの不安の元は、そこまで遡《さかのぼ》るんですわ」

「しかし、それが集落まで下りて来るなんて……」

「嘗《かつ》て駐在にサーベルで斬り殺された娘がいたことは、惣一からお聞きかな」

「あっ、はい」

「あれは気の狂《ふ》れた鎮女《しずめ》が鞘落家から集落まで下りて来て、次々と村人たちを襲った事件やった。その影響がやっぱり大きいんでしょうな」

つまり根が深いのだ。そういう幾つもの事由が集まって、今日の鞘落家に対する差別

が生まれたことを、私は改めて認識した。

「ところでな」

黙ってしまった私に酒を注ぎながら、雑林住職が徐《おもむろ》に、

「惣一が死んだときの状況を、できれば詳しゅう教えて貰いたいのやが……」

「も、勿論《もちろん》です」

そもそも寺に呼ばれたのもそのためである。早速私は山岸教授から聞いた、理学部なのに民俗学に首を突っ込んでいる変わり者の福村が、死ぬ前の惣一について語った薄気味の悪い話を、熱心に耳を傾ける住職に伝えた。

「……そうやったか」

私の話が終わるまでずっと無言だった住職が、ぽつりと呟《つぶや》いた。

「惣一が調査に行った地が、あの蒼龍郷《そうりゅうごう》やったとは……」

「……その土地のことを、よくご存じみたいですね」

雑林住職の口調に、私は何か不吉なものを感じた。それで恐る恐る尋ねたのだが、

「いや、単に文献で読んだだけで、一度も行ったことはないんやけど」

「何でも憑き物信仰が盛んなところだとか……。いえ、その福村という学生の受け売りに過ぎませんが――」

「ああ、そうですわ。その近くには憑き物村とまで呼ばれとる場所もあってな。そりゃ強烈な憑き物がおるとか」

「しかし大学の民俗調査は、特に憑き物信仰に焦点を当てたものではありませんでした。もっと一般的な生活上の調査だった筈です」

「せやから惣一は大学の調査の合い間を縫うて、飽くまでも個人的に調べとったんやと思います」

「何を、ですか」

「のぞきめのようなものを完全に祓《はら》う、恐らくその方法でしょうな」

意外な答えに私は驚いた。と同時に、惣一が何も教えてくれなかったことに、少なからず打ちのめされた。

「あんたには、その方法を見つけてから、きっと相談するつもりやったんでしょう」

こちらの気持ちを察したらしく、住職はそう続けながら、

「次の民俗調査の地が蒼龍郷やと知ったときから、惣一は密《ひそ》かに計画を立てたんやろな。本来の務めをこなしつつも、自分の調べ物も進めるいう計画を」

「実はこの夏ここへ来ないかと、惣一君に誘われていたんです」

「ほうっ、いつですか」

「問題の民俗調査に出掛ける直前でした」

「うーむ。自分の目的を遂行させる自信が、きっと彼にはあったんでしょうな。それで事前に、あんたに声を掛けておいた」

「協力を求めるつもりで」

「多分そうやと思います」

それが実現せずに、本当に私は残念でならなかった。

「惣一君の力になれていたら……と思います」

自然に私が項垂《うなだ》れてしまうと、住職が酒を注いでくれた。それから二人は無言のまま、暫《しば》く酒を酌み交わし続けた。

ところが軈《やが》て私の心に、ある恐ろしい疑いが頭を擡《もた》げ始めた。

「……ちょっと待って下さい」

私が顔を上げると、まるで覚悟を決めたような表情で住職がこちらを見ていたので、一瞬びくっとした。だが私は、その疑いを口にせずにはいられなかった。

「惣一君が憑き物信仰の盛んな調査地で、本当にそういう調べ物をしていたのだとすると、彼の奇妙な振る舞いはどういう意味を持つのでしょう。矢鱈《やたら》と周囲を気にして、何かの気配を感じて振り返るような、そんな動きを彼はしていたわけですが……」

「恐らく身に危険を感じてやろうな」

「その危険とは……」

「のぞきめ」

その一言だけ雑林住職は口にした。

「つまり惣一君の調査を、のぞきめが邪魔をした。完全に祓われる方法を知られる前に、彼を始末した……ということですか」

「蒼龍郷での惣一の振る舞いから、そう考えるしかないやろう」

住職は険しい顔で続けた。

「無論これは飽くまでも推測や。そもそも福村さんいう学生の証言を、あんたも直《じか》に聞いたわけやありませんしな」

ちゃんと本人に会って話を聞くべきだったと、私は後悔した。

「とはいえ鞘落家の怪異も何も知らん学生さんが、死ぬ直前の惣一について、そんな風に見えたいうんは、逆に信憑性《しんぴょうせい》があるんやないかと儂《わし》には思えます」

「御住職の仰る通りです」

「そないなると、この少ない手掛かりから導き出せるんは、惣一はのぞきめによって追い詰められ、崖《がけ》から転落してもうた……いう解釈ですわ」

「はい」

「尤《もっと》も俄《にわ》かには受け入れ難《にく》い解釈や。あれが他所《よそ》にも現れるやなんて、ちょっと想像もしてませんでしたからな」

「全く例がなかったわけですね」

「ああ。けど裏返せば、鞘落家の者が誰も侶磊村から出ておらんから、いうことになる。仮に出た者がおったにしても、のぞきめが現れる理由がなかったことになる。よう考えたら当たり前かもしれん」

「御住職、是非お尋ねしたいことがあります」

私は改まった口調で、遅蒔《おそま》きながら肝心の質問をした。

「鞘落家には今、生き神様を務める巡礼の娘も、依代《よりしろ》となる村娘も、どちらもいないんですよね」

「そうやな。鎮女がおらん状態が、もう四年は続いとるでしょうな」

「その四年前に六武峠を越えて、四国から来たという巡礼の母娘《おやこ》がいたんですよね。そのときの娘が、今のところ最後の鎮女なのでしょうか」

「そんなことまでご存じか」

かなり住職は驚いたようだが、誰から聞いたかまでは尋ねてこなかったので、私はほっとした。できれば季子の名前は出したくない。

「けどな、その娘は鎮女として使えんかったんや。こう見えても儂も宗教者の端くれ、そういう件では昔から、鞘落家の相談に色々と乗っておる。けど儂の目にも、娘に鎮女の役目は無理やと映りましたな。せやから最後の鎮女は、その母娘が来る前におった巡礼の娘になりますが……」

と雑林住職は中途半端に一旦《いったん》言葉を切ってから、

「そんなことを気にされるんは、あそこの家で何かを見てしもうたから……ではないですかな」

「……はい」

そう返事したものの、まだ私は躊躇《ためら》っていた。のぞきめの体験を話すにしても、何処まで伝えるかが難しい。この住職はこちらの味方になってくれそうな侶磊村では数少ない人物だったが、完全に信用して良いものか。そもそも惣一は何故あのとき、自分に鞘落家の怪異を教えてくれた「ある人」が心願寺の雑林住職だと言わなかったのだろう。取るに足りないことかもしれないが、妙に私は引っ掛かっていた。それでも全てを話そうと決めたのは、そうしないと前に進まないと考えたからだ。

「実は――」

昨日の野辺送りから今夕の藪《やぶ》での待ち伏せまで、のぞきめと遭遇した体験を私は正直に全て話した。その間、住職は一切口を挟まなかった。

「うーん」

ただし語り終えた途端、そんな唸《うな》り声を上げたまま腕組みをしてしまった。

「な、何か不味《まず》いことでも……」

住職の反応が、私を不安にさせた。患者である私に症状を聞いたあと、お手上げだとばかりに困惑する医者を、まるで目の前にしたような気分である。

「いや、既に野辺送りをご覧になってたとはなぁ」

ぴしゃぴしゃと禿頭《とくとう》を叩《たた》きながら、雑林住職が参ったという顔をした。

「……すみません。今まで黙っていて」

「もう済んだことやから宜《よろ》しいけど、くれぐれも村の者には言わんようにして下さい。他所者が覗《のぞ》いてたと分かると、色々と厄介ですからな」

「と仰《おっしゃ》いますと、例えばどういったことでしょうか」

遠慮がちに尋ねる私に、住職は苦笑しながら、

「好奇心が旺盛《おうせい》なんは結構やけど、ほどほどにしとかんといかん場合もある」

「……はい、恐れ入ります」

殊勝に頭を下げる私に、住職は真顔でこう言った。

「例えば、この数日の間に何か変事が起こった場合やな。あんたが野辺送りを隠れて覗いとったと分かったら、その罪を間違いのう責められる羽目になる」

「他所者が葬儀を妨害した結果だ……と」

「ああ、実際は見ておったただけにしろ、そういう因縁をつけられますわ。せやから、このことは村の者にも言わんように」

「分かりました。絶対に誰にも喋《しゃべ》りません」

そう真剣に誓ったあとで、私は気になっていた例の奇妙な物音について、早速だが雑林住職に尋ねてみた。

「その野辺送りのときですが、葬列が進むのに合わせて、妙な音が聞こえました。あれは何だったのでしょうか」

「ああ、ありゃ臼《うす》を搗《つ》いとったんですわ」

「……正月に餅《もち》を搗く、あの臼ですか」

思わぬ返答に私はびっくりしたが、住職は当たり前のように、

「どの家にも臼はありますからな。野辺送りが自分の家に差し掛かる前から通り過ぎるまでの間、各戸では用意した何も入ってない空の臼を、皆が杵《きね》で搗きますのや。この音には魔を祓《はら》う効果があって――」

という以後の説明は、私が推察した通りだった。ただし、その音源が臼だったとは思いもよらなかった。

「興味深いお話です」

素直に感心しつつも、あの物音の正体より更に知りたかったある疑問を、私は思い切って口にした。

「野辺送りには沢山の方が出ていらっしゃいましたが、あれだけいた葬列の誰一人として、のぞきめに気づいた人はいらっしゃらなかったのですか」

「気づくも何も、殆《ほとん》どの者には視《み》えておらんかったのや」

てっきり怒られるかと思ったが、あっさり住職は答えてくれた。

「鞘落家の人も、ですか」

「仮に視えておっても、知らん振りをしたでしょうな。つまり四十澤《あいざわ》さんのような反応が、実は一番不味いんですわ」

どきっとすると同時に、ぞくっとした。しかし、そんなことを言われても困る。のぞきめの対処法など、惣一も教えてくれなかったのだから。

「で、でも何故あれは、私のところに出るんですか。どうして私に視えるのですか」

「それは……」

思わず言い淀《よど》む雑林住職の表情を見て、私はとても厭《いや》な予感がした。やっぱり聞きたくないと首を振り、そのまま耳を塞《ふさ》ぎそうになった。だが、その前に住職の口が開いた。

「あんたに興味があるからやろう」

「えっ？」

「この村の者にとって、四十澤想一《そういち》いう学生は他所者ですわ。せやから良うも悪うも興味の対象になるわけや」

今日の午後、南磊の集落を歩いていて受けた恐るべき視線の洗礼が、正にそれを証明していたのは間違いない。

「同じことが、のぞきめにも言えるわな」

「つまり私が物珍しい……」

「そうそう。せやから一番ええんは、相手にせんこと。向こうが飽きるまで、知らん振りして構わんことや」

「それで大丈夫でしょうか」

「所詮《しょせん》は子供や。そのうち興味がなくなりますわ」

とはいえ、とても普通の子供とは思えない。いや、そもそも人間ではないのだから、不安は少しも消えない。しかし、それ以外に対処法もなさそうである。ここは住職の言う通りにするしかなさそうだった。

「第一そない何日も、鞘落家には滞在されんでしょう」

「あっ、そうですね」

本来なら今日にでも帰っていたところだ。それが思わぬ怪異に見舞われ、また住職に招かれたこともあり、まだ侶磊村にいる羽目になってしまった。

「明日にでもお暇《いとま》するつもりです」

「ああ、それが宜しい。ただでさえ鞘落家の客になるんは難儀やのに、今は喪に服しとる最中やから余計に大変や」

「ただ、ちょっと気になることがありまして――」

それは季子と昭一の二人についてだった。まず小能枝のあとを継いで巡鈴堂《じゅんれいどう》に神饌《しんせん》を捧《さき》げている季子の様子に、どうやら異変があるらしいという昭一の話。次いでその異変に昭一が関わっているのではないかという私の推測。この二つを話してみることにした。雑林住職なら何か知っているかもしれない。仮に心当たりがなくても、きっと相談に乗ってくれるだろう。そう考えたのだが――。

「巡鈴堂と祠《ほこら》を、まさか覗いたりしてへんやろな」

私が話し終わるや否や、すぐに怖い顔で睨《にら》まれた。

「えっ、それは、まぁ……」

「どっちや。誤魔化さんと、ちゃんと答えなさい」

「……それが、巡鈴堂は、つい扉を開けてしまって……申し訳ありません」

「で、何ぞ見たんか」

その物言いが何とも薄気味悪く、二の腕に鳥肌が立った。

「い、いいえ、何も……。惣一君の話にあったように、観音様と地蔵様の二体が祀《まつ》られていただけでした」

「祠は」

「み、見てません。本当です」

「……そうか。まぁ何も目にせんで幸いでしたな」

巡鈴堂や祠の中に何を見てしまう可能性があったのか、とても尋ねたかったが、どうしても訊《き》けなかった。

「何《いず》れにしても、もう巡鈴堂と祠には近づかん方が宜しい。季子と昭一やったら心配はいらん。ええか、あの鞘落家には――」

そのとき寺の何処かで、ざわめきめいた妙な気配がした。住職もそれを感じたのか、口を閉じて耳を澄ませている。

「御住職、失礼します」

すると襖《ふすま》の外で雑林住職を呼ぶ声がした。

「何事か知らんが、ちょっと待っとって下さい」

そう私に断わって廊下に出た住職だったが、なかなか戻って来ない。そのうえ寺の中のざわめきが、更に大きくなってゆく。

何か変事でも起こったのだろうか。

不安に駆られながら居ても立ってもいられなくなっていると、漸《ようや》く住職が座敷に戻って来た。だが、物凄《ものすご》く顔色が悪い。

「ど、どうされたんですか」

驚いて尋ねた私に、雑林住職は絞り出すような声で、

「義一さんが亡くなったらしいんや。それも妙な死に方をしたいう話でな」

十三

雑林《ぞうりん》住職と一緒に心願寺《しんがんじ》を出た私は、南磊《なんらい》の鞘落《さやおとし》家へと向かった。私が駆けつけても何の役にも立たないが、かといって寺で待つのも嫌である。どういう状況で鞘落家の当主が死んだのか、当然それも気になっていた。いや、むしろ義一《ぎいち》の死因が知りたいがために、私は住職について行ったのだと思う。

我々の少し先には、寺まで住職を呼びに来た青年団の一行が歩いていた。その中に火葬場にいたシゲやショウスケがいるのかもしれないが、暗くてよく見えない。住職だけでなく私も同行すると分かった途端、あからさまに彼らは離れてしまったのだが、こちらには好都合だった。勿論《もちろん》住職と内緒話ができるからだ。

「それで義一さんは、どういう状況で亡くなったのですか」

青年団には聞こえないと思ったが、私は声を落として尋ねた。

「喪中やから仕事は休んどった筈《はず》やのに、どうも午後から彼は、現場の様子を見に行ったみたいでな」

「現場というのは、樹木を伐採するところですね」

「ああ、梳裂《すくざ》山地のあちこちにある。義一さんが向かったんは、まだ新しい〈大だら坊の谷〉いう現場で――」

住職の説明を聞きながら、私は地図を頭の中に思い浮かべた。そのお蔭《かげ》で大凡《おおよそ》の場所を把握することができた。

「夕食の時間になっても義一さんの姿が見えんので、これはきっと何処かの現場に行っとるに違いないと、飯場の者に捜させたところ、大だら坊の谷で見つかった」

「既に亡くなっていたのでしょうか」

「現場には伐《き》り出した樹が積まれ、あとは運び出されるだけいう状態やったらしい。その樹の山が崩れて、義一さんは下敷きになっとった」

「……事故、ですか」

「まだ分からん」

と答えながらも雑林住職は、何とも言えぬ表情でちらっと私を見てから、

「樹木の伐採も運び出しも荒っぽい仕事やから、これまでにも事故は起きとるし死人も

出とる。ただな、そういう事故は樹を伐っとる最中、運び出しとる最中に起こるもんや。ちゃんと積んであっただけの樹が行き成り崩れるやなんて、ちょっと考えられんのですわ」

「人為ではないか……と」

「飯場の者は、そう疑《うたご》うとるようです。ただし素人には難しい。現場を知っとる者でないとできん。せやけど関係者で、そんなことをしそうな者など一人もおらん。つまり事故としか考えられん。しかし——」

「事故とするには不自然過ぎる」

私があとを受けると、住職がゆっくりと頷《うなず》いた。

「失礼を承知でお尋ねしますが、動機を持つ容疑者がいないというのは、御住職からご覧になっても確かだと思われますか」

流石《さすが》にぎろっと睨まれたが、住職は再び頷いてくれた。そこで私は、義一が亡くなったと思われる死亡推定時刻を訊いてみた。それからもう一度、大だら坊の谷の位置を確認したところで、ある厭《いや》な考えがふっと浮かんだ。

それが表情に出たのか、透かさず住職に鋭く突っ込まれた。

「何か気づかれたことでも」

「……あっ、いえ」

「他所《よそ》から来られた方やからこそ、ここにおる者には分からん何かが、簡単に見えてしまう場合もありますからな」

ある意味この住職の指摘は当たっていたのだが、だからといって喜ぶようなことでは決してなかった。

「皆に黙っておいた方が良いことなら喋《しゃべ》らんので、教えて貰《もら》えんかな」

だが、ここまで頼まれると断われない。第一この考えが合っているのかどうか、それを確かめられるのは雑林住職くらいだろう。打ち明けるなら、矢張りこの人しかいない。

「夕方、鞘落家の裏山で出会《でくわ》したあれのことなんですが――」

その場所と時間から、あのあとあれは大だら坊の谷へ行って、そこで義一に遭遇したのではないか、という考えを私は述べた。

「そして義一さんを殺《あや》めた……と仰《おっしゃ》るのか」

「あれがどんな力を持っているのか、私には分かりません。ただ、ずっと鞘落家に障《さわ》りを齎《もたら》しているのですから、現場の知識はあった筈《はず》です」

「成程。面白い考え方ですな」

住職は一旦《いったん》肯定したうえで、私の顔を覗《のぞ》き込むようにして、

「なんで義一さんを手に掛けたんか。そういう理屈で考えなさるなら、次は動機の問題が出てくるんやありませんか」

「のぞきめに覗かれると、決まって病気や事故で死ぬ者が出た、と惣一《そういち》君《せい》から聞きました。私がここに来てから、もう何度もあれには覗かれています。その所為で義一さんに

障りが出たのかもしれません」

「しかしな、のぞきめに覗かれるんは鞘落家の人間やし、それで病気に罹《かか》ったり事故に遭うのも鞘落家の者や。せやけどあの家で、のぞきめに覗かれたいう話を、ここ数年ほど儂《わし》は全く聞いとらんのですわ」

「でも、惣一君が……」

「その話が、ほんまに久し振りやな。しかも、その話は覗かれた本人が死んどる。障りが当人に出てしもうとるから、それで済んどる筈やありませんか」

言われてみればその通りである。だが、どうしても腑《ふ》に落ちない何かが、痼《しこ》りのように残っている気持ちの悪さを、私は感じていた。

「ああいうものを理屈で考えるやなんて、まぁけったいなことやな。とはいえ何事にも筋があったりする。何処まで人知で捉《とら》えられるか分からんけど、怪異いうもんもその筋に則《のっと》って起きとるいう場合が、実は多いんやないかと儂は考えとります」

自分も同じような思考をしていたので、私はかなり驚いた。そう正直に伝えると、住職は喜びながらも困ったような表情で、

「そういう解釈は決して無駄やない。ただし報われることは少ないわなぁ。せやけど怪異に立ち向かうための、それも立派な方法の一つですわ」

「ただし義一さんの死には当て嵌《は》まらない、ということですね」

「そうなんやが……」

意外にも住職は、そこで言葉を詰まらせた。

「違うのですか」

ここまでの話の展開から、てっきり鞘落家の因縁も否定されたのだと思っていた私は、かなり戸惑った。

「実はな」

住職は前方の青年団に聞こえることを懸念するような小声で、

「材木の下敷きになった義一さんの遺体は、お腹の辺りが捩《ね》じれたように曲がって、半ば身体が切れ掛かっとる状態らしい」

「そ、その格好は……、例の巡礼の母親《おやこ》の最期と同じ姿では……」

と指摘したところで、小能枝刀自《このえとじ》の遺体も恐らく同様だったのだと察した私は、忽《たちま》ち戦慄《せんりつ》した。

「それだけやない」

しかし住職は、そんな私に応《こた》えることなく、更にとんでもないことを言い出した。

「義一さんを捜しに行った飯場の者が、大だら坊の谷に近づいたところで、妙なもんを聞いたらしいんや」

「何ですか」

「鈴の音《ね》や」

背筋がぞっと震えた。物凄《ものすご》く冷たい手で首筋から腰まで撫《な》でられたような、とても厭な震えが背中を走り抜けた。

「そ、その鈴の音というのは……」

雑林住職に確かめようとしたとき、丁度《ちょうど》鞘落家に到着した。昨夜《ゆうべ》と同じように長屋門の前には篝火《かがりび》が焚《た》かれており、その前で青年団の一行が村人たちと合流しているので、これ以上の話はもうできそうになかった。

玄関に入ると、すぐに季子《ときこ》が出て来た。

「偉いことになったな」

住職が声を掛けると、義一の遺体は仏間に安置されていること、真磊《まらい》の村医者と駐在が既に来ていることを、手短に季子が告げつつ先に立った。

「あんたは同席せん方が宜《よろ》しいやろ」

成り行きで一緒に歩き出した私を、やんわりと住職が止めた。確かに他所者が顔を出すのは不味《まず》いかもしれない。

「では、離れに行っております」

「あとでお呼びしますので、暫《しばら》くご辛抱下さいね」

透かさず後ろを向いて頭を下げた季子に、「どうかお構いなく」と答えて、私は離れの部屋へ戻った。

途中、誰にも会わずに屋内も静まり返っていたのに、終《しま》い屋敷そのものがざわついているように感じられた。まるで度重なる鞘落家の死者に、屋敷に住む人間たちが恐れ慄《おのの》き息を潜めているのに対し、屋敷に巣くう魔物どもは喜びの余り蠢《うごめ》き出そうとしている。そんな妄想に囚《とら》われてしまいそうな、何とも薄気味の悪い気配が漂っていた。

離れの部屋に入った途端、私は安堵《あんど》の溜息《ためいき》を吐いてしまった。ここも鞘落家には違いないが、少なくとも母屋のような雰囲気はない。

それにしても義一の死は、本当に事故なのだろうか。住職が言っていたように、樹木の伐採中や運搬中でもないのに、そういった事故が起こるのは不自然ではないか。喪中で仕事を休んでいた彼が、偶々《たまたま》ちょっと現場の様子を見に行ったときに、そんな事故に遭うものだろうか。

かといって殺人を疑うには、私は余りにも義一について何も知らな過ぎた。鞘落家の当主にして惣一の父親という以外は碌《ろく》に知識がない。一族の中で反目はあったのか。現場ではどうか。彼と対立していた者はいるのか。また動機を持つ村人はいるのか。そういった情報を全く持っていない。

「しかしなぁ……」

私は文机《ふづくえ》に背中を預けると、思わず声を出して考え込んだ。

仮に義一が誰かに殺されたのだとすると、犯人も大だら坊の谷まで行ったことになる。つまり、その往復と義一殺しに掛かった時間分の現場不在証明が、犯人には完全にないわけだ。そうなると犯人が何者であれ、とても簡単に分かるのではないか。こんな閉鎖的な集落で、全ての村人が知り合いで、おまけに被害者が鞘落家という特殊な家の当主なのだから、余計に分かり易い筈《はず》だ。それほど単純なことを、当の犯人が少しも考えなかったとは思えない。義一を殺害するにしても、もっと時と場所を選ぶだろう。

「となると……」

矢張りのぞきめの障りなのか。しかし、それでは住職に指摘された通り矛盾が出る。

一体これはどういうことなのか。事故も殺人も否定され、そのうえ祟《たた》りさえ有り得ないのなら、義一の死は何だというのか。自殺か。そんな莫迦《ばか》なことがあるのだろうか。

「そうだ。鈴の音……」

しかも、現場では鈴の音が聞こえたという。納屋の中で餓死させられそうになった巡礼の母娘が、恐らく必死に鳴らしたであろう鈴の音。生き埋めにされて殺されたあと、納屋の中から聞こえたという鈴の音。巡鈴堂《じゅんれいどう》の名前の元になったと思われる鈴の音。これらと矢張り関係があるのか。

しかし、だとしたら、のぞきめの仕業ということになってしまう。

色々と考えているうちに、私は怖くなってきた。離れに独りでいる気がしなかったので、こっそり母屋の様子を覗きに行くことにした。

誰にも見つからないように廊下を進んでいると、ある部屋から複数の人の話し声が聞こえてきた。そこで聞き耳を立てたところ、とんでもない打ち合わせをしていた。何と今夜が通夜で、明日には野辺送りをするというのだ。普通は今夜が仮通夜で、明日が本通夜、明後日《あさって》が野辺送りだろう。況《ま》して仏は鞘落家の当主だった人物である。然《しか》るべき葬儀をするのが当然ではないか。

余りの対応に唖然《あぜん》としたが、小能枝の野辺送りを思い出して納得した。鞘落家から死者が出た場合、きっと一日でも早い埋葬を村人たちから求められるのだろう。無論その方法は火葬である。あの小山の裏の粗末な石組の火葬場で、義一も小能枝や惣一と同じように焼かれてしまうのだ。

仏間に安置されているという義一の遺体に、ふと私は手を合わせたい気持ちになった。憐《あわ》れみめいた感情を持った所為《せい》だろうか。それとも惣一にできなかったことを、彼の父親の遺体を代わりにしてやりたいとでも、咄嗟《とっさ》に感じたのだろうか。

その場を抜き足差し足で離れると、私は仏間へと向かった。早く行かないと遺体は棺《かん》桶《おけ》に入れられ、通夜のために祭壇の前に安置されてしまう。昨夜の季子の案内で、仏間までの行き方は分かっている。なるべく誰にも出会わないように注意を払いつつ、小走りで廊下を駆け、無人の座敷を通り過ぎた。仏間の正面ではなく、横の部屋を目指す。そこなら仮に誰かがいても、見つからずに引き返すことができる。

無事に仏間の隣の部屋に着き、そっと襖《ふすま》を開けて覗《のぞ》いた私は、もう少しで悲鳴を上げそうになった。

義一の遺体がこちらを向いて座っていた。

白装束の経帷子《きようかたびら》を着た格好で、両手で両足を抱えたまま、私の方に身体を向けて座っている。

心臓が止まるかと思った。のぞきめによって甦《よみがえ》った屍体《したい》が、今にも立ち上がりそうに見えたからだ。だが、すぐに自分の誤解に気づいた。遺体は座棺に入れ易いように、態《わざ》と座った格好を取らせたうえで、縄で縛られていたのだ。寝かせた状態のまま安置しておくと、死後硬直の所為《せい》で座棺に入らなくなる。そのため事前に荒縄などで、遺体を都合の良い格好に整えておく風習が各地にある。侶磊村《ともらい》も同じだったのだ。

しかも義一の遺体は腹部に大きな損傷がある。その辺りが不自然に膨らんでいるのは、恐らく晒《さら》しが巻かれているからだろう。それを隠すためにも、早々と遺体を縄で縛ったに違いない。

それを知らない私が仏間の正面に回らなかった所為で、横向きに安置された遺体と、諸《もろ》に顔を合わせる羽目になっただけである。

「ふうっ……」

大きく安堵の溜息を吐くと、私は仏間に入って遺体の側面に——仏壇の正面に——正座した。両手を合わせて心の中で念仏を唱える。惣一のことにも触れようかと考えたが、父親と彼の仲が決して良くなかった事実を思い出して止めておく。

「可哀想に……」

そのとき突然、真後ろで声がした。仰天して振り向くと、全く気づかぬうちに開かれたらしい襖の向こうの暗がりに、ぬっと誰かが立っている。

「ひぃ……」

喉《のど》から出掛かった悲鳴を呑《の》み込めたのは、それが訓子《のりこ》だと分かったからだ。

「可哀想に……」

同じ台詞《せりふ》を繰り返す彼女を見て、はっと私は我に返った。

「こ、この度は……ご、ご、御愁傷様です。そ、その何と申しますか……」

お悔やみの言葉はしどろもどろだったが、そもそも訓子に聞こえているのかどうか、どうにも分からない。私には一切目をくれずに、只管《ひたすら》義一だけを見詰めている。

「可哀想に……」

三度目の言葉を耳にして、私はぞくっとした。訓子の気が狂《ふ》れたのではないかと思ったからだ。

「可哀想に……。あんな風に縛られて……」

しかし、四度目で漸《よう》く合点した。夫の遺体の扱いについて、訓子は心を痛めていたのだ。如何《いか》に風習とはいえ、自分に近しい者がこういう目に遭えば辛《つら》い。どうしても居た堪《たま》れない気持ちになる。だから彼女の様子は理解できるのだが、その虚《うつ》ろな眼差《まなざ》しが、どうにも私には恐ろしかった。

「だ、大丈夫ですか。何方《どなた》かを呼んで来ましょうか」

訓子を独りにしておくのは良くないと思ったのは本当だが、このまま遺体の側で彼女と二人切りは嫌だと感じたのも事実である。

「季子さんを――」

捜して来ます、と言い掛けたところで、その場に訓子がすとんっ……と座った。まるで一気に下半身の力が抜けたような、そんな腰の下ろし方だった。

「あっ」

その予想外の動きに、思わず私は声を上げた。と同時に、座り込んだ訓子の背後の暗がりが目に入り、悲鳴を上げていた。

「ひぃぃぃ」

のぞきめが立っていた。

訓子の身体に隠れていただけで、ずっと彼女の後ろにいたのかもしれない。彼女が座った所為で、その姿を現したのだ。

一番ええんは、相手にせんこと。

向こうが飽きるまで、知らん振りして構わんこと。

雑林住職の忠告を思い出し、咄嗟に私は目を逸《そ》らせた。かといって訓子に対してそっぽを向くわけにもいかず、彼女の膝《ひざ》の辺りに視線を落とした。だが視界には、充分にそれが入っている。彼女の後ろの暗がりに佇《たたず》むそれの影が……。

気がつくと訓子が何か話していた。耳を傾けると、義一のこと、嫁入りのこと、鞘落家のことなどを、どうやら止めどなく喋《しゃべ》り続けているらしい。

荒縄で縛られた屍体を前に、こちらに聞かせるつもりがあるのかないのか分からないまま口を開いている訓子と、そんな彼女の背後に立つのぞきめ……という異様な状態に、どれほど私は身を置いていたのか。

急に訓子が黙ったかと思うと、ゆっくりと立ち上がった。そこで周囲をきょろきょろと見回してから、初めて私を目にしたかのように少し驚いた。次いで無言で頭を下げると、暫《しばら》く義一の遺体を見詰めたのち、襖を静かに閉めて立ち去ってしまった。

その一連の動きを食い入るように追っていた私は、襖が完全に閉じられた瞬間、もう少しで叫びそうになった。

やっぱり視《み》えてないんだ。

襖が閉められる寸前まで、のぞきめの影は確かに視界に入っていた。訓子が立ち上がって周囲を見回した際、襖を閉じてから立ち去ったとき、絶対に背後も目に入った筈《はず》である。にも拘《かかわ》らず彼女は何の反応も示さなかった。

のぞきめが視えていなかったから……。

すぐに私は考えた。義一も同じだったのではないか。大だら坊の谷の現場の様子を見に行ったとき、彼の後ろにはのぞきめが立っていたのかもしれない。だが、それに彼は全く気づかなかった。だから……。

私は慌てて離れに戻った。その夜は形ばかり通夜に出て、あとは離れに籠《こも》って只管《ひたすら》この大学ノートを書いていた。

余り眠れなかったにも拘らず、翌朝は早くに目が覚めた。母屋に行くと、どうも季子の様子がおかしい。どうしたのかと尋ねると、訓子の姿が見えないのだという。蒲団《ふとん》には寝た形跡があるため、今朝の早くに出掛けてしまったとしか思えない。

「でも、今日はお義父《とう》さんの野辺送りです。そんな日に、早朝から出掛けるなんて変じゃありませんか」

「心願寺の御住職のところでは」

私が一番可能性のある場所を口にすると、彼女はふるふると首を振りながら、

「雑林御住職とは昨夜のうちに、今日のお話は全て済んでおります。仮に思い出した用事があるにしても、使いの者を出す筈《はず》です。お義母《かあ》さんは喪主なのですから、この家から離れるとは思えません」

「もしかすると新鮮な空気を吸いに、散歩に出られたのかもしれませんね」

そう言いながらも、それはないだろうと私は考えていた。こんなときに集落の中を歩いたら、それこそ好奇と恐怖に満ちた視線の刃《やいば》を、南磊の全戸から浴びせられるに違いない。その状況を訓子が予想できないわけがない。

「ちょっと表を見て来ます」

それでも私が外に出たのは、困っている季子を少しでも助けたかったからである。

だが、長屋門を潜って南磊の集落を見下ろした途端、やっぱり訓子は散歩になど出ていないと確信した。それに見渡した限りだが、彼女の姿も認められない。

それじゃ何処に……。

と途方に暮れ掛けて、終《しま》い屋敷の庭か墓所ではないかと察した。家の中にいないのな

ら外だろうが、かといって屋敷の敷地外だと決めつける必要はない。

私は回れ右をして長屋門から戻ると、屋敷の西の庭を捜しながら、裏の墓所へと足を向けた。住職の忠告を守り、なるべく巡鈴堂と祠《ほこら》には近づかず、目もやらないようにした。そのお蔭《かげ》で墓所の門の側に行くまで、少しもそれに気づかなかった。

最初は行き倒れかと思った。六武峠を越えて来た巡礼の女が、例の獣道から鞘落家の敷地に入り込み、ここで力尽きて倒れたのかもしれない。そんな風に見えた。しかし、すぐに違うと分かった。自分がとんでもないものを見ているのだと悟った。

それは墓所の石段の下で、不自然にお腹の辺りで身体を捩《ね》じった格好のまま、頭から血を流してこと切れている訓子だった。

十四

鞘落《さやおとし》家の母屋に慌てて駆け戻った私は、まず勘一《かんいち》を捜した。義一《ぎいち》亡きあと彼が当主になると思ったからだが、それよりも季子《ときこ》にこの凶事を伝えるのが、実は嫌だったからかもしれない。

「如何《いかが》でしたか」

ところが、玄関から大して奥へ入らないうちに、季子に声を掛けられた。

「あっ……いえ……」

咄嗟《とっさ》に誤魔化すことができずにいると、

「お義母さんの居所が分かったのですか」

私の明らかに妙な態度を、彼女が誤解した。いや、誤解というのは間違っているか。訓子《のりこ》の居所は確かに判明したのだから……。

「見つかったのか」

そこへ勘一が現れた。ぶっきらぼうな物言いは、とても自分の母親の身を案じているようには聞こえない。

「四十澤《あいざわ》さんに、表の方を見て頂いたのですが……」

という季子の説明にも、完全に私を無視したまま、無言で彼女に続きを促す始末である。

「それが……」

困った季子に救いの眼差しを向けられ、私は話す決心をした。いつまでも隠せることではない。それに彼女独りではないのが、せめてもの救いである。

「気をしっかりお持ち下さい。実は――」

私の遺体発見の話をきくや否や、すぐに勘一が墓所へと向かい、その場に季子が頽《くずお》れるように座り込んだ。

それからの鞘落家の対応は、余りにも異常だった。真磊《まらい》の医者と駐在を使いの者に呼びに行かせ、訓子の遺体の検死めいたことを済ませたと思ったら、駆けつけた雑林《ぞうりん》住職と勘一が相談して、何と通夜もなしに義一の野辺送りと一緒に、行き成り訓子も火葬にすると決めてしまったのだ。

「不味《まず》くないですか」

住職が独りになるのを待って、私は小声で話し掛けた。

「明らかに訓子さんは変死ですよね。それを村の医者と駐在巡査だけの判断で、こんな風に進めてしまって……」

「いや、判断したんは儂《わし》ですわ」

雑林住職が少しも悪びれていないので、私は驚いた。

「それに変死いうたら、義一さんもそうなるわな」

「そうなるわな――って、それなのに葬儀を出してしまうのですか」

思わず詰め寄りながらも、他所者《よそもの》が何を興奮しているのか、とも実は思っていた。

「義一さんだけでも、村の者たちはかなり動揺しとる」

住職が更に声を落として答えた。

「小能枝刀自《このえとじ》に続いてやからな。惣一《そういち》から数えると三人目になる。せやのに今度は訓子さんや。しかも小能枝、義一、訓子は殆《ほとん》ど連続しとると言ってもええ。これが村人たちにどんだけ恐怖を与えとるか、あんたにも充分お分かりでしょう」

「……ええ、まぁ。しかし――」

不承不承ながら肯定しつつも、すぐに私は反論しようとした。だが、それを遮るように住職が口を開いた。

「気がついてますかな」

「な、何をですか」

「小能枝刀自の野辺送りと義一の通夜のときに比べて、今この家に顔を見せとる村人の数が減っとるのを」

言われてみれば確かにそうだった。明らかに人数が少なくなっている。

「それだけやありません。この家の使用人の数も、かなり減ってますな」

「まさか……逃げたんですか」

当たり前のように住職は頷《うなず》きながら、

「既に騒動は起こり始めとる、いうことですわ。今はまだ静かやけど、このまま放っておいたら大事になる恐れが十二分にある。それを少しでも鎮めるためには、兎《と》に角一刻も早《はよ》う死者の弔いを済ませてしまうこと。これしかありませんのや」

「弔い村……」

思わず呟《つぶや》いてしまった私に、住職は気を悪くした風もなく、ただ瞑目《めいもく》するように両目を閉じただけだった。

その日の午前中に、義一と訓子の野辺送りの準備が全て整った。できれば今日の夕方までに、二人の納骨を済ませたいというのが勘一の希望だった。だが、二体の遺体を火葬にしなければならない。流石《さすが》にそれは無理だろうと住職が諫《いさ》めたので、骨上げと納骨は明日に回された。それでも結構な強行葬儀である。

住職が指摘した通り、義一と訓子の野辺送りは小能枝刀自のときに比べると、一気に参列者が減っていた。仮令《たとえ》村八分にされる家であろうと、冠婚葬祭だけは別という相互扶助の精神が何処の村落にも存在すると前に記したが、そこに怪異伝承が絡むと矢張り只《ただ》では済まなくなるらしい。実際に人死にが連続しているのだから、集落の人たちが恐れるのも無理はない。彼らを安易に非難すべきではないのかもしれない。

そう思うのだが、長屋門から出て行く淋《さび》しい野辺送りの一行を見送っているうちに、何とも薄ら寒くなってきた。実際の――と言ってしまうが――怪異よりも、それに対する村人たちの反応の方が、もしかすると鞘落家にとっては脅威なのではないか。この家を没落に追い込むのは、のぞきめではなく同じ集落の人々なのかもしれない。

葬列を送り出したあと、私は離れに籠《こも》って大学ノートの記述を続けた。夕方には砥館《とだて》家を訪ねることになっているので、それまで専念するつもりだった。

「大変なことが続きますが、宜《よろ》しければ今夕にでも、当家にいらして下さい」

野辺送りが始まる前に、そう寉蔵《かくぞう》に言われていた。

小能枝のときと違って、今回は参列者に振る舞う膳《ぜん》がないらしい。手伝いの女性が集まらないのか、参列者たちが辞退しているのか、鞘落家が決めたのか、雑林住職の考えか、その理由は分からなかったが、そういう段取りになっていると、寉蔵が教えてくれた。

「それでは遠慮なくお邪魔します」

そろそろ砥館家を訪ねたいと思っていた私は、すぐさま招待に応じた。義一と訓子の矢継ぎ早の怪死について寉蔵の意見を聞きたかったのと、季子には申し訳ないが鞘落家にはいたくなかったからである。

予定よりも随分と遅れて、二人の野辺送りは終わった。参列者の人数が極端に少ないことが、恐らくも影響したのだろう。それとも仏が二人もいたため、いつもより呪《まじな》いや魔除《よ》けに時間が掛かったのだろうか。

すっかり憔悴《しょうすい》している季子に、砥館家訪問の旨を伝えると、彼女は辺りを憚《はばか》る仕草を見せながら、私に囁《ささや》いた。

「差し出がましいようですが、寉蔵さんと四十澤さんさえ宜しければ、そのままあちらにお泊まりになっては如何ですか」

「でも……」

「当家にお泊めしないと申してるわけでは、勿論《もちろん》ございません。ただ、こう不幸が続きますと、碌《ろく》にお持て成しもできませんうえ、四十澤さんもご不快ではないかと思いまして」

「そ、そんなことはありません」

慌てて私は否定した。それから遠慮がちに、季子に尋ねた。

「失礼ですが、私の滞在を望まない方がいらっしゃるのでしょうか。いえ、どうぞお気遣いなさらずに。惣一君の学友というだけで、このように泊まり込んでいるのは、どう考えても問題があります。しかも、お取り込み中のところにも拘《かかわ》らず、ですからね」

「そんな……」

と言った切り、季子が恥じ入るように俯《うつむ》いてしまったのは、恐らく「あの学生を早く追い出せ」とでも勘一に怒られているからだろう。

「明日の納骨が済んで、お参りをさせて頂いたら、お暇《いとま》しようと思います」

季子が、はっと面を上げた。

「それまでは勝手を申しますが、ご厄介になっても宜しいでしょうか」

「……はい。ありがとうございます」

彼女が礼の言葉を口にしたのは、こんな状態になっても私が鞘落家を見捨てずに、引き続き滞在すると分かったからかもしれない。そう考えると、逆に申し訳なくなった。結局は私も逃げ出すようなものではないか。

季子の感謝の眼差《まなざ》しから逃れるように外へ出た私は、そこで別の視線を感じて身を強《こわ》張《ば》らせた。屋敷の西に広がる庭から、何者かがこちらを見ている。

まさか……。

恐る恐る庭に顔を向けると、昭一《しょういち》の物淋しそうな眼差しと目が合った。ほっとすると同時に、少年のことが心配になった。これほど立て続けに死人が出ているのだ。子供に何の影響もないわけがない。

「もう帰るの」

　私が近づいて行くと、心細そうな口調で昭一に尋ねられた。

「いや、夕方に砥館家を訪ねる約束を、雀蔵さんとしてるんだ」

「ふーん」

　その如何《いか》にも気のなさそうな応《こた》え方に、むしろ羨《うらや》ましさが隠されているのが分かり、私は胸が痛くなった。集落の誰かの家に呼ばれたことなど、きっと昭一はないのだろう。

「明日は納骨のあとで、君のお祖父《じい》さんとお祖母《ばあ》さんのお墓にお参りさせて貰《もら》おうと思う。それが済んでから、一緒に遊ぼうか」

「別にええよ」

　矢張り気のない返事だったが、昭一が喜んでいるのは間違いなかった。その証拠に何をして遊ぶのか、何処で遊ぶつもりかと頻《しき》りに訊《き》いてくる。

「それじゃ明日まで、お互いが考えておくってことでどうだろ」

「うん」

　昭一の表情が、急に生き生きとし出した。

「面白そうな遊びを提案した方が勝ちだぞ。場所の選定は君の方が有利だけど、こっちも負けないからな」

「よーし、競争や」

子供らしい笑顔になった昭一に見送られて、私は鞘落家の長屋門をあとにした。彼と遊ぶと明日の帰りが遅れてしまうが、一向に構わないと思った。場合によっては夕方まで少年の相手をして、夜は心願寺《しんがんじ》に泊めて貰っても良い。雑林住職に頼めば、きっと承諾してくれるだろう。

坂を下りて南磊《なんらい》の集落を歩き出した私は、幾らも経たないうちに違和感を覚えた。最初は村人たちの視線の所為《せい》だろうと考えたのだが、どうも違う気がする。きょろきょろと周囲を見回すことは余りしたくなかったが、どうにも落ち着かない。そこで歩きながら辺りの家々を観察してみた。しかし、別に妙なところはない。何ら変わったものは見当たらない。相変わらず森閑としているだけである。

そう認めて暫《しば》くしてから、あっと私は声を上げそうになった。

妙なところがない……。

変わったものが見当たらない……。

その状態自体がおかしかったのだ。昨日までは他所者《よそもの》であり、鞘落家の滞在客でもある私に対して、集落の人たちは刺すような視線を家の中から向けていた。それが明らかに減っている。

私に慣れたから……。

一瞬それが答えかと合点し掛けたが、すぐに違うと悟った。

視線が減ったのは、そもそも村人の数が少なくなっているからだ。

鞘落家から使用人たちが逃げ出したように、恐らく集落からも避難者が出ているに違いない。それが最も多いのは、間違いなく南磊だろう。

何てことだ……。

季子の窶《やつ》れた顔と昭一の淋しげな表情が、私の中で重なった。あの二人こそ、こんな村は出るべきなのだと強く感じた。が、すぐに別の問題に気づいた。

季子ほどの器量と人柄を持った女性が、何故《なぜ》こんな田舎の、それも鞘落家という曰《いわ》くのある旧家に嫁いだのか。そこを考えれば、絶対に何か外聞を憚《はばか》る理由があったのだと想像できる。最も有り得るのは、彼女の実家が憑《つ》き物筋の家系だという秘密だろうか。そういった家筋での婚姻は、殆《ほとん》ど親族内で行なわれる場合が多い。他の家から嫁を取ろうとしても来手がなく、その家から嫁を出そうとしても貰い手がない。仕方なく親族間で行き来することになるのだが、当然それにも限界がある。

そのため同じ悩みを持つ他の地方の同系の家を捜して、そこと縁組をすることが屢《しばしば》あるらしい。きっと季子も、そういう訳があるのではないか。だとすると鞘落家を逃げ出しても、何の解決にもならない。昭一と一緒に実家へ帰っても、すぐさま勘一に連れ戻されるのが落ちだろう。仮にそうならなくても、肩身の狭い思いをするのは同じではないか。それとも鞘落家で暮らすことを考えれば、似たような家筋であったとしても、彼女の実家の方が遥《はる》かに増しなのだろうか。

季子と昭一の行末を案じているうちに、いつしか真磊の集落に入っていた。南磊に比べると、こちらは村人たちの多くが残っているようだった。あちこちで例の厭《いや》な視線を感じたからだ。おかしなもので、そんな眼差しにも今は安堵《あんど》感を覚える。人気のない無気味な集落の中を独りで歩くよりも、敵意や嫌悪が籠《こ》められた視線を浴びて進む方が、ほっとするのだから変である。私の精神状態も、かなり危ないところまで来ているのかもしれない。

真磊から北磊《ほくらい》の集落に入っても、視線の数は余り変わらなかったと思う。ただし砥館家へと近づくに連れ、急に増え出したように感じた。

終《しま》い屋敷の他所者が、創《はじ》め屋敷に何の用事があるのか。

そういう不審な気持ちがこちらに向けられているようで、最早《もはや》それまでの安心めいた心地良さなどは少しもない。むしろ痛いほどだった。最後の坂を速足で上ったのは、そんな眼差しから早く逃れたかったからである。

まだ――というよりも新たにだろうか――鮭の魔除けが掲げられた長屋門を入り、砥館家の玄関で案内を乞《こ》うと、女中らしき年配の女性が姿を現した。その女が私を認めた瞬間の表情というのが、もう何とも言えぬほど妙だった。仮に彼女の心の声を聞けたとしたら、こんな具合だろうか。

あっ、鞘落家の他所者だ。今すぐ追い返したいけど、旦那《だんな》様に客人として迎えるように言われている。こんな者を砥館家に上げたくないが、旦那様の言いつけだから仕方がない。それにしても旦那様の物好きにも困ったものだ。思えば鞘落家の惣一もそうだった。あんな家の子供にも拘らず目を掛けて——。

という感じの文句が延々と続いているに違いない。飽くまでも空想だが、それほど外れてはいないだろう。そう考えると可笑《おか》しくて、もう少しで笑いそうになった。必死に真面目な顔を取り繕いながら、私は態《わざ》と堅苦しい口調で挨拶《あいさつ》した。

「四十澤と申します。こちらのご主人と約束があるのですが、お取次を願えますか」

女は横柄に頷《うなず》くと、次いで顎《あご》をしゃくった。上がれということらしい。

「失礼します」

無礼な対応を受けるほど、こちらは丁寧になる。

「ご立派なお屋敷ですね。何でも創め屋敷と呼ばれるほど由緒があるとか」

勿論《もちろん》それに対する反応は全くない。女はただ只管《ひたすら》こちらを先導するだけである。

「流石は侶磊《ともらい》村の筆頭地主の砥館家です。お屋敷にも風格がありますね」

それでも喋《しゃべ》り続けたので、自分でも意外と性格が悪いなと思った。しかし、惣一も同じ扱いを受けたのだと思うと、どうしても黙っていることができなかった。

結局、女は一言も口を利かないまま、私を客間に案内していなくなった。きっと寉蔵を呼びに行ったのだろう。それとも暫《しばら》く放って置くつもりだろうか。あの女中なら遣《や》り兼ねない。

「よくお出《い》で下さった」

だが、すぐに寉蔵が現れた。私を放置するのは良いとしても、主人に来客を告げないわけにはいかなかったと見える。

「お言葉に甘えて、お邪魔させて頂きました」

「遠慮する必要は少しもありません。何と言ってもあなたは、惣一君のご学友だったわけですからな」

「彼が進学できたのは、ご当主の後押しがあったからだと、御住職から伺いました」

そう言うと、いやいやという風に窪蔵は首を振りながら、

「惣一君が東京の大学に行けたのは、偏《ひとえ》に小能枝刀自のお力でしょう。刀自が彼の才能と将来を考えられて、義一さんを説得なさったのです。私はその援護をほんの少しさせて貰った程度で、殆どお役には立っておりません」

謙遜《けんそん》に違いなかったが、私もそれ以上は突っ込まずに、惣一との学生生活について話すことにした。そういう話題を相手が望んでいるのは、鞘落家の葬儀や通夜の席で分かっていたからだ。

「あなたと惣一君の大学生活の話題は、本当に興味深いですな」

私の話が一段落したところで、窪蔵が頻《しき》りに感心している。

「彼は兎《と》も角、私はもっと勉学に励むべきでした」

「そんなことはないでしょう。第一まだ卒業までに時間もあるやないですか。いや実は、私も上の学校に進みたかったんですが、やっぱり家を継がなければなりませんでしたからなぁ」

「では、惣一君を応援なさったのも……」

「ええ、昔の自分と重なった所為《せい》かもしれない。無論それ以上に彼が優秀だったので、進学しないのは勿体《もったい》ないと思ったわけです」

「そのお蔭《かげ》で私も、大学で親友を得ることができました」

頭を下げて礼を言うと、窪蔵は嬉《うれ》しそうに相好を崩した。だが、急にしみじみとした表情になると、

「惣一君も、本当に良い友を得られて良かった。それがせめてもの救いです」

丁度《ちょうど》そこへ夕食の膳《ぜん》が運ばれて来た。

「こんな山奥で何もありませんが、まぁ召し上がって下さい」

窪蔵は気を取り直した口調で挨拶したが、その言葉とは裏腹に、膳に並んだ料理は贅《ぜい》を凝らしたものばかりだった。ただし心願寺の贅沢さと異なるのは、こちらの膳には上品さが感じられたことだろうか。この辺りに雑林住職と窪蔵の違いがあるのかもしれないと、私はとても面白く思った。

食事の間も大学の話は続いたが、その内容が次第に惣一と私が興味を持つ民俗学へと変わっていった。そうなると、どうしても鞘落家の怪異に触れざるを得なくなる。そもそも惣一が民俗学に惹《ひ》かれたのも、己の生家に纏《まつ》わる奇っ怪な伝承に、彼自身が取り憑かれていたからである。その点を窪蔵はどう考えているのか、それを私はとても聞きたかった。

しかし、話の方向が鞘落家の伝承に及ぶと、窪蔵の口が重くなった。何も知らないというより、話題にしたくないという感じである。私も敢《あ》えて拘《こだわ》ることはせず、何も気づかない振りをして、差し障りのない民俗調査について説明したりした。

そのうち酔いが回ってきた。住職もそうだが窪蔵も滅法酒に強い。ぐいぐい飲むのに一向に平気らしい。

「今夜はうちに泊まりなさるか」

随分と夜も更けたうえ、私の呂律《ろれつ》が怪しくなってきた所為か、そう言われた。

「……い、いえ。明日には、さ、鞘落家をお暇《いとま》するつもりです。ですから、や、やっぱり帰りませんと……」

鞘落家を出る前に昭一と遊ぶ約束をしたと言うと、窪蔵が大層なほど喜びながら、

「もし遊び過ぎて帰りそびれるようなことがあれば、どうぞ遠慮なさらずに、うちにいらして下さい。どうせ帰り道ですからな」

「……あ、ありがとう、ございます」

それから暫く歓談したあと、そろそろ腰を上げようかと私が考えていると、

「ところで……」

珍しく窪蔵が口籠《くちごも》ったかと思うと、急に険しい顔をしながら、

「鞘落家が何と呼ばれているか、ご存じですか」

「終い屋敷……ですよね」

「それは昔からの呼び名ですが、ここ数年ほど、村の一部の者は〈児災屋敷《じさいやしき》〉などと呼んでおりましてな」

どんな漢字を書くのか説明を受けた私は、成程と合点した。「災いを齎《もたら》す児《こ》の家」という意味では「災児屋敷」とすべきなのだろうが、終い屋敷の「終い」と語呂《ごろ》を合わせるために「児災」としたわけだ。

咄嗟《とっさ》に下した解釈を述べると、窪蔵は〈餌災屋敷《じさいやしき》〉と書く村の者もいると言ったあとで、私の顔を真剣な眼差《まなざ》しで見詰めながら、

「こう呼ばれるには、それなりの訳がある。あなたもあの家では充分に注意して、妙だなと思う何かを見ても、聞いても、感じても、決して確かめないように……。一番良いのは離れに籠っていることです」

雑林住職と全く同じ忠告を口にした。どうして今になってと驚いたが、これまで言う機会がなかったのと、酒の勢いもあったのかもしれない。素面《しらふ》では鞘落家に対する遠慮が、どうしても出てしまうのだろう。

「分かりました」

私が神妙に頷くと、窪蔵は少し表情を和らげながら、

「まぁ明日には帰られるので、心配ないとは思いますが……。くれぐれもご用心を」

それから酔い醒《ざ》ましのお茶を飲んで、私は砥館家を辞した。大丈夫ですと何度も言ったのだが、窪蔵は長屋門から延びる坂の下まで、丁寧に私を送ってくれた。その頃には

帰りに必ず寄る約束をさせられていたので、明日の夜は砥館家に泊まる羽目になりそうだった。

空は曇っていたが、闇夜ではないため周囲も足元も充分に見えた。念のためにと持たされた提灯《ちょうちん》も必要ないほどだ。その点は助かったのだが、歩くに連れて辺りの静けさが気になり出した。怖いくらいの静寂が、北磊の集落に降りている。ほぼ全員が寝ているからに違いないが、そう分かっていても薄気味が悪い。まるで死人の村を通り過ぎているようで、何とも心細くなってくる。

漸《ようや》く真磊の集落に入り、心願寺の石段が見える中心まで来ると、そのまま寺に逃げ込みたい衝動に駆られた。こんなことなら砥館家に泊めて貰《もら》うのだった、と後悔したがもう遅い。寺の反対に目をやると、例の火葬場を持つ小山が曇り空を背景に鎮座している。二人の遺体は上手《うま》く焼けたのだろうか。それともシゲというあの少年が、また恐怖に震えながら必死に火の番をしているのか。もし再び死人起こしの現象に見舞われたら、シゲの精神は崩壊するのではないか。

そんなことを考えていると、小山の向こう側にぼうっと鈍い明かりが妖《あや》しく瞬き、ゆらゆらと無気味な黄色い煙が立ち上っていくのが、朧《おぼろ》に見え始めた。その途端、小山の裏側に行きたいという強い衝動に襲われた。気がつくと山道に向かって歩き出していた。

自分が何をしているのか悟るや否や、酔いが醒《さ》めると同時に、さあっと顔から血の気が引くのが分かった。

呼ばれたのか……。

この場合はのぞきめではなく、鞘落家の死者に招かれたのではないか。仏が一人でも村人たちの呪《まじな》いと魔《ま》除《よ》けは物凄《ものすご》かった。それだけ障りを恐れたわけだが、今回は二人である。こんな夜中に、ふらふらと集落の中を歩いている他所者《よそもの》を呼ぶくらい、小山の向こうの火葬場にいるものたちにとっては、何でもないことかもしれない。

慌てて踵を返すと、提灯の火が消えるのもお構いなしに、私は走り出した。息が切れて苦しくなるまで走り続けた。いや、真磊の集落を過ぎるまでは、兎《と》に角止まろうとしなかった。一息吐いたのは、振り返っても例の小山が見えない地点まで逃げて来たと、確信を持ててからである。

そこからは一転してのろのろ歩きで、どうにか残りの道程《みちのり》を辿《たど》った。鞘落家の長屋門へ続く最後の坂を上る頃には、もう疲れ切っていた。そのまま横になりたかったが、全身にびっしょり汗を掻《か》いて気持ち悪いので、静かに風呂《ふろ》を使った。

さっぱりしたお蔭で、離れで蒲団《ふとん》に入ったときには、すぐにでも眠れそうだった。実際にうとうとと微睡《まどろ》み掛けた。だが、明日には帰るのだと思うと、この三日間の体験が次々と脳裏を巡り出し、次第に目が冴《さ》えてきた。一旦《いったん》そうなると、もうなかなか睡魔は訪れない。まんじりともせぬまま何度も寝返りを打っているうちに、到頭ほんのりと外が明るくなり始めてしまった。

その頃になって漸く、皮肉にも私は眠りに落ちたらしい。誰かに——季子だろうか——

―起こされたような気もするのだが、確かではない。とても深い深い眠りに、ただ私は我が身を委《ゆだ》ねるばかりだった……。

目が覚めると、疾《と》っくに朝食の時間は過ぎていた。矢張り季子が起こしに来たのだと思った。まだ寝足りなかったが、起きて母屋に顔を出した方が良さそうである。

蒲団から出て着替えようとして、私は枕元に奇妙なものを認めた。薇《ぜんまい》のような蔓《つる》状の植物が、ぽつんと置かれている。

何だ、これ……。

風で飛んできたのかと部屋の中を見回したが、他には何も落ちていない。それに枕元の妙なものは、態々《わざわざ》そこに誰かが置いたような感じがする。

でも一体、誰が……。

それに、どういう意味が……。

何となく薄気味悪くなった私は、慌てて着替えを済ませると、取り敢えず母屋へ急いだ。既に朝食は終わっている筈《はず》だが、昨日の朝と同じ座敷にまず顔を出す。ぽつんと一つだけ置かれた私の膳が、そこにあるかもしれないと思ったからだ。

ところが、その部屋には勘一も季子も昭一もいて、三人の膳もそのままだった。ただし三人は畳の上に突っ伏し、三つの膳は倒れ、その上に載っていた椀《わん》と器と料理は辺り一面に散乱している。

身体を不自然に捩《ね》じった三人は、どう見ても完全にこと切れていた。

十五

「季子《ときこ》さん……。昭一《しよういち》君……」

声を掛けながら恐る恐る近づくも、矢張り二人が死んでいるのは明らかだった。勘一《かんいち》も同じである。

私は腰が抜けそうになるのを必死に耐えながら、その部屋から出て勝手へと向かった。

「大変です！　勘一さんたちが大変です！」

自分では大声を上げているつもりだったが、嗄《か》れた叫びが喉《のど》の奥から響くだけで、どうにもならない。それが勝手に飛び込んだ途端、

「ひぃぃぃ……」

まともな悲鳴が口を吐いて出た。

そこも勘一たち三人が死んでいた部屋と、ほぼ同じ状態だった。乳母のフサを始め女中や使用人たちが倒れている間に、椀や器や料理が飛び散っている。全員が身体を不自然に捩じったまま、まこと切れている事実まで、全く同じである。

「ど、ど、どういうことなんだ……」

愕然《がくぜん》とその現場を見渡していた私は、あるものが目に留まり、はっと息を呑《の》んだ。急

いで先程の座敷に戻ってみると、やっぱり同じものがあった。それは枕元に置かれていた薇《ぜんまい》めいた植物に良く似た、料理の一品のお浸しだった。

「まさか……」

咄嗟《とっさ》にある考えが頭に浮かんだ。何の証拠もなかったが、それが正解のように私には思えた。そう直感したと言っても良い。

枕元にあった薇めいた植物は、恐らく毒草なのだ。鞘落家の人々は、その毒に当たって亡くなったに違いない。では、何故《なぜ》その毒草が私の枕元に置かれていたのか。それは私が他所者だからだろう。この家には何の関係もない。だから、これと同じ蔓状の植物の料理を食べてはいけないという忠告の意味で、あれは枕元に置かれたのだ。では一体そんな忠告を誰がしたのか。

のぞきめ……。

そうとしか考えられない。雑林《ぞうりん》住職は言っていた。あれが私に興味を持っていると。何故なら私は、ここでは珍しい他所者だからだと。つまり必ずしも私に敵意を抱いているとは限らないわけだ。そこで私だけ助けようとしたのではないか。その証《あかし》が枕元の植物なのではないだろうか。

そこまで考えたとき、屋敷の表が騒がしいことに気づいた。誰かが来たのなら丁度《ちょうど》良い。この惨劇を駐在と医者と住職に知らせて貰おう。そう思った私は玄関まで走り、靴を履くのももどかしく長屋門まで駆けつけた。

どんどんどん、どんどんどん……と、盛んに門が叩《たた》かれている。大きな門の向こうと、その横にある小さな潜り戸の反対側に、かなりの人数の気配が感じられた。

今、開けます――と言い掛けて、潜り戸の閂《かんぬき》に手を伸ばした私は、待てよ――とそこで躊躇《ためら》った。

明らかに門の外の雰囲気はおかしかった。とても普通ではない。まるで焼き討ちに来たような物騒さが感じられる。門を開けて中に入れる前に、一体何があったのか、どうして鞘落《さやおとし》家に押し掛けて来たのか、その理由を先に訊《き》いた方が良いのではないか。不用意に門を開けると、とんでもない事態になるのではないか。

そんな不安を一気に覚えた私は、潜り戸の向こう側にいる人たちの様子を、まず耳を澄ませて探ってみた。雑林住職がいれば、彼に話を聞こうと思った。生憎《あいにく》住職の声は聞こえなかったが、駐在らしい男の声音が耳についた。

「駐在さん！　そこに駐在さんはおられますか」

私が声を上げると、門の向こうの騒ぎは急にぴたっと止んだ。が、次の瞬間、どんどんどんと門を叩く音と、「ここを開けろ！」という叫び声が、一度に返ってきた。

「静かに！　静かにせんか！」

それを駐在が抑えようとしているらしいが、一向に治まらない。医者も加わって説得した結果、漸《ようや》く村人たちの騒ぎが小さくなり始めた。

「あんたは、東京から来とる学生さんかね」

潜り戸越しに駐在が訊いてきた。

「そうです。惣一《そういち》君の墓参りのために、こちらに滞在している者です」

「ああ、御住職から聞いて、それは知っとる」

そこで駐在が誰かと話している気配があって、

「ちょっとここを開けてくれ」

「何かあったんですか」

「いや、君には関係ないことや。兎に角ここを開けてくれたらええんや」

やっぱり変だった。慌てて潜り戸を開けなくて正解だったと、私は自分の判断に自信を持った。

「そうは言っても、私の一存では……」

「そんなら、家の者を誰か呼んで来てくれ」

こちらがはぐらかすと、駐在が痛いところを突いてきた。勿論《もちろん》その意味が分かって口にしたわけではないが、そう言われると非常に困る。

実は——と打ち明けそうになり、慌てて片手で口を塞《ふさ》いだ。何が起こったのか判明するまで、矢張り門は開けない方が良い。

「御住職はおられますか」

そこで私は、住職と話すことにした。もしいなければ呼んで来て貰《もら》うつもりだった。

「いや、おられん」

ぶっきらぼうな駐在の答えに、すぐ言葉を返す。

「では、呼んで来て頂けませんか。御住職とお話しして事情が分かれば、ここを開けることもできると――」

私が言い終わらないうちに、村人の誰かが叫んだ。

「その雑林住職が死んだんや！」

門の外と内で、一瞬だけ静寂が訪れた。

「ご、御住職が亡くなったって、どういうことですか」

だが、私の問い掛けが合図だったように、再び門の向こう側が騒がしくなった。

「阿呆《あほう》、余計なこと言わんでええんや」

「いつまでもごちゃごちゃと、埒《らち》が明かんやないか」

「駐在さんに任せろ言《ゆ》うたやろ」

「せやけど今度は、住職まで死んだんやぞ」

私は潜り戸を叩くと、更に声を上げた。

「駐在さん、何があったのか教えて下さい。そうしたら、ここを開けます」

無論嘘だったが、そうでも言わないと教えてくれそうにない。

「ほんまやな」

「はい。御住職には親切にして頂きました。ですからどんな亡くなり方をしたのか、それを知りたいだけです」

「今朝の早くに、寺の石段から落ちて亡くなってるのが見つかった」

身体を不自然に捩じった雑林住職の姿が、まざまざと私の脳裏に浮かんだ。

「……事故ですか」

「事故いうたら、義一《ぎいち》さんも訓子《のりこ》さんも、みーんな事故や」

その意味深長な物言いに、ぞくっと背筋が震えた。

「ど、どうして御住職が亡くなったからといって、皆さんが鞘落家に押し掛けて来るのですか。変ですよね」

どうやら核心を突く質問だったらしい。またしても門の外が寂とした。しかし、それも一瞬だけだった。

「約束やぞ。ここを開けろ」

「砥館《とだて》家の窪蔵《かくぞう》さんはおられますか」

「今、使いの者が呼びに行ってるところや。そんなことより、早《はよ》うここを――」

「窪蔵さんとお話しできるまで、潜り戸を開けるわけにはいきません」

「おい！」

駐在が声を荒らげる横で、医者らしい声が聞こえた。

「どうも変やぞ。ここでも何かあったんかもしれん」

「何かって、先生……」

そこで二人の会話が聞こえなくなったと思ったら、すぐに戸が叩かれた。

「東京の学生さん、細かい話はあとや。寉蔵さんとも、あとで会わしたるから。せやから兎《と》に角ここを開けてくれ」

医者と話して急に落ち着いた駐在の背後で、逆に集落の人々のざわめきが息を吹き返し始めていた。

「やっぱり終《しま》い屋敷が怪しいで」

「ここで何ぞあったんに違いないわ」

「きっと他所者《よそもの》も関係してるんやないか」

「こら、早いとこ踏み込まんと偉いことになるで」

それを駐在と医者が宥《なだ》めようとしているが、一向に言うことを聞かないようで、騒ぎは益々大きくなっている。

「おい、斧《おの》を取って来るんや」

「鉈《なた》もあった方がええ」

「いや、丸太や。戸を破るんやったら、手頃な丸太が一番や」

駐在と医者には、もう止められない状態になりつつあるのが、門のこちら側にいる私にも手に取るように伝わってきた。

逃げよう……。

咄嗟《とっさ》に私は判断した。潜り戸が破られるのは時間の問題である。当然だが私は何の関係もない。とはいえ鞘落家の惨状を目にした彼らが、こちらにどんな疑いを掛けるか分かったものではない。砥館寉蔵が来れば大丈夫かもしれないが、絶対そうだという保証は何もない。むしろ寉蔵の村での立場を考えれば、何処まで私を擁護できるか甚だ心許《こころもと》ない。

私は離れまで一目散に駆け出そうとした。部屋から荷物を取って、離れの裏の崖《がけ》に通った急勾配《きゅうこうばい》の道らしき筋を攀《よ》じ登り、例の獣道を辿《たど》って山道まで出たら、そのまま六武《ろくぶ》峠を越えて逃げようと考えた。

が、そこであの祠《ほこら》が気になった。もう二度とここを訪れることはないだろう。ならば最後に、あの祠を覗《のぞ》きたい。そんな強い衝動に駆られた。

その一方で、早く逃げろ。住職の忠告を忘れたのか。しかも、その住職も死んでしまった。寉蔵も注意を促したではないか。態々《わざわざ》災いを招くような真似を、何故する必要がある。という心の声も聞こえた。

時間にして、ほんの刹那《せつな》の迷いだった。

私は西の庭を回ると、巡鈴堂《じゅんれいどう》と祠の前に駆けつけた。御堂の扉には閂錠《かんぬき》が下りていたが、祠には鍵《かぎ》がない。そっと右手を伸ばして取っ手を摑《つか》む。大きく息を吸って吐くと同時に、ぱっと扉を開けた。

私の絶叫が長屋門の外まで届いたかどうか、それは分からない。確かなのは、私が六武峠を越えて無事に逃げられたという事実だ。

ただ一つ心残りがあるとすれば、私の手で惣一の骨壺《こつつぼ》をちゃんと納骨してやれなかったことだけである。

終章

一

四十澤想一《あいざわそういち》が残した大学ノートに目を通して、僕が最も戦慄《せんりつ》したのは、もちろん〈のぞきめ〉についてである。利倉成留《とくらしげる》たちが遭遇した怪異の元凶を、図らずも知る羽目になったのだから当然だろう。

ただ、その衝撃とは比べようもないが、何とも厭《いや》な気分を覚えたものが、実は他にもいくつかあった。

まずはKリゾートの管理人の三野辺《みのべ》の実家が、総名井《そうない》村で旅館をやっていた事実だ。これは四十澤が侶磊《ともらい》村を訪れる途中で寄った、石臼《いしうす》という蕎麦《そば》屋の老婆マツから紹介された鬼瓦《おにがわら》屋のことではないだろうか。仮にそうだったとして、もし当時、四十澤がその旅館に泊まっていれば、十歳くらいの三野辺少年と出会っていた可能性がある。それだけのことだが、何やら因縁めいているではないか。

次いで利倉成留と阿井里彩子《あいざとさいこ》が考えた、アルバイト仲間を襲った怪異の差についてである。岩登和世《いわのぼりかずよ》に集中したのは、彼女だけが巡礼の母娘《おやこ》に会ったせいであり、城戸勇太《しろとゆうた》郎《ろう》が最初に死んだのは、そんな和世の面倒を見ていたからではないか、と二人は睨《にら》んだ。前者の解釈は頷《うなず》けるが、後者はかなり苦しい。と思っていた僕は、もっと自然な――偶然にも隠されている――ある理由に思い当たった。それは城戸勇太郎と雑林《ぞうりん》住職が血縁関係にあったのではないか、という裏の事情である。

心願寺《しんがんじ》の玄関の表札に記された住職の姓名を目にした四十澤は、「読みは幾つか考えられるが、そのうちの一つが如何《いか》にも寺の坊主に相応《ふさわ》しく感じられた」と記している。これは〈城戸〉＝〈じょうど〉＝〈浄土〉の意味だったのではないか。鞘落《さやおとし》家ののぞき対策に、間違いなく雑林住職も関わっていた。つまり勇太郎は、先祖の因縁によって命を落としたのかもしれないのだ。

ちなみに拝み屋に祓《はら》われたにも拘《かかわ》らず、阿井里彩子に三人目の障《さわ》りが出たのは、本人は否定していたものの彼女が巫女《みこ》体質だったためではないか。その彩子と別れたあと、彼女がどうなったのか何も知らないと、利倉成留は首を振っていた。ちょっと薄情に思えたが、彼の立場では仕方ないとも言える。

この拝み屋の女性こそ四十澤夫人である――と僕は推測したのだが、どうやらこれは考え過ぎだったようだ。四十澤想一は××県で暮らしていたが、問題の拝み屋の家は奈良県にあった。やはり別人と見るべきだろう。

四十澤想一と利倉成留、この二人の体験には場所や怪異が同じという以上に、不可思議な因縁が存在しているように思えてならない。そのため杏羅《あんら》町の拝み屋と占い師だった四十澤夫人を、安易に同一視してしまったらしい。

僕は今、「怪異が同じ」という書き方をした。忌まわしい視線、有り得ない場所からの覗き見、高所からの転落死、障りを受けた者の身体の捩《ね》じれ、無気味な鈴の音《ね》など、確かに共通する現象は多い。だが、その一方で異同も結構ある。

そもそも巡礼の母娘は生き埋めにされたのであって、決して高いところから突き落とされたわけではない。のぞきめに関わって死んだ者に転落死が多いことの、これは説明にならない。強いて理由づければ、鞘落惣一《そういち》の死の影響とでも考えるしかないだろう。もしくは眩暈《めまい》という目に関わる現象によって死に誘《いざな》われたと見るべきか。しかし、そうなると今度は毒草という原因が浮くことになる。

また、四十澤想一の大学ノートには記されていない怪異が、利倉成留の話の中にはいくつも出てくる。岩登和世の前に現れた巡礼の母娘、終《しま》い屋敷と南磊《なんらい》の集落中から放たれた多数の視線、和世と城戸勇太郎に見られた憑依《ひょうい》現象、利倉家のキッチンに出現した和世の影、お祓い後も阿井里彩子に残った障り……等々。

四十澤も利倉も、のぞきめに関わってしまったのは、ほぼ間違いないだろう。ただし両者の間には、右記のような異同が見られる。それが僕には、のぞきめの進化のように映ってならなかった。もちろん何の根拠もない。ただ気になったのは、六武峠の大岩に入った罅《ひび》である。四十澤が目にしたとき、そんな亀裂は少しもなかった。それから五十数年で、自然の大岩にそんな罅が現れるものかどうか。

この六武峠の大岩について阿井里彩子は、侶磊村――正確には南磊の集落か――と外界との境目ではなかったかと言っている。彼女の見立てが正しければ、その境目に位置する磐座《いわくら》のような大岩に罅が入るという現象は、あまりにも暗示的ではないだろうか。

いつしか僕は、四十澤と利倉の二人の体験に見られる怪異の差について、そこに合理的な解釈を下そうとしていた。のぞきめ自体が不条理な存在なのに、それが齎《もたら》す奇っ怪な現象を論理的に捉《とら》える愚を犯そうとしていた。

しかし、それがまったくの愚行だったわけではないと、この終章を書きながら思っている。そのお蔭《かげ》で僕は、のぞきめの障りを最小限に抑えられたのだから。そう言えば心願寺の雑林住職も、鞘落惣一にこう述べたというではないか。

相手が不条理な怪異であっても、全く理屈が通らないわけではない。

実際この言葉と少し意味は違うが、四十澤想一の大学ノートを読んでいる間、ずっと僕は考え続けていた。彼の文章には記されていない何かを、必死に読み取ろうとしていた。切っ掛けは、ある事実に気づいたせいである。

鞘落惣一も、鞘落家の季子《ときこ》と昭一《しょういち》の親子も、雑林住職も、砥館窪蔵《とだてかくぞう》も、誰もが四十澤想一に何かを伝えようとした。まるで重大な秘密をこっそり打ち明けようとするかのように、五人は何かを話したがっていた。よく読むと、そんな節が確かにある。ただし、会話の流れが変わったり、邪魔が入ったり、本人が躊躇《ためら》ったりしたせいで、誰も口にはしていない。では、それほどの人間が打ち明けようとしていた秘密とは、果たして何だったのか。

大学ノートの記述に興奮してのめり込む半面、かなり冷静に手掛かりを捜すという矛盾した行為を僕は続けた。それが自然にできたのは、ホラーとミステリの融合を試みる執筆に、普段から取り組んでいたお蔭かもしれない。

明らかに超常的な怪異としか考えられない現象を除いて、腑《ふ》に落ちない、あるいは気に掛かった点を、僕は頭の中で整理してみた。
一、四十澤との会話の中で、どうして鞘落惣一は「ある人」が心願寺の雑林住職だと言うのを躊躇ったのか。
二、雑林住職に歓待されながらも、なぜ四十澤は相手が自分を追い払いたいと思っていると感じたのか。
三、鞘落家に鎮女《しずめ》がいない状態が続けば、のぞきめが現れて障りが出ると分かっているのに、どうして四年間も放置したままだったのか。
四、十歳頃の昔の惣一と我が子である昭一を重ねて、季子が顔を曇らせたのはなぜか。
五、巡鈴堂《じゅんれいどう》に神饌《しんせん》を供える役目が、どうして小能枝《このえ》から訓子《のりこ》にではなく、いきなり季子へ受け継がれたのか。
六、その季子がお役目をする際、怖くて辛《つら》いと口にしたのはなぜか。
七、のぞきめと化した巡礼の母娘を供養する目的で建てられたのが、巡鈴堂である。では、その巡鈴堂を鎮めるための祠の正体とは何か。一体そこには何が祀《まつ》られていたのか。

八、鞘落家＝終い屋敷が〈児災《じさい》屋敷〉または〈餌災《じさい》屋敷〉と、わざわざ一部で呼ばれていたのはどうしてか。そこには別の理由がありはしないか。

この他にも疑問点は多々あったが、少しでも怪異に関わっていると認めたものは、きっぱりと外した。だが、そのせいで見えていなかったある事実が、次第にはっきりと浮かび上がってきたのである。

一と二の項目から、心願寺の雑林住職はあまり信用できない、と察しをつけることができる。また先述したように、住職がのぞきめと無関係だったはずがない。鞘落惣一の調査地を知っただけで、彼の目的を推理できたほどである。鞘落家に於《お》けるのぞきめ対策に、恐らく知恵を貸していたに違いない。そもそも本人が、その事実を暗に認めていたではないか。にも拘らず三の項目のように、なぜ住職は鎮女が不在という状態のまま鞘落家を放置しておいたのか。

そこまで考えを進めた僕は、思わず「あっ」と声を上げそうになった。鞘落家の秘密の一端を解き明かしたと、その刹那《せつな》に確信した。いや、確たる証拠があるわけではないので、妄想したと言った方が良いか。だが、のぞきめの怪異が止んだ――僕の怪異体験が最小限ですんだ――ことこそ、この推理の正当性を証明してはいないか。いや、自分でも矛盾することを書いているとは思うのだが……。

いずれにせよ、僕が導いた解釈はこうである。鞘落家は鎮女がいない状態のまま、まったく何もしなかったわけではない。雑林住職の協力を得て、鎮女とは違った新しい防衛策を取っていた。その策とは、もちろん呪術的《じゅじゅつ》な方法だった。

それは四年前に四国から南磊を訪れた巡礼の母娘を鞘落家に迎え入れ、病弱な母親は巡鈴堂に住まわせると共に人質とし、娘は鞘落家の「持蓑《じさい》」として例の祠《ほこら》に祀り、同家に降り掛かる一切の災厄を負う役目を与える――という新たな呪法だった。

つまり四十澤想一が目にしたのぞきめとは、その少女に他ならなかったのだ。

二

持蓑とは奈良時代から平安時代に掛けて、中国の唐に派遣された遣唐使の船に必ず乗せられていた人間のことである。

持蓑は船の舳先《へさき》に立たされ、身形《みなり》に一切構うことを許されなかった。そのため髪は伸ばし放題、身体は垢《あか》だらけ、衣服は襤褸《ぼろ》襤褸の状態で、肉食を禁じられ、女性が近づくなど以《もっ》ての外で、完全に捨て置かれていた。そういう意味では、人と見做《みな》されていなかった。航海が成功すれば報酬をもらえたが、海が荒れて遭難の危険が及ぶと、海神《わだつみ》への生贄《いけにえ》として海に放り込まれてしまう定めだった。つまり持蓑の存在そのものが、遣唐使船を海難から守る呪法だったわけだ。

中国の唐と隋の呪術について研究していたという雑林住職は、この持蓑を応用する方法を恐らく考えついたのだろう。ちょうどその頃、四国から来た巡礼の母娘があった。しかし、その娘が鎮女《しずめ》として使えないと分かった。そこで予《かね》てより研究していた持蓑の呪法を試すことにした。

ただし、相手は六、七歳の子供である。実際の持蓑と同じ応対は、どうにも無理だった。最低限の衣食は面倒を見なければならない。住についてはは巡鈴堂の側に祠を建てて、そこで暮らさせた。病弱だったらしい母親の看病をする代わりに、娘に言うことを聞かせたのではないか、と僕は睨《にら》んでいる。巡鈴堂が古びているのに祠が新しく映ったのは、このせいである。四十澤が巡鈴堂の側で耳にした「お母さん……」という呼び掛けは、この少女のものだったのだ。

持蓑としてはあまりにも甘い待遇を補強するために、住職の採った方法が、衣食の世話を除いては当人の存在をまったく認めない、完全に捨て置くという処置だった。はじめから祠を質素に造った理由もそこにある。そうすることで持蓑の呪力を強めようとした。

そのため鞘落家の人々にとって、この娘は見えない人となった。いや、同家の者だけではない。持蓑の噂が広まると、すべての村人も同じ反応を示した。侶磊村の全村人が、少女の存在を無視したのだ。村の一部の人が、鞘落家を児災屋敷または餌災屋敷と呼んだのは、そんな少女の存在をもちろん揶揄《やゆ》してである。

四十澤が、鞘落惣一には離れた弟妹がいるのかもしれない……と感じたのは、惣一が昭一を想っていたからだけでなく、この持蓑役の少女を案じていたせいではないか。

この持蓑の呪法が、鎮女のように効果があったのかどうか。生憎《あいにく》それを四十澤の記録から読み取ることはできない。鞘落家にのぞきめが現れていないため、成功だったようにも思える。しかし、惣一の死にのぞきめが関わっていたと考えると、失敗だったことになる。本当はどちらだったのか、もはや確かめる術《すべ》はない。

とはいえこの持蓑の呪法は、少なくとも鞘落家内では――それとも侶磊村内でと言うべきか――機能していたのかもしれない。当の娘が同家内だけでなく村内まで、かなり自由に動き回っていた節があるからだ。少女が自分の境遇を素直に受け入れていた、これは証左と言えるのではないか。

のぞきめ――実際は持蓑役の少女――が四十澤の前に現れるのは、他所者《よそもの》が珍しいからだと雑林住職は説明したが、あれは本当だったのだ。彼女が小能枝の野辺送りのあとを追ったのも、子供らしい好奇心からだろう。そういう意味では、少女は見事に己の役目を理解したうえで、鞘落家と侶磊村に溶け込んでいたと言える。酷《ひど》い話なのは間違いないが、この当時のそれぞれの人の立場に鑑《かんが》みると、この呪法はかなり上手《うま》く働いていたと見做せるかもしれない。

だが、やがて大きな問題が起きる。僕の想像に過ぎないが、恐らく間違ってはいないだろう。その問題とは、巡礼の母親の病死である。あまりにも特殊な状況に身を置いた娘を支えていたのは、母親の存在だったに違いない。病気の母親の面倒を見てもらう代わりに、少女は持蓑の役目を負う覚悟をした。当然、持蓑の意味など理解できなかった。しかし、そんなことは関係ない。母親さえ安楽に暮らせれば、娘は満足だった。

その母親が死んでしまった。それを娘が知ればどうなるか。そこで住職が一計を案じた。どんなに歳をとっても、若い町娘から老獪《ろうかい》な盗賊の親分まで色々な声音を使い分けられた小能枝に、巡礼の母親の声を出させたのだ。もちろん巡鈴堂の中からである。神饌を供えていた——実際には母親に食べ物を運んでいた——のは小能枝だったので、彼女が巡鈴堂に出入りするのは自然である。少女には母親の病気が酷くなったので、会うことはできないと言い含めたのかもしれない。とにかく小能枝は、巡礼の母親を演じ続けた。

ところが、惣一の死にショックを受けて、小能枝が臥《ふ》せってしまった。しかも、そのまま亡くなった。小能枝の役柄を考えると、訓子には絶対に無理である。そのため巡礼の母親と一番歳が近い季子に、その役目が回ってきた。だから彼女は、自分の務めが怖くて辛いと嘆いた。十歳頃の惣一を思い出して季子が重ね合わせたのは、我が子の昭一ではなく、不憫《ふびん》な巡礼の娘に対してだった。

病死した母親の遺体は、取り敢《あ》えず裏の墓所の下にでも埋めたのだろう。でも、そのままにしておくのは気が引けた。だから小能枝の遺体と一緒に、棺桶《かんおけ》に入れたのではないか。小能枝は臥してから、あっという間に痩《や》せ細って、痛々しいほどがりがりになったという。そのためもう一体を納める余裕が棺桶にはあった。とはいえ一つの棺《ひつぎ》に二人分の遺体である。棺担ぎの人々の足取りが何処か覚束なかったのは、そのせいではないか。

　こう考えると棺桶から飛び出した上半身と足とが、まるでバラバラ屍《し》体《たい》のように離れて見えた現象にも、充分に説明がつく。四十澤が目にしたのは小能枝と巡礼の母親、それぞれの遺体の一部だったのだ。

　これら一連の誤魔化しは、特に支障もなく効果を発揮するかに見えた。が、季子の声音の誤魔化しに、きっと娘は気づいたのだろう。密《ひそ》かに巡鈴堂を覗《のぞ》き、母親の見えないことを知った少女が、そこから何を調べ、どう考えたのかは分からない。でも、鞘落家の人々と心願寺の雑林住職によって、母親を奪われたと思ったのではないか。だから復《ふく》讐《しゅう》を決意した。そう僕は推理している。

　少女は何処でも自由に出入りできた。そのため素人には縁のない森林伐採の現場のことも、よく知っていた。その知識を利用して、まず義《ぎ》一《いち》を殺した。次は訓子を墓所の石段から突き落とした。ここで娘は、一人ずつ手に掛けていくことのリスクを、恐らく悟ったのだと思う。だから一気に片をつけるために、亡き母親から教わっていた毒草を使った。ただし四十澤には何の恨みもないので、枕元に問題の草を置くことで警告した。また住職には食べさせられないので、寺まで出掛けて殺《あや》めた。もしくは住職だけは、自分の手に掛けたかったのかもしれない。

巡鈴堂の観音像の前に、珍しい桃色の夾竹桃《きょうちくとう》の花を供えたのは、きっと少女だったのだ。ちなみにあの花にも、実は毒性があるのだが……。

復讐を終えた娘はどうしたか。逃げたのかと考えたが、何処へという疑問が出てくる。彼女には行くところなどない。そうなると残るのは、祠に戻ったという可能性である。そんな少女を、祠の中を覗いた四十澤が見つけたとしたら……。そして一緒に連れて逃げたとしたら……。そして四十澤と所帯を持った彼女が、やがて力のある評判の占い師になったのだとしたら……。

三

四十澤夫人こそ、その娘だったのではないか。

この解釈には、それこそ何の根拠もない。ただ、祠の中で少女が暮らしていて、祠を開けた四十澤が彼女を見つけたのは、ほぼ間違いないと僕は考えている。彼の大学ノートの記述が、そこだけ省略されていることと、そのあと唐突に鞘落惣一の骨壺《こつつぼ》について言及されていたからだ。

鞘落家の仏壇にも墓所の墓石にも、四十澤は惣一がいないと感じた。しかし最後の記述から、彼が親友の骨壺を見つけたことが分かる。しかし一体何処で？　その前の文章から、ここは祠《ほこら》の中と見るのが自然だろう。では、なぜ惣一の骨壺がそんな場所にあったのか。

鞘落惣一は問題の少女のことを気にかけていた、という推理を先述したが、こういう気持ちは相手に伝わるものである。この娘のような境遇に置かれれば尚更だろう。だから彼女は惣一の死後、彼の骨壺を密かに盗み出して、祠の中に安置したのではないか。それを少女と一緒に四十澤が見つけたのではないか。あとの結婚云々《うんぬん》は、完全に空想である。もっとも証拠はないと書いたが、実は気になっている出来事が一つある。

南雲桂喜《なぐもけいき》が四十澤家に出入りしていたとき、しばしば四十澤夫人がビールと一緒に菜の花のお浸しや山菜の煮物などを出したらしいが、それを四十澤は若い人の口には合わないと言って、彼に食べさせなかった。

もしかすると夫人は、南雲の邪悪な目的を察していたのではないか。彼女の秘密を暴き兼ねない彼の邪《よこしま》な意図を、ちゃんと分かっていたのではないか。だから鞘落家の人々を亡き者にした例の毒草を、お浸しや煮物として出したのではないだろうか。それに気づいた四十澤が、南雲に食べさせないようにした。と考えるのは、あまりにも穿《うが》ち過ぎだろうか。

四十澤夫人の正体を確かめるためには、それなりの調査が必要になる。でも、そこまでするつもりはない。四十澤想一が残した大学ノートを読めただけで、僕は満足である。

大学ノート……。

しかし、なぜ四十澤はこのノートを僕に託したのか。どうして小説の題材にしても良いと認めたのか。どんな意図があって、そんなことをしたのか。

最後に残った謎に、僕が下した解釈は三つある。

一つは市井の民俗学者として、どのような形であれ「のぞきめ」の存在を後世に伝えたかった、という考えである。四十澤の著書でそれの名《い》が一箇所にだけ記されていたのと、まったく同じ意図が彼にはあったのかもしれない。

二つ目の理由は、少し感傷的である。歳《よわい》を重ねて自らの死期を悟った四十澤が、子供も身内もいない自分たちの境遇を想い、夫人との特異な出会いを如何《いか》なる形であれこの世に残したいと考え、その芽を僕に植えつけたというものだ。ただし、四十澤の為人《ひととなり》は何も知らずに書いているので、あの世の本人が聞いたら大笑いされるかもしれない。

三つ目は……。いや、これこそ四十澤想一を侮辱する解釈だろう。いくら何でも、そこまで妄想するのは行き過ぎではないか。

ただ、四十澤がのぞきめの怪異について無自覚だったとは、ちょっと思えない。つまり一介のホラーミステリ作家とはいえ、そんな者にこの大学ノートを託して、その結果とんでもない使われ方をした場合、のぞきめの障りが世間に蔓延《まんえん》する可能性を、彼が思い当たらないはずがないのだ。

鞘落家とは南磊の集落の、南磊の集落とは侶磊村の、侶磊村とは一般社会の、言わば縮図のようなものだった——と表現しても間違いではないだろう。鞘落家が受けたような不条理な差別が罷《まか》り通るのは、何も閉鎖的な田舎の村落共同体の中だけではない。

ひょっとすると四十澤想一は自分の死後、そんな社会に対して復讐しようとしたのではないか。僕という怪異譚《たん》好きな作家の手を借りて——。いや、操って……。

僕が図らずものぞきめの語り部になったのかどうか、それはあなたがどんな体験をしたかに拠《よ》りそうだ。仮に何か怖い目に遭ったとしても、どうか僕を恨まないで欲しい。最初に警告したのは、そのためだったのだから——。

解説

東雅夫

リアルサイドの「三津田信三」本人と初めて対面したのは一九九七年、初夏の頃だったと記憶する。当時、同朋舎《どうほうしゃ》の編集部に在籍していた彼から、「熱帯夜に震えて眠るために。」と題する推奨本コラムの寄稿依頼をいただいたのである。「地球発見マガジン」と銘打たれた『GEO（ジオ）』というグラフィカルな雑誌で、基本的にはホラーとも怪談ともあまり縁がなさそうな誌面なのだが、たまに「ヨーロッパ・ゴースト・ツアー」などという酔狂な特集が載って、執筆陣も、なかなか分かっている人選だったので、これはどうやら「お化け好き」な編集者がいるらしいぞと思っていたら、やってきたのは、予想を上まわるそれ者だった。

その後、彼は〈ワールド・ミステリー・ツアー13〉全十三巻（一九九八～二〇〇〇）、〈日本怪奇幻想紀行〉全六巻（二〇〇〇）、〈ホラージャパネスク叢書《そうしょ》〉全八巻（二〇〇〇～〇一）という「幻想と怪奇」に特化したユニークな叢書を矢継ぎ早に企画刊行して、同好の士に快哉《かいさい》を叫ばしめた。

その多くは雑誌的というか、あるテーマについて多数の書き手に原稿を依頼するスタイルであり、これは当然のことながら手間も暇もかかる。それを独力でこなして、しかもおおむね予定どおり刊行に漕《こ》ぎ着けていった編集手腕と旺盛《おうせい》な企画力は、並々ならぬものであったと、更《あらた》めて思う。

その後、同朋舎の活動停止などもあってか、彼は編集稼業から思いのほかあっさりと足を洗い、小説家に転向、「ホラーミステリー」という新たなジャンルを切り拓《ひら》くかのごとき目覚ましい活躍ぶりは、すでに本書の読者諸賢は御承知のことだろう。

それ自体は大いに嘉《よみ》すべきことであるのだが、ただでさえ慢性的に人材不足の気味がある怪奇幻想系の気骨ある編集者が、こうして戦線から離脱してしまったことを、残念に思う気持ちがないといえば嘘になる。


ところで、冒頭に何やら含みのある書き方をしたのは、実は本人と会うよりも前に、私は彼の作品と、ひょんなところで邂逅《かいこう》していたからだ。

この〈角川ホラー文庫〉とは切っても切れない関係にある「日本ホラー小説大賞」の予備選考作業中のこと（第何回だったかは失念）、応募作の中に一種異様な趣向の作品が混じっていた。いわゆる「百物語」をテーマとする長篇作品だったのだが、壮挙というべきか、酔狂なと称すべきか、なんと作中に百話の怪談が内包されていたのだ。作品そのものの出来はともかく、行間に漂う猟奇の魂、怪異蒐集《しゅうしゅう》の情熱めいたものに感銘を受けた記憶があった。

そして、これまた出来すぎ、造りすぎと思われかねない展開ではあるのだが、三津田氏が〈ホラージャパネスク叢書〉の一冊として企画した私の著書『百物語の百怪』（後に『百物語の怪談史』と改題して角川ソフィア文庫より刊行）の打ち合わせ中に、右の応募作（そう、あの『忌館　ホラー作家の棲む家』を既読の向きなら百も承知の「百物語という名の物語」である）が、余人ならぬ三津田氏の手になるものだったことが判明、互いに茫然《ぼうぜん》かつ驚愕《きょうがく》するという椿事が出来《しゅったい》する……いやはや、まさに〈三津田信三〉シリーズを地でいくようなメタフィクショナルで虚実錯綜《さくそう》するかのごとき出来事が、それらが上梓《じょうし》される以前からリアルサイドで妖《あや》しくも生起していたことを、関連人物の一人として、ここに明言しておこう。

作家・三津田信三が、かくも徹底して虚実の混淆《こんこう》や錯綜にこだわるのは、これひとえに怪談文芸というものの本来的な性格に起因するものであろうと、私は思っている。

管見によれば、文字で記された怪談に、百パーセント「創作＝虚構」である作品や、百パーセント「実話＝現実」である作品は、まずもって、ありえない。純然たる想像力の所産とされる小説にも、どこかしら書き手の実体験が反映されているものだし、逆に、書き手本人が実際に体験した怪談実話であっても、それが書き言葉として表出される過程で、なにがしかの対象化と虚構化が施されざるをえない場合が、ほとんどであると云えよう。

そうした「虚実皮膜」（芸術の真価は事実と虚構との中間にあり、とする近松門左衛門《ちかまつもんざえもん》の言葉）の境地――虚構と現実が鬩《せめ》ぎ合い、いつしか混沌《こんとん》と混じり合うボーダーランドに妖しくも立ち顕《あらわ》われる怪異を堪能《たんのう》するところに、怪談を読む醍醐味《だいごみ》があるのだ。

本書『のぞきめ』もまた、そうしたいかがわしくも魅力的な虚実皮膜の妙趣を、これでもかとばかり味わわせてくれる好著であり、単行本の帯に掲げられていた「怪談とミステリの絶妙な融合！」という惹句《じゃっく》に、偽りはない。

序章と終章に登場する作家とおぼしき人物は、みずから名告《なの》りこそしないものの、〈作家三部作〉だの〈刀城言耶シリーズ〉といった自作タイトルへの言及が認められることから、三津田信三であるらしいことが分かる（油断はできないが）。

そして冒頭から、語り手の怪談観やホラー観が、編集者時代の体験談（まさにこの解説で先述したことに関わっている）なども交えて開陳され、それがいつしか本題へと移行することで、読者は気がつけば、虚々実々の作品世界に誘いこまれることとなる。

とりわけ序章の末尾で、やおら読者に向けて突きつけられる警告（ミステリーにおける「読者への挑戦」だろうか）は秀逸であり、怪談に浸ることの恐怖と歓喜を読み手の心に掻《か》きたててやまないだろう。

呪われた村と忌まれた家、隙間から覗《のぞ》くモノ、背後から迫る異音、憑《つ》き物筋《ものすじ》、六部殺し……まさにホラー・ジャパネスク（それは編集者時代の著者が追求していたものでもある）の核心に、おどろおどろしくも見え隠れするモチーフ群を巧みに綯《な》い交《ま》ぜすることによって、作者はどこか嬉々《きき》とした手つきで、恐怖と戦慄《せんりつ》を盛り上げてゆく。

そして終章に待ち受ける驚愕の真相（らしきもの）――。

なお、双葉文庫から二〇〇六年に刊行された『ホラー・ジャパネスク読本』は、私と編集者時代の三津田氏が二人三脚で取材した対談集＋評論集で、巻末には三津田氏との対談「推理嗜《し》好《こう》と怪奇志向」およびエッセイ「百物語憑け」（百物語に関わる奇縁が綴《つづ》られており、非常に興味深い）が収録されていることを付言して、本稿の結びとしたい。

二〇一五年二月

主な参考文献

田原開起『死と生の民俗　産湯で始まり、湯灌で終わる』近代文芸社
斎藤たま『まよけの民俗誌』論創社
福田アジオ『日本の民俗学　「野」の学問の二〇〇年』吉川弘文館

本書は二〇一二年十一月に小社より単行本として
刊行された作品を文庫化したものです。

のぞきめ

三《み》津《つ》田《だ》信三《しんぞう》

角川ホラー文庫　19089

平成27年３月25日　初版発行
令和７年９月25日　20版発行

発行者——山下直久
発　行——株式会社KADOKAWA
〒102-8177　東京都千代田区富士見2-13-3
電話 0570-002-301（ナビダイヤル）
印刷所——株式会社KADOKAWA
製本所——株式会社KADOKAWA
装幀者——田島照久

◆◆◆

ISBN978-4-04-102722-6　C0193

角川文庫発刊に際して

角　川　源　義

第二次世界大戦の敗北は、軍事力の敗北であった以上に、私たちの若い文化力の敗退であった。私たちの文化が戦争に対して如何に無力であり、単なるあだ花に過ぎなかったかを、私たちは身を以て体験し痛感した。西洋近代文化の摂取にとって、明治以後八十年の歳月は決して短かすぎたとは言えない。にもかかわらず、近代文化の伝統を確立し、自由な批判と柔軟な良識に富む文化層として自らを形成することに私たちは失敗して来た。そしてこれは、各層への文化の普及滲透を任務とする出版人の責任でもあった。

一九四五年以来、私たちは再び振出しに戻り、第一歩から踏み出すことを余儀なくされた。これは大きな不幸ではあるが、反面、これまでの混沌・未熟・歪曲の中にあった我が国の文化に秩序と確たる基礎を齎らすためには絶好の機会でもある。角川書店は、このような祖国の文化的危機にあたり、微力をも顧みず再建の礎石たるべき抱負と決意とをもって出発したが、ここに創立以来の念願を果すべく角川文庫を発刊する。これまで刊行されたあらゆる全集叢書文庫類の長所と短所とを検討し、古今東西の不朽の典籍を、良心的編集のもとに、廉価に、そして書架にふさわしい美本として、多くのひとびとに提供しようとする。しかし私たちは徒らに百科全書的な知識のジレッタントを作ることを目的とせず、あくまで祖国の文化に秩序と再建への道を示し、この文庫を角川書店の栄ある事業として、今後永久に継続発展せしめ、学芸と教養との殿堂として大成せんことを期したい。多くの読書子の愛情ある忠言と支持とによって、この希望と抱負とを完遂せしめられんことを願う。

一九四九年五月三日